THE GRAVITY OF US

Design de couverture : Quirky Bird
Modèle de couverture : Stuart Reardon
Photographie de couverture : Arron Dunworth

Pour la présente édition : *The Gravity of Us*
Ouvrage dirigé par Isabelle Solal
Collection New Romance® dirigée par Hugues de Saint Vincent
© 2017, Éditions Hugo Roman
Département de Hugo & Cie
34-36, rue La Pérouse
75116 - Paris
www.hugoetcie.fr

ISBN: 9782755634785
Dépôt légal : novembre 2017
Imprimé en France par Corlet Imprimeur S.A.
N° d'imprimeur : 188010

NEW ROMANCE®

BRITTAINY C. CHERRY

THE GRAVITY OF US

SÉRIE THE ELEMENTS · LIVRE 4

Roman

Traduit de l'anglais (États-Unis)
par Marie-Christine Tricottet

Hugo Roman

Du même auteur :

The Air He Breathes
The Fire
Loving Mr. Daniels
Art&Soul
The Space in Between
The Silent Waters

À l'amour,
et à tous les chagrins qui le rendent si lourd.
À l'amour,
et à tous les battements de cœur qui le rendent si léger.

PROLOGUE

LUCY

2015

Avant de quitter ce monde, cinq ans plus tôt, maman nous avait légué, à chacune de mes sœurs et à moi-même, un présent. Sous le porche de ma sœur Mari trônait le rocking-chair en bois que maman lui avait donné. Mari avait reçu le rocking-chair parce que maman trouvait qu'elle était toujours en effervescence et s'en inquiétait. Mari était la cadette, et elle avait tendance à toujours craindre de passer à côté de quelque chose dans sa vie, ce qui la conduisait le plus souvent à être incapable de faire des choix et à tout mener de front.

– Si tu n'arrêtes pas de te prendre la tête pour tout, tu vas finir par faire un burn-out, ma chérie. Il n'y a pas de mal à lever le pied de temps en temps, lui répétait maman.

Le rocking-chair était un moyen de lui rappeler de ralentir et de prendre un peu de temps pour profiter de la vie au lieu de la laisser filer.

Notre sœur aînée, Lyric, reçut quant à elle une petite boîte à musique avec une ballerine. Lorsque nous étions enfants, Lyric rêvait de devenir danseuse étoile, mais avec les années elle avait remisé ce rêve. Ayant grandi auprès de maman, qui était une éternelle enfant rebelle, Lyric avait commencé à rejeter l'idée d'une carrière fondée sur la passion. Maman vivait sa vie d'une façon totalement passionnée et, bien souvent, nous ne savions pas comment notre prochain repas arriverait sur la table. Quand il fallait payer le loyer, on faisait les bagages et en route pour une autre aventure.

Lyric et maman se disputaient tout le temps. Je pense que ma sœur se sentait responsable de nous toutes, comme si elle devait jouer la mère de sa propre mère. Mari et moi, nous étions petites et libres. Nous adorions cette vie aventureuse, mais Lyric, elle, la détestait. Elle détestait que nous n'ayons pas un endroit fixe qui serait chez nous, elle détestait que maman n'ait pas une vie structurée. Elle détestait cette liberté qui l'emprisonnait. Dès qu'elle en a eu l'opportunité, Lyric nous a quittées pour devenir une avocate de renom. Je n'ai jamais su ce qu'il était advenu de la petite boîte à musique, mais j'espérais que Lyric l'avait conservée. *Danse toujours, Lyric,* disait maman à ma sœur. *Danse toujours.*

Le cadeau que maman m'a réservé, c'était son cœur.

C'était une minuscule pierre précieuse en forme de cœur qu'elle portait au cou depuis son adolescence, et je me suis sentie honorée qu'elle me l'offre.

– C'est le cœur de notre famille, me dit-elle. Il se transmet d'une rebelle à une autre. Puisses-tu ne jamais oublier d'aimer à fond, ma Lucille. J'ai besoin de savoir que tu maintiendras notre famille unie et que tu seras là pour tes sœurs dans les moments difficiles, d'accord ? Tu seras leur force. Je le sais, parce que tu es déjà capable d'aimer sans retenue. Les âmes les plus noires elles-mêmes peuvent trouver une certaine forme de lumière dans ton sourire. Tu protégeras notre famille, Lucy, je le sais, et c'est pour cela que je peux vous dire au revoir sans inquiétude.

Le pendentif n'a pas quitté mon cou depuis que maman s'en est allée il y a tant d'années, mais en cet après-midi d'été, je le serrais plus fort entre mes doigts tout en regardant fixement le rocking-chair de Mari. Après la mort de maman, Mari avait été tellement ébranlée que toutes les croyances qui lui avaient été inculquées au sujet de la spiritualité et la liberté lui apparaissaient comme des mensonges.

– Elle était trop jeune, m'avait dit Mari le jour où maman était morte.

Elle croyait que nous étions censées vivre au moins éternellement.

– Ce n'est pas juste, dit-elle en pleurant.

Je n'avais que dix-huit ans et Mari, vingt. À ce moment-là, nous avions eu l'impression que le soleil s'était éteint, et nous ne voyions pas comment nous pourrions aller de l'avant.

– *Maktub*, murmurai-je en la serrant contre moi.

Ce mot, qui signifie « c'est écrit », était tatoué sur nos deux poignets. Rien dans la vie n'est dû au hasard, chaque événement, aussi douloureux soit-il, arrive exactement comme le destin l'a voulu, Certaines histoires d'amour étaient prévues pour durer toute la vie, d'autres juste pour une saison. Ce que Mari avait oublié, c'était que l'histoire d'amour entre une mère et sa fille était là en permanence, indépendamment du cycle des saisons.

La mort ne pouvait rien contre ce type d'amour, mais après la disparition de maman, Mari donna libre cours à sa nature profonde, rencontra un jeune homme et s'établit à Wauwatosa dans le Wisconsin, tout cela au nom de l'amour.

L'amour.

Le sentiment qui pousse les êtres à la fois à s'élever dans les airs et à s'écraser au sol. L'émotion qui embrase les humains et consume leurs cœurs. L'alpha et l'oméga de chaque itinéraire, le début et la fin de chaque voyage.

Lorsque je vins habiter avec Mari et son époux, Parker, je savais que cette situation n'était que temporaire, mais je fus complètement prise de court quand je le surpris sur le point de partir, cet après-midi-là. L'été touchait à sa fin et l'air était porteur de la fraîcheur automnale qui attendait, tapie dans l'ombre. Parker ne m'avait pas entendue arriver derrière lui, il était trop occupé à jeter quelques bagages à l'intérieur de sa berline grise.

Deux cure-dents pointaient entre ses lèvres serrées et son costume de marque bleu marine tombait parfaitement sur son corps, avec sa pochette pliée dans la poche de poitrine gauche de son blazer. J'étais convaincue que quand viendrait le jour de sa mort, il voudrait être enterré avec toutes ses pochettes. C'était une de ses curieuses obsessions, avec sa collection de chaussettes. Je n'avais jamais vu personne repasser autant de mouchoirs et de chaussettes avant de rencontrer Parker Lee. Il disait que c'était une chose tout à fait normale, mais nous n'avions pas la même conception de la normalité.

Par exemple, manger de la pizza cinq fois par semaine était pour moi une chose normale, alors que Parker considérait que c'était un apport inutile de glucides. J'aurais dû me méfier depuis le début. Il avait un grand nombre de signaux d'alarme. Un homme qui n'aimait pas la pizza, les tacos ou traîner en pyjama le dimanche après-midi n'était pas quelqu'un qui aurait dû croiser mon chemin.

Il se pencha sur son coffre et entreprit de déplacer ses valises pour ménager plus d'espace.

– Qu'est-ce que tu fais ?

Il fit un bond en entendant ma voix et se cogna sur le capot.

– *Putain !*

Il se redressa en se frottant la nuque.

– Bon sang, Lucy. Je ne savais pas que tu étais là.

Il se passa les mains dans ses cheveux blond foncé avant de les glisser dans les poches de son pantalon.

– Je croyais que tu étais au travail.

– Le père des garçons est rentré plus tôt, dis-je en faisant référence à mon boulot de nounou, sans quitter des yeux le coffre de sa voiture.

– Tu as un séminaire de boulot ou quoi ? Tu aurais dû m'appeler. J'aurais pu rentrer pour...

– Ça veut dire que tu seras moins payée aujourd'hui ? m'interrompit-il en éludant ma question. Comment vas-tu faire pour aider à la maison ? Pour les factures ? Pourquoi tu n'as pas pris plus d'heures à la cafétéria ?

La sueur perlait sur son front sous le soleil estival qui dardait ses rayons sur notre peau.

– Il y a des semaines que j'ai démissionné de la cafétéria, Parker. Je ne faisais pas vraiment bouillir la marmite. De plus, je me suis dit que si tu travaillais, je serais plus utile ici.

– Bon Dieu, Lucy. C'est tout toi, ça. Comment peux-tu être aussi irresponsable ? Surtout avec tout ce qui se passe.

Il se mit à faire les cent pas en agitant les mains, en râlant et en gémissant, ce qui ne fit qu'ajouter à ma perplexité.

– Qu'est-ce qui se *passe*, en fait ?

Je fis un pas vers lui.

– Où vas-tu, Parker ?

Il s'immobilisa et son regard s'assombrit. Quelque chose changea dans son attitude. Sa colère fit place à quelque chose qui ressemblait à du remords caché.

– Je suis désolé.

Ma poitrine se serra.

– Désolé ? De quoi ?

Sans que j'en connaisse la cause, un grand vide se fit dans ma poitrine tandis qu'une avalanche de questions se bousculait dans mon esprit. Je sentais déjà venir le coup fatal qu'allaient porter ses paroles à venir. Mon cœur s'apprêtait à se briser.

– Je n'en peux plus, Lucy. Je ne peux pas continuer.

Ces mots qui sortaient en brûlant de ses lèvres me firent frissonner. Il les disait comme s'il se sentait coupable, mais les bagages dans son coffre prouvaient que, malgré cette culpabilité, sa décision était prise. Dans son esprit, il était déjà loin.

– Son état s'améliore, dis-je d'une voix que la peur et le malaise faisaient trembler.

– C'est trop. Je ne peux pas... elle est...

Il soupira et pressa la paume de ses mains sur ses tempes.

– Je ne peux pas rester là, à la regarder mourir.

– Alors, reste pour la voir vivre.

– Je ne dors plus. Je n'ai rien mangé depuis des jours. Mon patron me tombe dessus parce que je prends du retard, et je ne peux pas me permettre de perdre ce boulot, surtout avec les frais médicaux. J'ai travaillé trop dur pour avoir ce que j'ai et je ne peux pas tout perdre à cause de ça. Je ne peux plus me sacrifier. Je suis fatigué, Lucy.

Je suis fatigué, Lucy.

Comment osait-il employer de tels mots ? Comment osait-il prétendre être épuisé comme si c'était lui qui traversait la pire bataille de son existence ?

– Nous sommes tous fatigués, Parker. Nous sommes tous concernés par cette épreuve. Je suis venue m'installer chez vous pour pouvoir m'occuper d'elle, pour te faciliter la tâche, et maintenant tu la laisses tomber comme ça ? Tu laisses tomber ton couple ?

Pas de réponse. Mon cœur... se brisait.

– Elle est au courant ? Tu lui as dit que tu partais ?

– Non.

Il secoua la tête d'un air penaud.

– Elle ne sait rien. Je me suis dit que ce serait plus facile comme ça. Je ne veux pas l'inquiéter.

Je soufflai, choquée qu'il me lance de tels bobards à la figure et sidérée qu'en plus il ait l'air de croire à ce qu'il disait.

– Je suis désolé. J'ai laissé de l'argent sur la table dans l'entrée. Je te contacterai pour m'assurer qu'elle va bien, qu'elle ne manque de rien. Je peux même t'en envoyer davantage si tu en as besoin.

– Je ne veux pas de ton argent, dis-je, insensible à son expression contrite. Nous n'avons plus besoin de rien venant de toi.

Il ouvrit la bouche pour répondre, mais la referma immédiatement, incapable de trouver les mots qui rendraient la situation plus aisée. Je ne le lâchai pas des yeux pendant qu'il rejoignait la portière du côté conducteur et quand il l'atteignit, je l'appelai. Il ne se retourna pas vers moi, mais il s'immobilisa en dressant l'oreille.

– Si tu quittes ma sœur à cet instant, ce n'est pas la peine de revenir. Ce n'est pas la peine de téléphoner quand tu auras trop bu ni de passer quand tu seras triste. Quand elle aura vaincu ce cancer – ce qu'elle *va faire,* tu peux me croire –, ne t'avise pas de revenir en prétendant l'aimer. C'est compris ?

– Oui.

C'était le mot même qu'il avait employé pour promettre à Mari de l'aimer tous les jours de sa vie, dans la santé et dans la maladie. Ce mot était, maintenant et à jamais, enseveli dans la douleur et les mensonges répugnants.

Il monta dans sa voiture et disparut sans une seule fois appuyer sur les freins. Je restai dans l'allée encore quelques instants, ne sachant pas trop comment rentrer dans la maison pour dire à ma sœur que son mari venait de l'abandonner en pleine tourmente.

Mon cœur se brisa de nouveau.

Il se brisait sur ma sœur, innocente perdue dans un monde de brutes. Elle avait abandonné sa liberté d'esprit pour mener une vie plus structurée, et ces deux univers s'étaient retournés contre elle.

J'inspirai profondément et pris entre mes doigts mon pendentif en forme de cœur.

Maktub.

Plutôt que de fuir, comme Parker, j'allai voir Mari. Elle se reposait dans son lit. Je lui fis un sourire et elle me le rendit. Elle était terriblement maigre, son corps luttait chaque jour pour repousser l'échéance. Sa tête était enveloppée dans un foulard, ses longs cheveux châtains n'étant plus qu'un souvenir à présent. Cela la rendait triste parfois lorsqu'elle se regardait dans le miroir, mais elle ne voyait pas ce que moi, je voyais. Même malade, elle était très belle. Les changements qui affectaient son corps ne réussissaient pas à altérer son éclat naturel, parce que sa beauté résidait dans son âme, qui n'était que bonté et lumière.

Elle allait guérir, j'en étais certaine, parce que c'était une battante.

Les cheveux repousseraient, les os retrouveraient leur force, et le cœur de ma sœur battait toujours, ce qui était une raison suffisante pour célébrer chaque nouvelle journée.

– Salut, ma biche, murmurai-je en me précipitant vers son lit pour m'allonger à côté d'elle.

Je m'allongeai sur le côté et elle fit de même pour me faire face.

Malgré son état de faiblesse, elle trouvait le moyen de sourire tous les jours.

– Salut, ma puce.

– Il faut que je te dise quelque chose.

Elle ferma les yeux.

– Il est parti.

– Tu le savais ?

– Je l'ai vu faire ses bagages quand il me croyait endormie.

Les larmes se mirent à rouler du coin de ses yeux qu'elle maintenait fermés. Nous restâmes comme cela un petit moment. Sa tristesse se répandait dans mes larmes, et ses larmes exprimaient ma tristesse.

– Tu crois que je lui manquerai quand je serai morte ?

Chaque fois qu'elle mentionnait la mort, l'envie me venait de maudire l'univers qui faisait souffrir ma meilleure amie, ma famille.

– Ne dis pas des choses comme ça, la grondai-je.

– Mais tu crois que je lui manquerai ?

Elle ouvrit les yeux, tendit le bras vers moi et prit ma main dans la sienne.

– Tu te souviens de cette fois, lorsque nous étions petites, où j'ai fait un rêve horrible dans lequel maman mourait ? J'ai pleuré toute la journée, et alors elle nous a réunies pour nous parler de la mort ? Elle nous a expliqué que ce n'était pas la fin du voyage.

Je hochai la tête.

– Oui, elle nous a dit que nous la verrions en toutes choses, dans les rayons du soleil, les ombres, les fleurs, la pluie. Elle a dit que la mort ne nous tuait pas mais qu'elle nous éveillait à un monde plus vaste.

– Est-ce qu'il t'arrive de la voir ? demanda-t-elle dans un murmure.

– Oui, partout. Dans absolument toute chose.

Un petit gémissement s'échappa de ses lèvres et elle acquiesça d'un hochement de tête.

– Moi aussi, mais c'est principalement en toi que je la vois.

C'était la chose la plus gentille qu'on m'avait jamais dite. Maman me manquait chaque seconde de chaque jour, et entendre Mari me dire qu'elle la revoyait en moi comptait plus pour moi qu'elle ne pouvait se l'imaginer. Je me rapprochai d'elle et la serrai dans mes bras.

– Tu vas lui manquer. Tu vas lui manquer alors même que tu seras vivante et en bonne santé, et tu vas lui manquer quand tu feras partie intégrante des arbres. Tu lui manqueras demain, et tu lui manqueras quand tu seras le vent qui passe sur son épaule. Tu manqueras à tout le monde, Mari, tout en étant encore là pour de nombreuses années. Dès que tu iras mieux, nous allons l'ouvrir, notre boutique de fleurs, d'accord ? Toi et moi, nous allons le faire.

Depuis toujours, ma sœur et moi étions éprises de nature. Notre rêve était de devenir fleuristes, et dans ce but nous avions même suivi l'enseignement de l'École d'art floral de Milwaukee. Nous y avions toutes les deux obtenu des diplômes de commerce pour mettre tous les atouts de notre côté. S'il n'y avait pas eu le cancer, nous aurions déjà ouvert notre boutique. Alors, une fois que le cancer ne serait plus qu'un mauvais souvenir, j'avais bien l'intention de faire tout ce qui était en mon pouvoir pour concrétiser ce projet.

– D'accord, Mari ? On va faire ça, dis-je une fois de plus, espérant parler de façon convaincante, espérant la réconforter.

– D'accord, dit-elle, mais le doute était perceptible dans sa voix.

Dans ses grands yeux bruns de biche, qui rappelaient ceux de maman, se lisait le plus profond des chagrins.

– Tu veux bien aller chercher le bocal ? Et le sac de pièces ?

J'acquiesçai en soupirant et me précipitai dans le salon où nous avions laissé le bocal et le sac contenant de la monnaie, la veille au soir. Le bocal de verre était entouré d'un ruban rose et noir, et il était presque complètement plein de pièces de monnaie. Nous avions commencé à le remplir sept mois plus tôt quand nous avions appris que Mari avait un cancer. Les lettres PN étaient inscrites sur le côté, ce qui signifiait « « pensées négatives ». Chaque fois que l'une de nous avait une mauvaise pensée qui lui traversait l'esprit, nous mettions une pièce dans le bocal. Toutes ces pensées négatives devaient entraîner une fin heureuse, l'Europe. Une fois que Mari irait mieux, nous utiliserions cet argent pour faire un voyage, sac à dos, à travers l'Europe, un rêve que nous avions toujours désiré réaliser.

À chaque pensée négative dans le présent, les pièces de monnaie nous faisaient penser à des lendemains meilleurs.

Nous avions déjà huit bocaux remplis à ras bord.

Je revins m'asseoir sur le lit de Mari, et elle se souleva un peu pour attraper le sac de pièces.

– Ma puce, murmura-t-elle.

– Oui, ma biche ?

Les larmes se mirent à ruisseler sur ses joues tandis que son corps frêle était submergé par l'émotion.

– Il va nous falloir plus de monnaie.

Elle vida le sac de pièces dans le bocal et une fois qu'elle eut fini, je la pris dans mes bras où elle continua à déverser son chagrin. Parker et elle avaient été mariés et en bonne santé pendant cinq ans, et il avait suffi de sept mois de maladie pour que Parker disparaisse en brisant le cœur de ma pauvre sœur.

* * *

– Lucy ?

Cela faisait une heure que j'étais assise dans le rocking-chair sous le porche devant la maison pendant que Mari se reposait. Je m'efforçais de comprendre comment les événements qui se succédaient pouvaient avoir été décidés par le destin.

En levant les yeux, je vis Richard, mon petit ami, venir précipitamment vers moi et sauter de son vélo qu'il appuya contre le porche.

– Qu'est-ce qui se passe ? J'ai eu ton SMS.

Le t-shirt de Richard était couvert de peinture, ce qui était habituel pour l'artiste qu'il était.

– Je suis désolé de n'avoir pas répondu à tes appels, mais j'avais mis mon téléphone sur silencieux, le temps de noyer ma tristesse après avoir essuyé un nouveau refus de la part d'une galerie d'art.

Il vint vers moi et m'embrassa sur le front.

– Que se passe-t-il ? demanda-t-il à nouveau.

– Parker est parti.

Ces mots laissèrent Richard bouche bée. Je lui racontai toute l'histoire et, au fur et à mesure, sa bouche s'ouvrait encore plus grand.

– Ce n'est pas vrai ? Comment va Mari ?

Je secouai la tête, elle n'allait pas bien, évidemment.

– On devrait rentrer, dit-il en tendant la main vers moi, mais je déclinai.

– Il faut que j'appelle Lyric. Cela fait des heures que j'essaie, mais elle ne répond pas. Je vais essayer encore. Tu veux bien aller voir si Mari n'a besoin de rien ?

Il acquiesça.

– Bien sûr.

Du bout des doigts, j'essuyai un peu de peinture jaune sur sa joue avant de me pencher vers lui pour l'embrasser.

– Je suis désolée pour la galerie.

Richard fit une grimace en haussant les épaules.

– Ce n'est pas grave. Tant que tu ne vois pas d'inconvénient à sortir avec un raté qui n'est pas assez bon pour que son travail soit exposé, ça me va.

Cela faisait trois ans maintenant que je sortais avec Richard et je ne pouvais pas imaginer être avec quelqu'un d'autre que lui. J'en voulais seulement au monde qui ne lui avait pas encore donné sa chance de briller. Il méritait de réussir.

Mais jusqu'à ce que cela arrive, je serais toujours de son côté, moi sa plus grande fan.

Comme il entrait dans la maison, je composai une fois de plus le numéro de Lyric.

– Allô ?

– Lyric, enfin.

En soupirant, je me redressai sur mon siège en entendant la voix de ma sœur pour la première fois depuis très longtemps.

– J'ai essayé de te joindre toute la journée.

– Ouais, eh bien, ce n'est pas donné à tout le monde de pouvoir jouer les Madame Doubtfire tout en travaillant à temps partiel dans une cafétéria, Lucy, dit-elle avec une ironie non déguisée.

– En fait, je ne suis plus que nounou, maintenant. J'ai démissionné de la cafétéria.

– *Carrément*, répliqua-t-elle. Écoute, tu as besoin de quelque chose ou bien tu as décidé de me harceler au téléphone simplement pour distraire ton ennui ?

Elle utilisait ce ton qu'elle avait pratiquement toujours employé pour me parler et qui exprimait combien tout ce que je représentais la décevait. Lyric avait tendance à tolérer toutes les excentricités de Mari, surtout depuis que celle-ci avait fini par s'installer avec Parker. Après tout, c'était elle qui les avait présentés l'un à l'autre. Mais quand il s'agissait de ma relation avec ma sœur aînée, c'était tout l'inverse. Je me disais souvent qu'elle me détestait parce que je lui rappelais trop notre mère.

Avec le temps, j'avais fini par comprendre qu'elle me détestait parce que je n'étais rien de plus que moi-même.

– Ouais, enfin non. C'est Mari.

– Elle va bien ? demanda-t-elle faussement intéressée.

Je l'entendais continuer à taper sur son clavier d'ordinateur, encore au travail à cette heure tardive.

– Elle n'est pas... ?

– Morte ?

Je soufflai.

– Non, elle n'est pas morte, mais Parker est parti aujourd'hui.

– Parti ? Qu'est-ce que tu veux dire ?

– Il est parti, c'est tout. Il a fait ses bagages, il a dit qu'il ne pourrait pas supporter de la regarder mourir et il est parti. Il l'a quittée.

– Oh, mon Dieu. C'est dingue.

– Oui, tu peux le dire.

Il y eut un long moment de silence où je l'entendais continuer à taper, puis elle reprit.

– Mais... tu l'as mis en pétard ou quoi ?

J'arrêtai de me balancer dans le rocking-chair.

– Quoi ?

– Arrête, Lucy. Depuis que tu t'es installée chez eux pour les aider, je suis sûre que tu n'as pas été la personne la plus facile à vivre. Il faut te supporter.

Elle s'arrangeait une fois de plus pour faire ce qu'elle faisait toujours quand j'étais impliquée dans une situation, elle me faisait passer pour la méchante. C'était de ma faute si un dégonflé quittait sa femme.

Je déglutis avec difficulté sans relever sa remarque.

– Je voulais juste que tu le saches, c'est tout.

– Parker va bien ?

Quoi ?

– Je pense que tu voulais dire « Est-ce que Mari va bien ? ». En fait, non, elle ne va pas bien. Elle a un cancer, son mari vient de la quitter et elle n'a pas un rond, sans parler de la force de continuer.

– Ah, c'est ça, murmura Lyric.

– C'est quoi ?

– Tu m'appelles pour me demander de l'argent. Combien tu veux ?

Mon estomac se noua, et un goût amer me remonta dans la bouche. Elle croyait que je l'avais appelée pour lui soutirer de l'argent.

– Je t'ai appelée, parce que ta sœur souffre et se sent seule, et je me disais que tu aurais peut-être envie de venir la voir pour lui remonter le moral. Je ne veux pas de ton argent, Lyric. Je veux que tu commences à te comporter comme une putain de sœur.

Un autre silence s'installa, interrompu par le bruit de ses doigts sur le clavier.

– Écoute, j'ai du boulot par-dessus la tête. Des dossiers à régler pour le cabinet, et je ne peux pas les laisser en plan pour le moment. Je ne pourrai absolument pas venir la voir avant la semaine prochaine au plus tôt, voire celle d'après.

Lyric habitait dans le centre-ville – à vingt minutes en voiture, tout au plus – malgré tout, elle était persuadée que c'était trop loin.

– Laisse tomber, ok ? Fais comme si je n'avais jamais appelé.

Les larmes me montaient aux yeux, tellement j'étais choquée par la froideur de cette personne que j'avais admirée toute ma vie. L'ADN prouvait qu'elle était ma sœur, mais ses paroles laissaient penser qu'elle n'était rien de plus qu'une étrangère.

– Arrête ça, Lucy. Arrête l'attitude passive-agressive. Je t'envoie un chèque par la poste demain, d'accord ?

– Ce n'est pas la peine, sérieux. Nous n'avons pas besoin de ton argent ni de ton aide. Je ne sais même pas pourquoi je t'ai appelée. Tu peux mettre ça sur le compte de mes points faibles. Salut, Lyric. Bonne chance avec tes dossiers.

– Ouais, d'accord. Et... Lucy ?

– Ouais ?

– Tu ferais peut-être bien de reprendre ton boulot à la cafétéria le plus tôt possible.

* * *

Au bout d'un moment, je me levai du rocking-chair et me rendis dans la chambre d'amis que j'occupais.

En refermant la porte, je pris mon pendentif dans mes doigts en fermant les yeux.

– L'air au-dessus de ma tête, la terre sous mes pieds, le feu en moi et l'eau tout autour...

Je respirai profondément en répétant les mots que maman m'avait enseignés. Chaque fois qu'elle perdait pied et se sentait déstabilisée, elle répétait cette litanie d'où elle puisait sa force intérieure.

Mais j'avais beau répéter ces mots, j'avais le sentiment d'être une ratée.

Mes épaules s'affaissèrent et mes larmes commencèrent à couler tandis que je parlais à la seule femme qui m'ait jamais vraiment comprise.

– Maman, j'ai peur, et je déteste ça. Je déteste avoir peur parce que cela signifie que, quelque part, je pense la même chose que Parker. Quelque part, j'ai l'impression qu'elle ne va pas y arriver, et cela me terrifie, jour après jour.

Il y avait quelque chose de si déchirant dans le fait de voir sa meilleure amie s'effondrer. Je savais que la mort n'était que le chapitre suivant dans sa magnifique biographie, mais cela ne me rendait pas les choses plus faciles à accepter pour autant. Au fond de moi, je savais que chaque embrassade pouvait être la dernière, que chaque parole échangée pouvait être un adieu.

– Je culpabilise, parce que pour chaque bonne pensée que j'ai, cinq pensées négatives me traversent l'esprit. J'ai quinze bocaux remplis de pièces dans mon placard dont Mari ignore jusqu'à l'existence. Je suis fatiguée, maman. Je suis épuisée et je culpabilise d'être sur le point de craquer. Il faut que je sois forte, parce que elle n'a pas besoin que les gens qui l'entourent s'effondrent. Je sais que tu nous as appris, à nous les filles, à ne pas avoir de haine, mais je ne peux m'empêcher de haïr Parker.

Dieu me pardonne, mais si ces jours doivent être les derniers de Mari, je lui en veux de les avoir gâchés. Ses derniers jours ne devraient pas être obscurcis par le souvenir de son mari qui l'abandonne.

Ce n'était pas juste, que Parker ait pu faire ses bagages et simplement s'enfuir vers une nouvelle vie sans ma sœur. Il pourrait trouver l'amour de nouveau un jour, mais qu'en était-il pour Mari ? Il resterait l'amour de sa vie, et cela me faisait plus de mal qu'il ne pouvait l'imaginer. Je connaissais ma sœur par cœur, je savais à quel point elle avait l'âme tendre. Elle ressentait chaque blessure avec plus d'acuité que la plupart des gens. Elle était incapable de dissimuler ses sentiments et elle ouvrait son cœur à tout le monde, même à ceux qui ne le méritaient pas. Elle espérait qu'ils feraient la même chose pour elle. Elle voulait tellement se sentir aimée, et je détestais l'idée que Parker lui procure un sentiment d'échec. Elle quitterait ce monde avec l'impression que, d'une certaine façon, elle avait fait échouer son couple, tout cela au nom de l'amour.

L'amour.

Cette émotion qui nous permettait à la fois d'atteindre des sommets et de nous écraser au sol. Ce sentiment qui embrasait les êtres humains et réduisait leur cœur en cendres. Le début et la fin de tout voyage.

Les jours, les mois et les années passèrent et Mari et moi eûmes de moins en moins de nouvelles de Parker, comme de Lyric. Les appels apitoyés se firent de plus en plus rares, et les chèques chargés de culpabilité cessèrent de nous parvenir par la poste. Quand les papiers du divorce arrivèrent dans la boîte aux lettres, Mari pleura pendant des semaines. Je restais forte pour elle au grand jour, mais je me m'écroulais dans l'ombre.

Je trouvais injuste que le monde privât Mari de sa santé pour ensuite avoir le culot de revenir s'assurer que son cœur était bien réduit en mille morceaux. À chaque inspiration, elle maudissait son corps qui la trahissait et avait anéanti la vie qu'elle s'était bâtie. À chaque souffle, elle priait pour que son mari revienne à la maison.

Je ne lui ai jamais dit, mais à chaque inspiration, je suppliais qu'elle guérisse, et à chaque souffle, je priais pour que son mari ne revienne jamais.

1

GRAHAM

2017

Deux jours plus tôt, j'avais acheté des fleurs pour une personne qui n'était pas ma femme. Depuis cet achat, je n'avais pas quitté mon bureau. Il y avait des papiers éparpillés dans toute la pièce, des fiches cartonnées, des Post-it, des feuilles de papier roulées en boule et, sur tous, des mots ineptes griffonnés et raturés. Sur ma table de travail, il y avait cinq bouteilles de whisky et une boîte de cigares intacte.

Les yeux me brûlaient d'épuisement, mais au lieu de les fermer, je regardais fixement devant moi l'écran de mon ordinateur, et je tapais des mots que je finirais par effacer.

Je n'achetais jamais de fleurs pour ma femme.

Je ne lui offrais pas de chocolats pour la Saint-Valentin, je trouvais les peluches ridicules et je n'avais pas la moindre idée de sa couleur préférée.

Pas plus qu'elle ne savait quelle était la mienne, mais je savais qui était son homme politique préféré. Je connaissais ses opinions sur le réchauffement climatique, elle connaissait mes idées en matière de religion, et nous connaissions tous les deux nos positions respectives sur les enfants : nous n'en voulions pas.

Nous étions d'accord pour penser que ces choses étaient ce qui comptait le plus, ces choses étaient notre ciment. Nous étions tous les deux mus par notre ambition professionnelle et nous avions peu de temps à nous consacrer l'un à l'autre, et encore moins à une famille.

Je n'étais pas romantique, et Jane s'en moquait parce qu'elle ne l'était pas non plus. On nous voyait rarement nous tenir par la main ou échanger des baisers en public. Nous n'étions pas portés sur les gestes tendres ni sur les manifestations médiatiques de l'amour, mais cela ne voulait pas dire pour autant que notre amour n'était pas réel. Nous tenions l'un à l'autre à notre façon. Nous formions un couple rationnel qui comprenait ce que cela signifiait d'être amoureux, d'être engagés l'un envers l'autre, mais pourtant nous n'étions jamais vraiment plongés dans les aspects romantiques d'une relation.

Notre amour était guidé par un sentiment de respect mutuel et structurant. Chaque décision importante que nous prenions était mûrement réfléchie et planifiée sous forme de diagrammes et de tableaux. Le jour où je lui avais demandé d'être ma femme, nous avions dessiné quinze camemberts et diagrammes pour nous assurer que nous prenions la bonne décision.

Romantique ?

Probablement pas.

Rationnel ?

Absolument.

C'est pourquoi cette intrusion soudaine dans mon travail était inquiétante. Elle ne m'interrompait jamais quand je travaillais, et le fait qu'elle fasse irruption comme ça alors qu'approchait l'expiration de ma deadline était plus que bizarre.

Il en fallait encore quatre-vingt quinze mille.

Encore quatre-vingt quinze mille mots pour remettre le manuscrit à mon éditeur dans deux semaines. Quatre-vingt quinze mille mots, cela revenait à une moyenne de six mille sept cent quatre-vingt-six mots par jour. Ce qui voulait dire que j'allais passer les deux semaines à venir devant mon ordinateur, prenant à peine le temps de faire une pause pour aller prendre l'air.

Mes doigts survoltés couraient sur le clavier aussi vite qu'ils le pouvaient. Des cernes violacés sous mes yeux témoignaient de mon épuisement et mon dos était douloureux à force de rester assis pendant des heures. Pourtant, lorsque j'étais devant mon ordinateur avec les doigts engourdis et les yeux explosés, je me sentais plus moi-même qu'à n'importe quel autre moment de ma vie.

– Graham, dit Jane, me tirant de mon monde d'horreur pour me plonger dans le sien, il faut qu'on y aille.

Elle se tenait debout à la porte de mon bureau. Ses cheveux bouclaient, ce qui me parut bizarre étant donné qu'ils étaient toujours raides. Elle se levait tous les jours des heures avant moi pour discipliner la masse blonde et bouclée qu'elle avait sur la tête. J'aurais pu compter sur les doigts de la main les fois où je l'avais vue avec ses boucles naturelles. Non seulement elle avait les cheveux en bataille mais son maquillage, qui datait de la veille au soir, avait coulé.

Depuis que nous étions ensemble, je n'avais vu ma femme pleurer que deux fois : la première quand elle avait appris qu'elle était enceinte sept mois auparavant et la deuxième quand la mauvaise nouvelle était arrivée quatre jours plus tôt.

– Tu ne crois pas que tu devrais te faire un brushing ?

– Je ne me lisse pas les cheveux aujourd'hui.

– Tu les lisses toujours.

– Cela fait quatre jours que je ne l'ai pas fait.

Elle fronça les sourcils, mais je ne fis pas de commentaire. Je n'étais pas d'humeur à gérer ses émotions cet après-midi-là. Depuis quatre jours, elle était en vrac, tout le contraire de la femme que j'avais épousée, et puis ce n'était pas mon truc de gérer les émotions des autres.

Jane n'avait qu'à se ressaisir.

Je reportai les yeux sur mon écran d'ordinateur et mes doigts recommencèrent à s'agiter de plus belle.

– Graham, maugréa-t-elle, en se dandinant vers moi, précédée de son ventre très arrondi, il faut qu'on y aille.

– Je dois finir ce manuscrit.

– Tu n'as pas arrêté d'écrire depuis quatre jours. Tu ne viens pas te coucher avant trois heures du matin et tu te relèves à six. Tu as besoin de faire un break. De plus, nous ne pouvons pas arriver en retard.

Je me raclai la gorge sans cesser de taper.

– J'ai décidé de faire l'impasse sur cette stupide obligation. Désolé, Jane.

Du coin de l'œil, je vis sa bouche s'arrondir.

– Stupide obligation ? Graham... il s'agit de l'enterrement de ton père.

– Tu dis ça comme si c'était censé avoir de l'importance pour moi.

– Bien sûr que c'est important pour toi.

– Ne me dis pas ce qui est important pour moi ou pas. C'est humiliant.

– Tu es fatigué.

Et voilà que tu recommences à me dire ce que je suis.

– Je dormirai quand j'aurai quatre-vingts ans, ou quand je serai mon père. Je suis sûr qu'il dort très bien ce soir.

Elle se contracta. Je m'en fichais.

– Tu as bu ? demanda-t-elle, inquiète.

– Depuis le temps que nous sommes ensemble, m'as-tu déjà vu boire ?

Elle observa les bouteilles d'alcool autour de moi et poussa un petit soupir.

– Je sais, excuse-moi. C'est simplement que... il y a plus de bouteilles qu'avant sur ton bureau.

– C'est en hommage à mon cher père. Qu'il pourrisse en enfer !

– Ne dis pas de mal des morts.

Jane eut un hoquet et posa les mains sur son ventre.

– Seigneur, je déteste cette sensation.

Elle ôta mes mains de mon clavier et les posa sur son ventre.

– On dirait qu'elle donne des coups de pied dans tous mes organes internes. C'est insupportable.

– Ce que tu peux être maternelle, dis-je avec ironie sans retirer mes mains.

– Je n'ai jamais voulu avoir d'enfants, souffla-t-elle en hoquetant de nouveau. *Jamais.*

– Et pourtant, c'est comme ça.

Je n'étais pas sûr que Jane comprenait vraiment que dans deux petits mois elle donnerait naissance à un être humain bien réel, qui aurait besoin de son amour et de toute son attention vingt-quatre heures sur vingt-quatre.

S'il y avait une personne qui donnait encore moins d'amour que moi, c'était ma femme.

– Bon sang, murmura-t-elle en fermant les yeux. Je me sens tellement bizarre aujourd'hui.

– Nous devrions peut-être aller à l'hôpital.

– Bien essayé. Tu vas à l'enterrement de ton père.

Bon sang.

– Et il faut encore qu'on trouve une nounou. La boîte m'a donné plusieurs semaines de congé de maternité, mais ce ne sera pas la peine que je les prenne toutes si on trouve une bonne nounou. J'adorerais une petite mamy mexicaine, de préférence avec des papiers en règle.

Je fronçai les sourcils, contrarié.

– Le simple fait de dire ça, c'est déjà raciste et révoltant en soi, mais en plus le dire à ton mari qui se trouve être à moitié mexicain, c'est plutôt déplacé, tu ne crois pas ?

– Tu n'es pas vraiment mexicain, Graham. Tu ne parles même pas un mot d'espagnol.

– Ce qui fait de moi un non-Mexicain – c'est noté, merci.

Par moments, ma femme était la personne que je détestais le plus au monde. Alors que nous étions d'accord sur un tas de choses, ce qu'elle disait parfois me faisait reconsidérer tous les diagrammes que nous avions pu établir.

Comment une personne aussi belle pouvait-elle être aussi laide par moments ?

Cloc.

Cloc.

Ma poitrine se serra alors que mes mains étaient toujours posées sur le ventre de Jane. Ces coups de pied me terrorisaient. S'il y avait une chose dont j'étais absolument certain, c'est que je n'avais pas la fibre paternelle. Mon histoire familiale me portait à croire que rien de ce qui descendait de mes ancêtres ne pouvait être bon.

Je priais Dieu pour que le bébé n'hérite d'aucune de mes caractéristiques, ou pire encore de celles de mon père.

Jane s'appuya contre mon bureau en déplaçant mes papiers parfaitement ordonnés. Mes doigts étaient toujours posés sur son ventre.

– Il est temps de sauter sous la douche et de t'habiller. J'ai sorti ton costume. Il est accroché dans la salle de bains.

– Je viens de te le dire, je ne peux pas y aller. J'ai un délai à tenir.

– Tu as peut-être un délai à tenir, mais ton père, lui, a déjà dépassé sa date d'expiration, et maintenant le moment est venu d'envoyer son manuscrit.

– Son manuscrit, c'est son cercueil ?

Jane fronça les sourcils.

– Non. Ne sois pas bête. C'est son corps, le manuscrit. Son cercueil, c'est la couverture du livre.

– Une couverture vachement chère, en plus. Je n'en reviens pas qu'il en ait choisi un doublé d'or.

Je m'arrêtai et me mordis la lèvre.

– En y réfléchissant, ça ne m'étonne pas tant que ça. Tu connais mon père.

– Il va y avoir un monde fou, aujourd'hui. Ses lecteurs, ses collègues.

Des centaines de personnes seraient là, venues rendre hommage à la vie de Kent Russell.

– Ça va être un de ces cirques ! Ils vont pleurer sur lui, totalement et sincèrement tristes, et frappés d'incrédulité. Ils vont commencer à déverser leurs histoires, leur tristesse. « Pas Kent, ce n'est pas possible. C'est grâce à lui que j'ai tenté ma chance dans l'écriture. Cinq ans que je suis sobre, grâce à cet homme. Je n'arrive pas à croire qu'il ne soit plus là. Kent Theodore Russell, un homme, un père, un héros. Prix Nobel. Mort. » Le monde entier va le pleurer.

– Et toi ? Que vas-tu faire ?

– Moi ?

Je m'appuyai contre le dossier de ma chaise et croisai les bras.

– Je vais finir mon manuscrit.

– Tu es triste qu'il ne soit plus là ? demanda Jane en se passant la main sur le ventre.

Je laissai sa question se balader dans ma tête un instant avant de répondre.

– Non.

J'aurais voulu le regretter.

J'aurais voulu l'aimer.

J'aurais voulu le détester.

J'aurais voulu l'oublier.

Au lieu de cela, je n'éprouvais rien du tout. Il m'avait fallu des années pour parvenir à ne rien éprouver pour mon père, pour effacer toute la souffrance qu'il m'avait infligée, à moi et à ceux qui m'étaient le plus cher. La seule façon que j'avais trouvée de faire taire la douleur était de la mettre sous clé et d'oublier tout ce qu'il m'avait fait, d'oublier tout ce que j'aurais aimé qu'il soit.

Une fois la douleur neutralisée, j'ai presque complètement oublié ce que c'était que d'éprouver quelque chose. Cela ne dérangeait pas Jane que mon âme soit verrouillée, parce qu'elle-même ne ressentait pas grand-chose non plus.

– Tu as répondu trop vite.

– La réponse la plus rapide est toujours la plus honnête.

– Il me manque, dit-elle en baissant la voix pour exprimer le chagrin qu'elle éprouvait de la perte de mon père.

À beaucoup d'égards, Kent Russell était le meilleur ami de millions de personnes grâce à ses romans, ses discours inspirés, le personnage et la marque qu'il vendait au monde. Il m'aurait manqué aussi si je ne connaissais pas l'homme qu'il était en réalité dans la vie privée.

– Il te manque, parce que tu ne l'as pas vraiment connu. Arrête de te morfondre sur un homme qui ne le mérite pas.

– Non, coupa-t-elle d'une voix rendue plus aiguë par le chagrin.

Ses yeux s'emplirent de larmes, comme c'était le cas depuis plusieurs jours.

– Tu n'as pas le droit de faire ça, Graham. Tu n'as pas le droit de minimiser mon chagrin. Ton père était bon avec moi. Il était gentil avec moi quand tu étais froid, et il t'a soutenu chaque fois que j'ai menacé de partir, alors tu n'as pas le droit de me dire d'arrêter de me morfondre. Tu n'as pas le droit de dire quel genre de tristesse je dois ressentir, dit-elle, tremblant de tout son corps, submergée par une émotion véritable et incapable de retenir un flot de larmes.

J'inclinai la tête, perplexe devant cet étalage soudain de sentimentalisme, mais à ce moment mon regard se posa sur son ventre.

C'est les hormones.

– Waouh, murmurai-je, un peu sonné.

Elle se redressa.

– Qu'est-ce qu'il y a ? demanda-t-elle, l'air inquiet.

– Je pense que tu viens de faire un choc émotionnel en pensant à la mort de mon père.

Elle prit une inspiration et grogna.

– Oh, mon Dieu, mais qu'est-ce qui m'arrive ? Ces hormones me fichent en l'air. J'ai horreur d'être enceinte. Je jure de me faire ligaturer les trompes tout de suite après.

Elle se leva, essayant de se ressaisir, essuya ses larmes et prit plusieurs inspirations profondes.

– Tu veux bien au moins me faire une faveur, aujourd'hui ?

– Laquelle ?

– Pourrais-tu faire semblant d'être triste à l'enterrement ? Les commentaires vont aller bon train si les gens te voient sourire.

Je pris un air faussement attristé.

Elle leva les yeux au ciel.

– Bon, maintenant, répète après moi : on aimait sincèrement mon père, et il nous manquera beaucoup.

– Mon père était un vrai connard, et on ne le regrettera pas du tout.

Elle me tapota la poitrine.

– C'est pas mal. Maintenant, va t'habiller.

Je me levai et m'exécutai en ronchonnant.

– Au fait, tu as commandé les fleurs pour la cérémonie ? hurla Jane tandis que je passais mon t-shirt par-dessus ma tête et le jetais sur le sol de la salle de bains.

– Pas moins de cinq mille dollars de plantes inutiles pour un enterrement qui sera fini dans quelques heures.

– Les gens vont adorer.

– Les gens sont idiots.

J'entrai sous le jet brûlant de la douche. Sous l'eau, je m'efforçai de trouver les mots pour l'éloge funèbre que j'allais prononcer pour l'homme qui était un héros pour beaucoup, mais un démon pour moi. J'essayai de déterrer des souvenirs d'amour, des moments de tendresse, des secondes de fierté qu'il avait eus pour moi, en vain. Rien. Impossible de trouver le moindre sentiment vrai.

Le cœur qui battait dans ma poitrine, celui qu'il avait contribué à endurcir, demeurait complètement insensible.

2

LUCY

– Ici repose Mari Joy Palmer. Elle répandait autour d'elle l'amour, la paix et le bonheur. Il est injuste qu'elle ait dû quitter ce monde de cette façon. Cela fut soudain, indicible et beaucoup plus douloureux que je ne l'aurais jamais cru.

Je baissai les yeux sur le corps immobile de Mari en m'essuyant la nuque avec une petite serviette. Les rayons du soleil matinal traversaient les vitres alors que je faisais mon possible pour reprendre ma respiration.

– Tuée par le hot yoga.

Mari soupira, inspira profondément et expira longuement.

Je me mis à rire.

– Tu vas devoir te lever, Mari. Ils ont besoin de préparer la salle pour le cours suivant.

Je tendis la main à ma sœur qui gisait, inerte, dans une mare de transpiration.

– Allons-y.

– Continue sans moi, dit-elle théâtralement en agitant un drapeau invisible. Je me rends.

– Certainement pas. Allez viens.

Je l'attrapai par le bras et l'obligeai à se lever, en dépit de ses efforts pour résister.

– Tu as supporté la chimio, tu peux bien survivre à une séance de hot yoga.

– Je ne comprends pas, pleurnicha-t-elle. Je croyais que le yoga était censé t'épanouir et t'apporter la paix, pas des seaux de transpiration et des cheveux crasseux.

Je souris en regardant ses cheveux mi-longs et frisés, ramassés sur le sommet de son crâne. Cela faisait bientôt deux ans qu'elle était en rémission, et depuis nous vivions pleinement notre vie, ce qui impliquait que nous avions enfin ouvert notre boutique de fleurs.

Après nous être rapidement douchées à la salle de yoga, nous sortîmes et, quand les rayons du soleil estival caressèrent notre peau et nous aveuglèrent, Mari gémit.

– Quelle idée de venir à vélo, aujourd'hui ! Et d'abord, qu'est-ce qui m'a pris de seulement envisager de pratiquer le hot yoga à six heures du matin ?

– C'est que nous nous soucions de notre santé et de notre bien-être, dis-je d'un ton moqueur. De plus, la voiture est au garage.

Elle leva les yeux au ciel.

– Et c'est maintenant que nous pédalons jusqu'à une cafétéria pour manger des donuts et des croissants avant d'aller travailler ?

– Ouais ! dis-je en détachant ma bicyclette du poteau où elle était attachée et en l'enfourchant.

– Et par donuts et croissants, tu veux dire... ?

– Jus vert de chou kale ? Oui, oui, c'est ça.

Elle grogna de nouveau, plus fort cette fois.

– Je te préférais quand tu te fichais complètement de ta santé et que tu ne mangeais que des bonbons et des tacos.

Je souris et me mis à pédaler.

– On fait la course ?

J'arrivai la première à Green Dreams , bien sûr, et quand elle entra enfin, elle s'affala sur le comptoir.

– Sérieux, Lucy, du yoga normal, d'accord, mais du hot yoga ?

Elle marqua une pause pour respirer profondément plusieurs fois.

– Le hot yoga peut bien retourner directement en enfer d'où il est venu, pour y mourir d'une mort lente et douloureuse.

Une employée vint vers nous avec un large sourire.

– Bonjour, Mesdames. Qu'est-ce que je vous sers ?

– Une tequila pour moi, dit Mari en relevant enfin sa tête du comptoir. Vous pouvez la mettre dans un gobelet à emporter si vous voulez. Comme ça, je pourrai la boire en allant au travail.

La serveuse jeta à Mari un regard sans expression. Je souris.

– Nous prendrons deux jus verts frais, et deux wraps aux œufs et pommes de terre.

– Ça marche. Les wraps, à la farine complète, aux épinards ou aux graines de lin ?

– Oh, de la croûte à pizza farcie, ce sera très bien, répondit Mari. Accompagnée de frites et de fromage.

– Graines de lin, dis-je en riant. Nous prendrons les graines de lin.

Quand on nous apporta notre commande, nous nous assîmes à une table et Mari se jeta sur la nourriture comme si elle n'avait pas mangé depuis des lustres.

– Alors, commença-t-elle, les joues gonflées comme celles d'un hamster, comment va Richard ?

– Bien, dis-je en hochant la tête. Occupé, mais bien. En ce moment, notre appart semble avoir été traversé par une tornade, à cause de son dernier boulot, mais il va bien. Depuis qu'il sait qu'il va exposer au musée dans quelques mois, il est en mode panique pour essayer de créer quelque chose d'inspirant. Il ne dort plus, mais ça, c'est Richard.

– Les hommes sont bizarres, et je n'en reviens pas que tu puisses vraiment vivre avec un homme.

– Je sais.

Je me mis à rire. Il m'avait fallu plus de cinq ans pour me décider à emménager avec Richard, principalement parce que je n'étais pas tranquille de laisser Mari seule quand elle était tombée malade. Cela faisait maintenant quatre mois que nous vivions ensemble, et j'étais très heureuse. Je l'aimais.

– Tu te souviens de ce que maman disait des hommes qui s'installent avec des femmes ?

– Oui. Au moment où ils se sentent assez à l'aise pour enlever leurs chaussures chez toi et chercher quelque chose dans le frigo sans demander la permission, c'est qu'il est temps qu'ils s'en aillent.

– Une femme de bon sens.

Mari acquiesça.

– J'aurais dû continuer à appliquer ses règles de vie après sa mort, j'aurais peut-être évité Parker.

Son regard s'assombrit un instant, mais très vite un sourire revint masquer sa peine. Elle ne parlait pratiquement jamais de Parker depuis qu'il l'avait quittée plus de deux ans auparavant, mais quand il lui arrivait de le faire, c'était comme si un nuage de tristesse planait au-dessus d'elle. Mais elle repoussait le nuage et ne le laissait jamais déverser sa pluie sur elle. Elle faisait tout son possible pour être heureuse, et dans l'ensemble elle l'était, même si elle avait des moments de tristesse, parfois.

Des instants où elle se souvenait, des instants où elle s'en voulait, des instants où elle se sentait seule. Des instants où elle autorisait son cœur à se briser avant de rapidement recoller les morceaux.

Pour chaque seconde de chagrin, Mari se faisait un devoir de trouver une minute de bonheur.

– Eh bien, à présent tu vis selon ses règles, mieux vaut tard que jamais, non ? dis-je pour essayer de la débarrasser du nuage au-dessus de sa tête.

– Exact ! répondit-elle joyeusement.

Ses yeux reprirent leur éclat. C'est curieux les émotions, la même personne peut être triste à un moment et heureuse l'instant d'après. Ce qui m'étonnait le plus, c'était de voir qu'un individu pouvait être les deux en même temps. J'avais l'impression que Mari éprouvait un peu des deux à ce moment-là, une pointe de tristesse entremêlée de joie.

Je me dis que c'était une belle façon de prendre la vie.

– Alors, on va au boulot ?

Je me levai de mon siège. Mari gémit de déplaisir, mais elle finit par se traîner à l'extérieur jusqu'à son vélo et se mit à pédaler vers notre boutique.

Les Jardins de Monet était notre rêve devenu réalité. La décoration de la boutique était inspirée des tableaux de mon peintre préféré, Claude Monet. J'avais l'intention, lorsque Mari et moi ferions enfin notre voyage en Europe, de m'arrêter longuement dans le jardin de Monet à Giverny, en France.

Il y avait des reproductions de ses œuvres un peu partout dans la boutique, et de temps en temps nous établissions des correspondances entre les arrangements floraux et les tableaux. Après nous être endettées pour la vie auprès des banques, Mari et moi avions bossé comme des malades pour ouvrir ce magasin et, au bout du compte, ça marchait à merveille. Nous avions failli passer à côté, mais Mari avait réussi à décrocher le dernier prêt qu'elle avait sollicité. Même si c'était beaucoup de travail et que cela prenait tellement de temps que je pouvais dire adieu à toute vie sociale, je n'allais quand même pas me plaindre de passer mes journées entourée de fleurs.

Le bâtiment n'était pas très grand, mais assez quand même pour y mettre des dizaines de sortes de fleurs différentes, des tulipes perroquets, des lys, des pavots et, bien sûr, des roses. Et, en plus, nous proposions nos services pour toutes sortes d'événements, mes préférés étant les mariages et les pires, les enterrements.

Aujourd'hui, c'était un de ceux-là, et c'était à mon tour de conduire la camionnette pour aller livrer la commande.

– Tu es sûre que tu ne veux pas que j'aille au mariage des Garrett, et toi tu irais à l'enterrement Russel ? demandai-je en préparant tous les glaïeuls blancs et les roses blanches pour les disposer dans la camionnette.

Le défunt était visiblement très aimé, à en juger par le nombre de compositions florales qui avaient été commandées. Il y avait des douzaines de roses blanches pour la gerbe du cercueil, cinq croix de deuil différentes ceinturées de rubans portant l'inscription « À MON PÈRE », et des dizaines de bouquets destinés à être disposés un peu partout dans l'église.

J'étais stupéfaite de voir à quel point les fleurs destinées à une occasion aussi triste pouvaient être belles.

– Oui, je suis sûre. Mais je peux t'aider à charger la camionnette si tu veux, dit Mari en soulevant une des compositions pour remonter l'allée où notre camionnette de livraison était garée.

– Si tu fais l'enterrement aujourd'hui, j'arrêterai de te traîner au hot yoga tous les matins.

Elle ricana.

– Si j'avais un cent pour chaque fois où j'ai entendu ça, je serais déjà en Europe.

– Non, je te le jure ! Fini de piquer des suées à six heures du matin.

– Tu mens.

Je hochai la tête.

– Ouais, je mens.

– Et fini de repousser notre voyage en Europe. C'est officiel, nous y allons l'été prochain, hein ? demanda-t-elle en plissant les yeux.

Je grognai. Depuis qu'elle était tombée malade, deux ans plus tôt, je repoussais sans cesse notre voyage. Ma raison me disait qu'elle allait mieux, qu'elle était forte et en bonne santé, mais une petite partie de mon cœur redoutait un voyage si loin de chez nous, avec le risque de rencontrer un problème dans un pays étranger.

Je déglutis avec difficulté et acquiesçai. Elle me fit un grand sourire satisfait et rentra dans l'arrière-boutique.

– Ça se passe dans quelle église, aujourd'hui ? demandai-je à voix haute en me précipitant sur l'ordinateur pour chercher le dossier.

Je marquai un temps d'arrêt et plissai les yeux en lisant les mots : *UW-Milwaukee Panther Arena*[1].

– Mari, hurlai-je. C'est marqué que c'est à la salle omnisports en ville... c'est vraiment ça ?

1. La *UW-Milwaukee Panther Arena* est une salle omnisports de plus de 10 000 places, située à Milwaukee dans le Wisconsin. (NdT, ainsi que pour toutes les notes suivantes)

Elle revint précipitamment dans la pièce et regarda l'ordinateur, puis haussa les épaules.

– Waouh. Cela explique toutes ces fleurs.

Elle se passa la main dans les cheveux et je souris. Chaque fois qu'elle faisait ce geste, mon cœur était envahi de bonheur. Ses cheveux qui repoussaient étaient un rappel que sa vie était repartie et que nous avions de la chance d'être à l'endroit où nous étions. J'étais tellement heureuse que les fleurs dans la camionnette ne soient pas pour elle.

– D'accord, mais qui célèbre des funérailles dans une salle omnisports ?

– Ça doit être quelqu'un d'important.

Je haussai les épaules, pas très convaincue.

Lorsque j'arrivai à l'Arena, deux heures avant la cérémonie pour tout installer, l'extérieur du bâtiment était déjà pris d'assaut par une foule de gens. Les rues du centre-ville de Milwaukee étaient bondées de centaines de personnes et de policiers qui arpentaient la zone.

Des individus écrivaient des petits mots qu'ils collaient sur les marches, certains pleuraient, d'autres étaient en pleine conversation.

Je fis le tour du bâtiment avec le van pour aller décharger les fleurs, mais un membre du personnel de l'Arena m'en interdit l'accès. Il se planta devant la porte ouverte pour en bloquer l'entrée.

– Excusez-moi, mais vous ne pouvez pas entrer, me dit-il. C'est réservé aux VIP.

Il avait un gros casque autour du cou, et la façon dont il referma la porte derrière lui pour m'empêcher de regarder à l'intérieur piqua ma curiosité.

– Non, non, je viens juste livrer les fleurs pour le service funéraire, commençai-je à expliquer.

Il leva les yeux au ciel.

– Encore des fleurs ? grogna-t-il en me désignant une autre porte du doigt. La livraison des fleurs se fait de l'autre côté, la troisième porte. Vous ne pouvez pas la manquer, dit-il d'un ton catégorique.

– Ok. Hé, qui est-ce qu'on enterre, exactement ?

Je me hissai sur la pointe des pieds pour essayer de jeter un coup œil à l'intérieur pour voir ce qui s'y passait.

Il me lança un regard noir, l'air irrité.

– De l'autre côté, aboya-t-il avant de me claquer la porte au nez.

Je tirai sur la poignée de la porte et fronçai les sourcils. Verrouillée.

Un jour viendrait où j'arrêterais d'être si curieuse, mais à l'évidence ce n'était pas demain la veille.

Je me souris à moi-même en marmonnant

– Ravie d'avoir fait votre connaissance, moi aussi.

En contournant le bâtiment, je me rendis compte que nous n'étions pas les seules à avoir été contactées pour cet événement. Il y avait trois autres camionnettes devant moi et, comme nous n'étions pas autorisés à pénétrer dans l'enceinte du bâtiment, des employées réceptionnaient les compositions florales à la porte. Avant même que j'aie mis la voiture au point mort, elles tambourinèrent sur les portes arrière pour que j'ouvre. Aussitôt, elles se saisirent des fleurs sans beaucoup de ménagement, je frémis en voyant la façon dont l'une d'elles manipulait la couronne de roses blanches. Elle se la passa autour du bras en écrasant les clochettes d'Irlande vertes.

– Faites attention ! hurlai-je, mais personne ne parut m'entendre.

Quand elles eurent terminé, elles claquèrent mes portes, signèrent les papiers et l'une d'entre elles me tendit une enveloppe.

– Qu'est-ce que c'est que ça ?

– On ne vous l'a pas dit ?

La femme soupira bruyamment, puis posa les mains sur ses hanches.

– Les fleurs sont là juste pour le décor, et le fils de Monsieur Russell a donné des instructions pour qu'elles soient rendues aux fleuristes qui les ont livrées, après la cérémonie. Dans l'enveloppe, vous trouverez votre billet pour l'événement ainsi qu'un passe pour aller en coulisse récupérer vos fleurs. Sinon, elles seront jetées.

– Jetées ? m'écriai-je. Quel gâchis !

La femme haussa un sourcil.

– Ah oui ? Parce qu'elles ne seraient pas mortes de toute façon, peut-être ? dit-elle sur un ton sarcastique. Au moins, comme ça, vous pourrez les revendre.

Revendre des fleurs funéraires ? Et ce ce n'était pas morbide, peut-être ?

Sans me laisser le temps de répondre, elle me donna congé d'un signe de la main sans même me saluer.

J'ouvris l'enveloppe qui contenait mon billet et une petite carte qui disait : « Après le service, présenter cette carte pour récupérer les compositions florales, les fleurs non réclamées seront jetées. »

Je parcourus des yeux le billet plusieurs fois.

Un billet.

Pour un enterrement.

Jamais de ma vie, je n'avais été témoin d'une chose aussi bizarre. De retour dans la rue principale, je remarquai que le nombre de personnes rassemblées et qui collaient des mots sur les murs du bâtiment avait encore augmenté.

Ma curiosité monta d'un cran, et après avoir fait le tour plusieurs fois à la recherche d'une place pour me garer, j'entrai dans un parking payant. Je garai le van et en descendis pour aller voir que ce que tous ces gens fabriquaient là et qui allait être enterré. En posant le pied sur le trottoir noir de monde, je remarquai une femme à genoux qui griffonnait sur un morceau de papier.

– Excusez-moi, dis-je en lui tapant sur l'épaule.

Elle leva les yeux et me fit un grand sourire.

– Pardon de vous importuner mais... qui doit être enterré, exactement ?

Elle se releva en souriant toujours.

– Kent Russell, l'auteur.

– Oh, ce n'est pas vrai ?

– Si. Tous ces gens sont en train d'écrire leur propre éloge funèbre, comment il leur a sauvé la vie, et la collent sur les murs du bâtiment pour rendre hommage à sa mémoire, mais entre nous, je suis bien plus excitée à l'idée de voir G.M. Russell. Même s'il est regrettable que ce soit dans de telles circonstances.

– G.M. Russell ? Attendez, vous voulez dire le plus grand auteur de thrillers et de livres d'horreur de tous les temps ? m'exclamai-je en finissant par comprendre. Oh la vache ! J'adore G.M. Russell.

– Waouh ! Il vous en a fallu du temps pour faire le lien. Tout d'abord, j'ai pensé que vous étiez décolorée, mais à présent, je vois qu'en fait vous êtes une vraie blonde, plaisanta-t-elle. C'est un véritable événement, parce que vous savez comment il est en ce qui concerne les apparitions publiques, il n'en fait pratiquement jamais. Dans les manifestations littéraires, il ne discute pas avec ses lecteurs et se contente de leur faire son grand sourire de circonstance, il refuse les photos, mais aujourd'hui nous allons pouvoir le photographier. C'est incroyable !

– Les fans ont été invités aux obsèques ?

– Oui, Kent l'a écrit dans son testament. Tout son argent ira à un hôpital pour enfants. J'ai des bonnes places. Mon amie Heather était censée venir avec moi, mais elle est en train d'accoucher. Ces maudits gamins, ils vous gâchent toujours tout.

Je me mis à rire.

– Vous voulez son billet ? C'est carrément dans les premiers rangs. En outre, j'aimerais mieux être assise à côté d'une autre fan de G.M. que d'une fan de papa Russell. Vous seriez étonnée de savoir le nombre de personnes qui sont venues spécialement pour lui.

Elle marqua une pause, haussa un sourcil et se mit à fouiller dans son sac.

– Réflexion faite, ce n'est peut être pas si étonnant que ça, si on pense que c'est lui qui a passé l'arme à gauche. Tenez, ils sont en train d'ouvrir les portes.

Elle me tendit son billet supplémentaire.

– Oh, au fait, je m'appelle Tori.

– Moi c'est Lucy, dis-je en souriant.

J'hésitai un instant en me disant que c'était vraiment bizarre et inhabituel d'assister aux obsèques d'un inconnu dans un complexe sportif, mais en même temps... G.M. Russell était à l'intérieur de ce bâtiment, ainsi que mes fleurs qui seraient mises à la poubelle dans quelques heures à peine.

Je suivis donc Tori.

Pendant que nous rejoignions nos places, elle ne put pas s'empêcher de prendre des photos.

– On est super-bien placées, non ? Je n'en reviens pas d'avoir pu arracher ce billet pour deux mille dollars seulement !

– Deux mille ? dis-je, soufflée.

– Ouais, je sais, c'est du vol, et tout ce que j'ai eu à faire, c'est de vendre un rein sur Craigslist[2] à un mec nommé Kenny.

Elle se tourna vers le vieux monsieur assis à sa gauche. Malgré ses soixante-dix ans bien sonnés, il était séduisant comme tout. Il portait un trench-coat ouvert sur un complet brun et un nœud papillon bleu à pois blancs. Il tourna la tête vers nous avec un sourire sans arrière-pensées.

– Hé, excusez-moi, simple curiosité, combien avez-vous payé votre place ?

– Oh, je n'ai pas payé, dit-il avec le plus gentil sourire du monde. Graham est un de mes anciens étudiants. J'ai été invité.

Tori leva les bras en l'air, totalement sonnée.

– Attendez, attendez, ne me dites pas que... vous êtes... le Professeur Oliver !

Il acquiesça en souriant.

– Je plaide coupable.

– Vous êtes comme... le Maître Yoda de notre Luke Skywalker. Le Magicien derrière Oz. Purée, j'en reviens pas ! J'ai lu tous les articles que Graham a écrits et, je dois dire, c'est incroyable de rencontrer la personne dont il parle en termes si élogieux, enfin, élogieux pour G.M. Russell, ce qui n'est pas vraiment élogieux, si vous voyez ce que je veux dire.

Elle gloussa.

– Est-ce que je peux vous serrer la main ?

Tori continua à bavarder pendant presque tout le service, pour s'arrêter au moment où Graham monta sur la scène pour prononcer l'éloge funèbre. Avant de commencer

2. Site de petites annonces.

à parler, il déboutonna son veston, l'enleva, déboutonna ses manches de chemise et les roula sur ses avant-bras d'une façon très virile. C'est-à-dire qu'il remonta chaque manche au ralenti tout en se mordant les lèvres et poussa un petit soupir.

Waouh.

Il était trop séduisant, et sans faire d'effort, en plus.

Il était encore plus séduisant en vrai que dans mon imagination. Tout son personnage était sombre, enchanteur, et pourtant extrêmement peu amène. Ses cheveux noir de jais, coupés court, étaient rejetés en arrière en minuscules ondulations, et sa mâchoire carrée était recouverte d'une barbe de quelques jours. Sa peau cuivrée était lisse et impeccable, sans la moindre imperfection, si ce n'était une fine cicatrice qui traversait son cou sans pour autant nuire à cette perfection.

S'il y avait une chose que j'avais apprise à propos des cicatrices dans les romans de Graham, c'était qu'elles aussi pouvaient être séduisantes.

Il n'avait pas souri une seule fois, ce qui n'était pas choquant – après tout, c'étaient les obsèques de son père –, mais quand il se mit à parler, il le fit d'une voix douce, gouleyante comme un whisky on the rocks. À l'instar du reste de l'assistance, je le regardais, hypnotisée.

– Mon père, Kent Russell, m'a sauvé la vie. Il m'a mis au défi quotidiennement d'être non seulement un meilleur conteur d'histoires, mais surtout de devenir une meilleure personne.

Son discours, dans les cinq minutes qui suivirent, arracha des larmes à des centaines de personnes qui retenaient leur souffle en rêvant, elles aussi, d'être des proches de Kent. Je n'avais jamais lu aucun de ses contes, mais Graham me donna l'envie de me procurer un de ses livres. En terminant son discours, il leva les yeux au plafond et eut un sourire crispé.

– Alors, je vais conclure en citant mon père : Soyez inspirants. Soyez vrais. Soyez aventureux. Nous n'avons qu'une vie, et pour honorer mon père, j'ai l'intention de vivre chaque jour de ma vie comme si c'était mon dernier chapitre.

– Oh la vache ! murmura Tori en s'essuyant les yeux. Tu la vois ? demanda-t-elle en montrant ses genoux d'un mouvement de tête.

– Si je vois quoi ?

– La superbe érection invisible que j'ai en ce moment. Je ne savais pas qu'il était possible d'être excitée à ce point par un éloge funèbre.

Je me mis à rire.

– Moi non plus.

Après que tout fut terminé, Tori et moi échangeâmes nos numéros de téléphone et elle m'invita à son club de lecture. Après lui avoir dit au revoir, je me rendis dans les coulisses pour récupérer mes arrangements floraux. Tout en cherchant mes roses, je ne pouvais pas m'empêcher de me dire que tout le faste des obsèques de Kent me mettait mal à l'aise. Cela faisait un peu... cirque.

Je n'étais pas du genre à apprécier les enterrements, du moins pas les enterrements typiquement traditionnels. Dans ma famille, nous faisions normalement nos adieux à nos êtres chers en plantant un arbre en leur mémoire, pour honorer leur vie en apportant plus de beauté au monde.

En voyant une employée passer avec une de mes compositions, j'eus un sursaut et je criai.

– Excusez-moi !

Mais elle avait un casque sur les oreilles qui l'empêcha de m'entendre, alors je me précipitai en me frayant un chemin dans la foule pour essayer de la rattraper.

Elle se dirigea vers une porte, la maintint ouverte, le temps de jeter les fleurs à l'extérieur avant de la refermer et de s'éloigner en dansant sur sa musique.

– Il y avait pour trois cents dollars de fleurs ! grognai-je tout haut en passant la porte précipitamment.

Je l'entendis se refermer en claquant dans mon dos alors que je courais vers les roses qui avaient atterri dans une poubelle dans une cour entourée de grilles.

La douceur de la nuit me caressa la peau tandis que je récupérais mes fleurs à la lumière de la lune. J'inspirai profondément. Il y avait quelque chose de si paisible dans la nuit, tout ralentissait, l'agitation de la journée disparaissait jusqu'au matin.

Au moment de rouvrir la porte pour rentrer, je fus saisie de panique. Je poussai violemment à plusieurs reprises. En vain.

Verrouillée.

Eh merde.

Des deux poings, je me mis à tambouriner sur la porte de toutes mes forces dans l'espoir de pouvoir rentrer dans le bâtiment.

– Holà !

Je m'époumonai pendant au moins dix minutes sans m'interrompre, avant de laisser tomber.

Une demi-heure plus tard, j'étais assise sur le ciment et je regardais les étoiles lorsque j'entendis la porte s'ouvrir dans mon dos. Je me retournai et poussai un cri étouffé.

C'est vous.

Graham Russell.

Là, juste derrière moi.

– Arrêtez ça, dit-il d'une voix cinglante en remarquant mon air éberlué. Cessez de me regarder comme une bête curieuse.

– Attendez, attendez ! Elle...

Je me mis debout, mais juste quand j'allais lui dire de retenir la porte, je l'entendis se refermer en claquant.

– ... se verrouille automatiquement.

Il haussa un sourcil, le temps pour mes paroles de s'imprimer dans son cerveau. Il tenta de pousser la porte et soupira profondément.

– C'est une plaisanterie ?

Il poussa encore et encore, mais la porte était verrouillée.

– Elle est verrouillée.

Je hochai la tête.

– Ouaip.

Il tapota sur les poches de son pantalon et grogna.

– Et mon téléphone est resté dans mon veston, qui est accroché sur le dossier d'une chaise à l'intérieur.

– Je vous aurais bien proposé le mien, mais il est déchargé.

– Normal, dit-il d'un air morose. Cette journée n'aurait pas pu être pire.

Il tambourina sur la porte pendant plusieurs minutes sans résultat, puis se mit à insulter l'univers qu'il rendait responsable d'une vie vraiment pourrie. Il traversa la zone fermée par des grilles et posa les mains sur sa nuque. Il semblait être totalement épuisé par les événements de la journée.

– Je suis vraiment désolée, murmurai-je timidement.

Que pouvais-je dire d'autre ?

– Toutes mes condoléances.

Il haussa les épaules, indifférent.

– Les gens meurent. Ça fait partie des banalités de la vie.

– Oui, mais cela ne rend pas les choses plus faciles, et pour cela, je suis désolée.

Il ne répondit pas, mais cela n'était pas nécessaire. J'étais encore sous le choc de me retrouver là, si près de lui.

Je m'éclaircis la voix et me remis à parler parce que je ne savais pas être silencieuse.

– C'était un beau discours.

Il tourna la tête vers moi et me lança un regard glacial avant de se retourner.

Je poursuivis.

– Vous avez vraiment montré quel homme gentil et bienveillant votre père était et la façon dont il a changé votre vie et celle des autres. Votre discours de ce soir... c'était vraiment...

Je m'arrêtai cherchant les mots justes pour qualifier son éloge funèbre.

– De la foutaise, affirma-t-il.

Je me redressai.

– Quoi ?

– L'oraison funèbre était bidon. Je l'ai ramassée dehors. Un inconnu l'avait écrite et l'avait collée sur le mur, quelqu'un qui n'avait vraisemblablement jamais passé dix minutes dans la même pièce que mon père, parce que sinon, cette personne aurait su quel minable ce mec était en réalité.

– Attendez, vous dites que vous avez plagié un éloge funèbre pour les obsèques de votre père ?

– Dit comme ça, cela paraît vraiment horrible, dit-il sèchement.

– C'est probablement parce que quelque part, ça l'est.

– Mon père était un homme cruel qui manipulait les situations et les gens à son avantage. Cela le faisait marrer de voir que des gens comme vous paient pour ses bouquins de développement personnel de merde et mènent leur vie en s'inspirant des conneries qu'il a écrites. Je veux dire, son livre *Trente jour pour atteindre la sobriété* ? Il était tout le temps pété quand il l'a écrit.

J'ai littéralement dû le sortir de son vomi et de sa crasse plus souvent que je suis prêt à l'admettre. *Cinquante façons de tomber amoureux?* Il baisait des prostituées et virait ses secrétaires quand elles ne voulaient pas coucher avec lui. C'était un pourri, un être humain bidon, et je suis persuadé qu'il n'a sauvé la vie de personne, contrairement à ce que beaucoup m'ont affirmé de façon si spectaculaire ce soir. Il vous a tous utilisés pour se payer un bateau et bon nombre de plans cul.

Je restai bouche bée, abasourdie.

– Waouh.

Je me mis à rire en poussant un petit caillou du bout de ma chaussure.

– Dites-moi ce que vous ressentez en réalité.

Il releva le défi et se retourna lentement pour me faire face, il fit un pas en avant, ce qui eut pour effet de faire redoubler les battements de mon cœur. Ce n'était pas permis d'être aussi séduisant et sombre à la fois. Graham était un professionnel de la grimace. Je me demandais s'il était même capable de sourire.

– Vous voulez savoir ce que je ressens réellement?

Non.

Oui.

Hum, peut-être?

Sans me laisser le temps de répondre, il poursuivit.

– Je pense que c'est absurde de vendre des billets pour un service funéraire. Je trouve ridicule de profiter de la mort d'un homme qui fait de ses derniers adieux un véritable cirque. Je trouve terrifiant que certaines personnes aient payé un supplément pour pouvoir participer à un rassemblement de VIP après le service, mais en même temps, il y a bien des gens qui ont payé pour s'asseoir sur le divan sur lequel Jeffrey Dahmer s'était assis[3]. Je ne devrais pas être étonné par les êtres humains, mais pourtant, tous les jours je suis atterré par leur manque d'intelligence.

– Waouh…

Je défroissai ma robe blanche et me balançai d'avant en arrière.

– Vous ne le portiez vraiment pas dans votre cœur, hein ?

Il baissa les yeux avant de les relever pour me regarder.

– En effet.

Je plongeai le regard dans l'obscurité de la nuit et regardai les étoiles.

– C'est curieux, non ? De penser qu'une personne puisse être un ange pour certains et le pire des démons pour d'autres.

Mais mes réflexions ne l'intéressaient pas. Il se dirigea de nouveau vers la porte et recommença à tambouriner.

– *Maktub,* dis-je en souriant.

– Quoi ?

– *Maktub.* Cela veut dire que tout est écrit, que rien n'arrive par hasard.

Sans trop réfléchir, je tendis la main à Graham.

– Au fait, je m'appelle Lucy. C'est le diminutif de Lucille.

Il plissa les yeux, sans sourire.

– Ah bon ?

Je m'approchai en rigolant, la main toujours tendue.

– Je sais que certains écrivains ne s'embarrassent pas des conventions sociales, mais là, c'est le moment où vous êtes censé me serrer la main.

– Je ne vous connais pas.

– De façon étonnante, c'est exactement dans ce cas-là que vous êtes censé serrer la main de quelqu'un.

---

3. Jeffrey Dahmer est un tueur en série américain qui avoua avoir assassiné dix-sept jeunes hommes entre 1978 et 1991.

– Graham Russell, dit-il en ignorant ma main tendue. Je suis Graham Russell.

Je baissai la main et lui fis un petit sourire timide.

– Oh moi, je sais qui vous êtes. Cela peut paraître banal, mais je suis votre plus grande fan. J'ai lu tout ce que vous avez écrit, de A à Z.

– C'est impossible. Il y a des choses que j'ai écrites qui n'ont jamais été publiées.

– Sans doute, mais si vous les publiiez, je vous jure que je les lirais.

– Vous avez lu *La moisson* ?

Je fronçai le nez.

– Oui...

Il sourit. Non, pour être exacte, il eut un petit frémissement de la lèvre. *Au temps pour moi.*

– Vous êtes d'accord avec moi pour dire qu'il est très mauvais, alors ?

– Non, c'est simplement... il est différent des autres.

Je me mordillai la lèvre.

– Il est différent, mais je ne saurais pas dire précisément en quoi.

– Celui-là, je l'ai écrit juste après le décès de ma grand-mère.

Il dansa d'un pied sur l'autre.

– C'est une grosse daube, et il n'aurait jamais dû être publié.

– Non, dis-je d'un ton enthousiaste. Il m'a quand même coupé le souffle, mais d'une façon différente, c'est tout, et vous pouvez me faire confiance, si je trouvais que c'était une grosse daube, je vous le dirais. Je n'ai jamais su mentir.

Je haussai les sourcils et fronçai le nez tout en me mettant sur la pointe des pieds – comme maman le faisait – et je repris ma contemplation des étoiles.

– Vous avez pensé à planter un arbre ?

– Quoi ?

– Un arbre, en l'honneur de votre père. Après le décès de quelqu'un qui m'était proche, on l'a incinéré, et ma sœur et moi avons planté un arbre et répandu ses cendres au pied. Pendant les vacances, nous allons nous asseoir à l'ombre de l'arbre avec des bonbons et nous les mangeons en pensant à elle. C'est le cercle de la vie. Elle est venue au monde grâce à l'énergie du monde et s'en est retournée de la même façon.

– Vous gobez vraiment ces stéréotypes à la mode, hein ?

– En fait, c'est une façon super de préserver la beauté de la nature.

– Lucille...

– Vous pouvez m'appeler Lucy.

– Quel âge avez-vous ?

– Vingt-six ans.

– Lucy, c'est un nom d'enfant. Si vous voulez vraiment réussir dans la vie, vous feriez mieux de vous faire appeler Lucille.

– Merci pour le conseil. Et si jamais vous vouliez être le boute-en-train de la soirée, que diriez vous de vous faire appeler Graham Cracker[4] ?

– Vous êtes toujours aussi drôle ?

– Seulement aux enterrements où les gens doivent payer leur place.

– Elles étaient vendues à quel prix ?

– Ça allait de deux cents à deux mille dollars.

Il ouvrit des yeux ronds.

– Vous vous fichez de moi ? Il y a des gens qui ont payé deux mille dollars pour regarder un cadavre ?

4. Marque de biscuits traditionnels, souvent au miel.

Je me passai les mains dans les cheveux.

– Sans les taxes.

– Je m'inquiète pour les générations à venir.

– Ne vous en faites pas, la génération d'avant s'inquiétait pour vous aussi, et il ne fait pas de doute que vous êtes une individu brillant et charmant, dis-je d'un ton moqueur.

Il sourit presque, me sembla-t-il.

Et c'était presque beau.

– Vous savez, j'aurais dû me douter que ce n'était pas vous qui aviez écrit cet éloge funèbre, à cause de la fin. C'était un indice évident que vous ne l'aviez pas écrit.

Il haussa un sourcil.

– En fait, c'est vraiment moi qui l'ai écrit.

Je me mis à rire.

– Ce n'est pas vrai.

Il ne rit pas.

– Vous avez raison, ce n'est pas vrai. Comment avez-vous deviné ?

– Eh bien, vous écrivez des histoires d'horreur et des thrillers. Je les ai tous lus sans exception depuis que j'ai dix-huit ans, et pas un ne finit bien.

– Ça, ce n'est pas vrai, se défendit-il.

Je hochai la tête.

– Si. Les monstres gagnent toujours. J'ai commencé à lire vos livres après avoir perdu un de mes meilleurs amis, et leur noirceur m'apportait une sorte de réconfort. Savoir qu'il y avait d'autres sortes de souffrance de par le monde m'aidait à supporter ma propre douleur. Bizarrement, vos romans m'apportaient une forme de paix.

– Je suis sûr qu'il y en avait un qui se terminait bien.

– Pas un seul.

Je haussai les épaules.

– Ce n'est pas grave. Ce sont tous des chefs-d'œuvre quand même, simplement pas aussi positifs que le discours de ce soir.

Je marquai une pause et rigolai de nouveau.

– Un éloge funèbre positif. C'est probablement l'expression la plus maladroite que j'ai jamais employée.

Nous laissâmes retomber le silence, et Graham recommença à taper du poing sur la porte verrouillée à intervalles réguliers. Après chaque vaine tentative, il soupirait lourdement.

– Je suis désolée pour votre père, répétai-je en remarquant sa tension.

La journée avait été longue pour lui, et cela m'ennuyait de voir à quel point il avait envie d'être seul alors qu'il m'avait dans les pattes. Il était littéralement enfermé dans une cage avec une inconnue, le jour des obsèques de son père.

– Ça va. Les gens meurent, c'est comme ça.

– Oh non, je ne suis pas désolée qu'il soit mort. Je fais partie des gens qui croient que la mort n'est que le commencement d'une nouvelle aventure. Ce que je voulais dire, c'est que je suis désolée que, pour vous, il n'ait pas été l'homme qu'il était pour le reste du monde.

Il hésita une seconde, comme s'il s'apprêtait à dire quelque chose, puis opta pour le silence.

– Vous n'exprimez pas souvent vos sentiments, hein ?

– Et vous, vous exprimez les vôtres trop souvent.

– Est-ce que vous en avez au moins écrit un ?

– Un éloge funèbre ? Non. Et vous, vous en avez collé un à l'extérieur ? C'est le vôtre que j'ai lu ?

Je me mis à rire.

– Non, mais j'en ai écrit un pendant le service.

Je me mis à fouiller dans mon sac et en sortis mon petit bout de papier.

– Il n'est pas aussi beau que le vôtre – *vôtre* étant un peu tiré par les cheveux –, mais ce sont quelques mots.

Il tendit la main vers moi et j'y déposai le papier, nos doigts s'effleurèrent.

La fan va flipper dans trois, deux...

– L'air au-dessus de moi, la terre au-dessous, le feu en moi, l'eau tout autour...

Il lut à voix haute ce que j'avais écrit et poussa un sifflement étouffé.

– Oh, dit-il en hochant lentement la tête. Vous êtes une de ces hippies excentriques.

– Oui, je suis une hippie excentrique.

Les coins de ses lèvres frémirent, comme s'il se forçait à ne pas sourire.

– Ma mère nous le disait tout le temps, à mes sœurs et à moi.

– Parce que votre mère est une hippie excentrique, elle aussi ?

Mon cœur se serra, mais je continuai à sourire. Je trouvai un endroit où me rasseoir sur le sol.

– Oui, elle l'était.

– Était, murmura-t-il en fronçant les sourcils. Je suis désolé.

– Ce n'est rien. Une fois, quelqu'un m'a dit que les gens meurent, que c'est un aspect assez banal de la vie.

– Oui, mais...

Il n'alla pas plus loin. Nos regards se croisèrent un moment, la froideur avait disparu de ses yeux. Le regard qu'il me lança était lourd de chagrin et de douleur. C'était un regard qu'il avait probablement passé toute sa vie à cacher au monde, un regard qu'il avait probablement passé toute sa vie à se cacher à lui-même.

– J'ai bien écrit un éloge funèbre, murmura-t-il en s'asseyant par terre à côté de moi.

Il replia les genoux et retroussa les manches de sa chemise.

– Ah oui ?

– Oui.

– Vous voulez me le lire ?

– Non.

– Ok.

– Si, murmura-t-il doucement.

– Ok.

– Ce n'est rien du tout... je vous préviens.

Il sortit de sa poche arrière un bout de papier plié en quatre. Je lui donnai un coup de coude.

– Graham, vous êtes assis à l'extérieur d'une salle omnisports, piégé avec une hippie excentrique que vous ne reverrez probablement jamais. Vous n'avez aucune raison d'avoir peur de le lire.

– D'accord.

Il s'éclaircit la voix, plus nerveux qu'il n'aurait dû.

– Je détestais mon père, et il y a quelques jours il s'est éteint. Il était pour moi le pire des démons, le plus grand des monstres et un cauchemar vivant. Et pourtant, maintenant qu'il n'est plus, tout autour de moi semble s'être ralenti et je pleure des souvenirs qui n'ont jamais existé.

Waouh.

Le texte était sobre, mais les mots étaient lourds de sens.

– C'est tout ? demandai-je sentant venir la chair de poule sur mes bras.

Il acquiesça.

– C'est tout.

– Graham Cracker ?

Je me tournai lentement vers lui en me rapprochant de quelques centimètres.

– Oui, Lucille ? répliqua-t-il en se tournant un peu plus vers moi.

– Chaque mot que vous n'avez jamais écrit devient ma nouvelle histoire préférée.

Au moment où il ouvrait la bouche pour me répondre, la porte s'ouvrit brusquement, brisant le regard que nous échangions. Je me retournai et vis un agent de sécurité derrière lui qui se mit à hurler.

– Je l'ai trouvé ! Cette porte se verrouille automatiquement quand elle se ferme. Je suppose qu'il est resté coincé derrière.

– Oh mon Dieu, depuis le temps qu'on le cherche ! dit une voix de femme.

Au moment où elle passait la porte pour venir vers nous, je fronçai les sourcils, déconcertée.

– Jane.

– Lyric ?

Graham et moi avions parlé en même temps, les yeux rivés sur ma sœur aînée, que je n'avais pas vue depuis des années, ma sœur aînée qui était enceinte et qui me regardait, éberluée.

– Qui est Jane ? demandai-je.

– Qui est Lyric ? rétorqua Graham.

Elle me regarda avec des yeux débordant d'émotion, en posant les mains sur sa poitrine.

– Mais qu'est-ce que tu fiches là, bon sang, Lucy ? demanda-t-elle d'une voix tremblante.

– J'ai livré des fleurs pour le service.

– Tu as commandé des fleurs aux *Jardins de Monet* ?

Je fus quelque peu surprise qu'elle connaisse le nom de ma boutique.

– J'en ai commandé chez plusieurs fleuristes. Quelle importance ? Attends, comment est-ce que vous vous connaissez, toutes les deux ?

– Eh bien, dis-je, tremblant de tout mon corps en fixant d'abord le ventre de Lyric, puis ses yeux si semblables à ceux de maman.

Des yeux qui s'emplirent de larmes comme si elle avait été rattrapée par le plus grand des mensonges, et mes lèvres s'entrouvrirent pour prononcer la plus grande des vérités.

– C'est ma sœur.

3

GRAHAM

– Votre sœur ?

Je répétai les paroles de Lucy en regardant, stupéfait, ma femme qui ne disait pas un mot.

– Depuis quand as-tu une sœur ?

– Et depuis quand es-tu mariée et enceinte ? demanda Lucy.

– C'est une longue histoire, dit-elle doucement en posant les mains sur son ventre avec une petite grimace. Graham, on peut y aller ? J'ai les chevilles enflées et je suis épuisée.

Jane – *Lyric* – lança un regard en direction de Lucy, qui ouvrait toujours des yeux ronds, interdite. Leurs yeux étaient de la même couleur, mais c'était leur seul point commun. Une paire d'yeux marron chocolat était aussi glaciale que toujours, alors que l'autre était douce et pleine de chaleur.

Je ne pouvais pas détacher mon regard de Lucy et je me creusai la tête pour essayer de comprendre comment quelqu'un comme elle pouvait être apparentée à quelqu'un comme mon épouse.

Lucy était tout l'opposé de Jane.

– *Graham,* aboya Jane, m'obligeant à détourner les yeux de la femme au regard chaleureux et bienveillant.

Je me retournai vers elle en haussant un sourcil. Elle croisa les bras en soufflant bruyamment.

– La journée a été longue. Il est temps de rentrer.

Elle tourna les talons et commença à s'éloigner quand Lucy se mit à parler, les yeux rivés sur sa sœur.

– Tu as maintenu ta famille à l'écart des événements les plus importants de ta vie. Tu nous hais donc à ce point ? demanda-t-elle d'une voix tremblante.

Jane s'immobilisa un instant et se redressa, mais sans se retourner.

– Vous n'êtes pas ma famille.

Sur ces mots, elle s'en alla.

Je restai planté là quelques secondes, me demandant si mes pieds allaient m'autoriser à bouger. Quant à Lucy, je vis son cœur se briser juste devant moi. Elle s'écroula totalement et sans retenue. Une vague d'émotion emplit ses yeux si doux et elle n'essaya même pas d'empêcher ses larmes de couler sur ses joues. Elle laissa ses émotions la submerger intégralement, sans opposer de résistance à ses pleurs ni à ses tremblements. Je voyais littéralement comment elle portait le monde entier sur ses épaules et comment le monde l'écrasait lentement de son poids. Son corps se recroquevilla sous l'effet de la douleur, la faisant paraître beaucoup plus petite qu'elle n'était en réalité. Je n'avais jamais vu personne exprimer si librement ses émotions, pas depuis...

Arrête.

Mon esprit se mit à voyager dans le passé, vers des souvenirs que j'avais enfouis profondément en moi. Je détournai les yeux, déroulai mes manches sur mes avant-bras et m'efforçai de bloquer le son de la souffrance qu'elle ressentait.

En me dirigeant vers la porte, que l'agent de sécurité maintenait toujours ouverte, je me retournai vers la jeune femme effondrée et m'éclaircis la voix.

– Lucille, dis-je en resserrant mon nœud de cravate. Un petit conseil.

– Oui ?

Elle serrait ses bras autour de son corps et, quand elle me regarda, son sourire avait disparu, remplacé par un lourd froncement de sourcils.

– Écoutez moins vos sentiments, dis-je dans un souffle. Ne laissez pas les autres diriger vos émotions de cette façon. Faites-les taire.

– Faire taire mes sentiments ?

J'acquiesçai.

– Je ne peux pas, dit-elle en pleurant.

Elle posa les mains sur son cœur en secouant la tête d'avant en arrière.

– Je suis comme ça. Je suis une fille qui ressent tout.

Je voyais bien que c'était vrai.

Elle était la fille qui ressentait tout, et moi l'homme qui ne ressentait rien du tout.

– Alors, le monde fera tout son possible pour que vous ne soyez plus rien. Plus vous donnerez de sentiments, plus ils vous en prendront. Faites-moi confiance. Ressaisissez-vous.

– Mais... c'est ma sœur, et...

– Ce n'est pas votre sœur.

– Quoi ?

Je me frottai la nuque avant de fourrer mes mains dans mes poches.

– Elle vient de dire que vous n'étiez pas sa famille, ce qui signifie qu'elle n'en a rien à faire de vous.

– Non.

Elle secoua la tête en prenant son pendentif en forme de cœur dans ses doigts.

– Vous ne comprenez pas. Ma relation avec ma sœur est…

– Inexistante. Quand on aime quelqu'un, on en parle, non ? Elle n'a jamais mentionné votre existence.

Elle ne dit rien, se calma un peu et essuya ses larmes. Les yeux clos, elle prit une profonde inspiration et se mit à parler doucement pour elle-même.

– L'air au-dessus de moi, la terre au-dessous, le feu en moi, l'eau tout autour, l'esprit devient moi.

Elle répétait ces mots inlassablement, et je plissai les yeux, me demandant quelle personne Lucy était vraiment. Elle partait dans tous les sens : écervelée, incertaine, passionnée et submergée par ses émotions. C'était comme si elle était pleinement consciente de ses failles, mais qu'elle n'essayait même pas de les combattre. D'une certaine façon, ces failles la rendaient complète.

– Ce n'est pas fatigant de tout ressentir comme ça ?

– Ce n'est pas fatigant de ne rien ressentir du tout ?

À cet instant, je sus que je me trouvais face à mon contraire, et je n'avais pas la moindre idée de ce que je pourrais dire de plus à une étrangère aussi étrange qu'elle.

– Au revoir, Lucille.

– Au revoir, Graham Cracker.

* * *

– Je ne t'ai pas menti, s'exclama Jane alors que nous rentrions chez nous.

Je ne l'avais pas traitée de menteuse, je ne lui avais posé aucune question au sujet de Lucy ou du fait que j'ignorais tout de son existence jusqu'à ce soir. Je n'avais montré à Jane aucune espèce de colère à propos de cette histoire, et pourtant, elle répétait sans cesse qu'elle ne m'avait pas menti.

Jane.

Lyric ?

Je n'avais pas la moindre idée de qui était la femme assise à côté de moi, mais en réalité, l'avais-je vraiment su avant la révélation de l'existence de cette sœur ce soir-là ?

– Tu t'appelles Jane, dis-je les mains crispées sur le volant.

Elle hocha la tête.

– Et tu t'appelles Lyric ?

– Oui...

Elle secoua la tête.

– Non, enfin, je m'appelais comme ça avant, mais j'ai changé de nom il y a des années, avant même de te rencontrer. Quand j'ai commencé à postuler pour entrer à l'université, j'ai su qu'aucune ne me prendrait au sérieux avec un nom comme Lyric. Et quel cabinet d'avocats engagerait quelqu'un du nom de Lyric Daisy Palmer ?

– Daisy, dis-je en étouffant un rire. Tu ne m'avais jamais dit ton deuxième prénom.

– Tu n'as jamais demandé.

– Oh.

Elle haussa un sourcil.

– Tu n'es pas furieux ?

– Non.

– Waouh.

Elle prit une profonde inspiration.

– Tant mieux. Si c'était l'inverse, je serais si...

– Ce n'est pas l'inverse, l'interrompis-je.

Je n'avais aucune envie de discuter après la journée que je venais de passer.

Elle s'agita sur son siège, mais ne dit rien.

Nous gardâmes le silence pendant tout le reste du trajet, une foule de questions tournaient dans ma tête mais, en gros, je ne voulais pas connaître les réponses. Jane avait un passé dont elle ne parlait pas, et j'avais aussi un passé dans le même genre. Toute vie comporte des passages qu'il vaut mieux laisser dans l'ombre, et je me disais que la famille de Jane en était un parfait exemple. Il n'y avait aucune raison d'entrer dans les détails. Hier, elle n'avait pas de sœur, et aujourd'hui elle en avait une. Et je doutais fort que Lucy vienne de sitôt fêter Thanksgiving chez nous.

Je me rendis directement dans notre chambre et commençai à déboutonner ma chemise. Elle me rejoignit quelques secondes plus tard, l'air particulièrement tendue, mais ne dit pas un mot. Nous commençâmes tous deux à nous déshabiller et elle vint vers moi en silence, me tourna le dos, me demandant silencieusement de descendre la fermeture de sa robe noire.

Je fis ce qu'elle attendait et elle fit glisser sa robe sur son corps avant d'enfiler un de mes t-shirts qu'elle utilisait toujours comme chemise de nuit. Son ventre qui s'arrondissait les déformait, mais ça m'était égal.

Quelques minutes plus tard, nous nous tenions côte à côte dans la salle de bains, nous brossant les dents sans échanger une parole. Nous brossions, crachions, rincions. La routine habituelle. Le silence ne nous dérangeait pas, et cette soirée n'avait rien changé.

Lorsque nous nous mîmes au lit, nous éteignîmes tous les deux notre lampe posée sur notre table de chevet, sans prononcer un seul mot, pas même pour nous dire bonne nuit.

En fermant les yeux, je fis tout mon possible pour m'empêcher de penser, mais quelque chose dans cette journée vint ouvrir le livre de mes souvenirs. Alors, au lieu d'interroger Jane sur son passé, je me relevai et allai dans mon bureau pour me perdre dans mon roman. Il me restait environ quatre-vingt quinze mille mots à écrire, donc je décidai de me plonger dans la fiction afin d'oublier la réalité, l'espace d'un moment. Lorsque mes doigts s'activaient, mon cerveau ne se concentrait plus que sur les mots. Les mots me libéraient de la confusion que ma femme avait déposée à mes pieds. Les mots me libéraient du souvenir de mon père. Les mots me libéraient de la chute sans fin dans mon esprit où je stockais toute la douleur venue de mon passé.

Sans les mots, mon univers serait occupé par la perte.

Sans les mots, je volerais en éclats.

– Viens te coucher, Graham, dit Jane, debout dans l'embrasure de la porte.

C'était la deuxième fois de la journée qu'elle venait m'interrompre pendant que j'écrivais. J'espérais que cela n'allait pas devenir une habitude.

– Je dois finir ce chapitre.

– Tu vas encore te coucher à je ne sais quelle heure, exactement comme tu l'as fait ces derniers jours.

– Ce n'est pas grave.

– J'en ai deux, dit-elle en croisant les bras. J'ai deux sœurs.

Je fis une grimace et recommençai à taper.

– Ne commence pas, Jane.

– Est-ce que tu l'as embrassée ?

Mes doigts se figèrent et je me tournai vers elle, les sourcils froncés.

– Quoi ?

Elle se passa les doigts dans les cheveux, des larmes ruisselaient sur son visage. Elle pleurait, encore. Trop de larmes pour ma femme en une seule journée.

– J'ai dit, est-ce que tu l'as embrassée ?

– De quoi est-ce que tu parles ?

– Ma question est plutôt simple. Réponds-moi.

– Je refuse de jouer à ça.

– C'est oui, c'est ça ? s'écria-t-elle, oubliant toute raison.

Quelque part entre le moment où nous avions éteint nos lampes et celui où j'étais allé dans mon bureau, ma femme s'était transformée en un chaos émotionnel, et maintenant elle échafaudait des histoires complètement inventées.

– Tu l'as embrassée. Tu as embrassé ma sœur !

Je plissai le front.

– Pas maintenant, Jane.

– Pas maintenant ?

– S'il te plaît, ne laisse pas tes hormones prendre le dessus, là maintenant. La journée a été longue.

– Dis-moi juste si tu as embrassé ma sœur, répéta-t-elle comme un disque rayé. Dis-le, dis-moi.

– Je ne savais même pas que tu *avais* une sœur.

– Cela ne change rien au fait que tu l'as embrassée.

– Va t'allonger, Jane. Tu vas faire monter ta tension.

– Tu m'as trompée. J'ai toujours su que cela arriverait. J'ai toujours su que tu me tromperais.

– Tu es complètement parano.

– Dis-le-moi, Graham. C'est tout.

Je me passai les doigts dans les cheveux, ne voyant pas ce que je pouvais faire d'autre que dire la vérité.

– Bon Dieu ! Je ne l'ai pas embrassée.

– Si, s'écria-t-elle en s'essuyant les yeux. Je suis sûre que si, parce que je la connais. Je connais ma sœur. Elle a probablement su que tu étais mon mari et elle l'a fait pour me faire du mal. Elle détruit tout ce qu'elle touche.

– Je ne l'ai pas embrassée.

– Elle est comme ça, comme un poison que personne ne décèle. Mais moi, je le vois. Elle est exactement comme ma mère, elle abîme tout. Pourquoi est-ce que personne d'autre ne voit ce qu'elle fait ? Je n'arrive pas à croire que tu aies pu me faire ça, à moi, à nous. Je suis enceinte, Graham !

– *Je ne l'ai pas embrassée* ! criai-je, la gorge en feu, les mots se bousculaient sur ma langue.

Je ne voulais pas en savoir plus sur le passé de Jane. Je ne lui avais pas demandé de me parler de ses sœurs, je n'avais pas creusé, je ne l'avais pas harcelée de questions, et pourtant, je ne sais comment, nous nous retrouvions à nous disputer au sujet d'une femme que je connaissais à peine.

– Je ne sais rien de ta sœur et je me fiche d'en apprendre plus à son sujet. Je ne sais pas quelle mouche te pique, mais arrête de me mettre ça sur le dos. Je ne t'ai pas menti. Je ne t'ai pas trompée. Je n'ai rien fait de mal ce soir, alors arrête de t'en prendre à moi, surtout un jour comme aujourd'hui.

– Arrête de faire comme si ce jour comptait pour toi, murmura-t-elle, en me tournant le dos. Tu n'étais même pas triste pour ton père.

Ma phrase me revint.

Et pourtant, maintenant qu'il n'est plus, tout autour de moi semble s'être ralenti, et je pleure les souvenirs qui n'ont jamais existé.

– Là, tu ferais mieux de te taire.

Rien à faire.

– C'est vrai, tu sais. Il n'était rien pour toi. C'était un homme bien, et il n'était rien pour toi.

Je gardai le silence.

– Pourquoi tu ne me poses pas de questions sur mes sœurs ? Pourquoi tu t'en fiches ?

– Nous avons tous un passé dont nous ne parlons pas.

– Je n'ai pas menti, dit-elle une fois de plus, bien que je ne l'aie jamais traitée de menteuse.

C'était comme si elle essayait de se convaincre elle-même qu'elle n'avait pas menti, alors qu'en réalité c'était exactement ce qu'elle avait fait. Le truc, c'était que je m'en fichais, parce que s'il y avait une chose que j'avais apprise au contact des êtres humains, c'était qu'ils mentaient tous. Je ne faisais confiance à personne.

Une fois qu'une personne avait trahi votre confiance, une fois qu'un mensonge était remonté à la surface, tout ce qu'elle pouvait dire, que ce soit vrai ou faux, donnait l'impression de relever au moins partiellement de la trahison.

– Très bien. D'accord, allons-y. On met tout sur la table. Tout. J'ai deux sœurs, Mari et Lucy.

Je frémis.

– Arrête, s'il te plaît.

– On ne se parle jamais. Je suis l'aînée, et Lucy est la plus jeune. C'est une épave émotionnelle.

Ce jugement était ironique, si on pensait à l'état dans lequel elle était actuellement, en proie à cette crise de nerfs.

– Et c'est le portrait craché de ma mère, décédée il y a des années. Mon père s'est barré quand j'avais neuf ans, et je le comprends, ma mère était complètement dingue.

Je posai brutalement les mains sur mon bureau et me retournai vivement pour lui faire face.

– Qu'est-ce que tu attends de moi, Jane ? Tu veux que je dise que je suis furax parce que tu ne me l'as pas dit ? Très bien, je suis furax. Tu veux que je me montre compréhensif ? Très bien, je comprends. Tu veux que je dise que tu as eu raison de larguer ces gens ? Parfait, tu as eu raison de les larguer. Maintenant, est-ce que je peux me remettre à travailler, s'il te plaît ?

– Parle-moi de toi, Graham. Parle-moi de ton passé, tu sais, celui dont tu ne parles jamais.

– Laisse tomber, Jane.

J'étais tellement bon à tenir mes sentiments à distance. J'étais si bon pour ne pas m'impliquer émotionnellement, mais elle me poussait, elle me testait. J'aurais voulu qu'elle arrête, parce que quand les sentiments se libéraient de la noirceur de mon âme, ce n'était pas la tristesse ou la souffrance qui jaillissaient.

C'était la colère. La colère s'amplifiait en moi à mesure qu'elle me donnait mentalement des coups de massue. Elle me forçait à redevenir le monstre qui s'allongeait près d'elle tous les soirs, à son insu.

– Allez, Graham. Parle-moi de ton enfance. Et ta mère ? Tu as bien dû en avoir une, non ? Que lui est-il arrivé ?

– Arrête !

Je fermai les paupières en serrant les poings, mais rien à faire pour qu'elle me lâche.

– Elle ne t'a pas assez aimé ? Elle a trompé ton père ? Elle est morte ?

Je sortis de la pièce, parce que je la sentais remonter à la surface. Je sentais ma colère qui enflait, trop, trop dominatrice. Je fis tout ce que je pouvais pour lui échapper, mais elle me poursuivit à travers la maison.

– D'accord, tu ne veux pas parler de ta mère. Et si on parlait de ton père, alors ? Dis-moi pourquoi tu méprises tant ton père ? Qu'est-ce qu'il a fait ? Ça t'embêtait qu'il travaille tout le temps ?

– Tu ferais mieux d'arrêter ça tout de suite, je te préviens.

Mais elle était déjà allée trop loin. Elle voulait la jouer vache, mais elle n'avait pas le bon adversaire pour ça.

– Il t'a confisqué ton jouet préféré ? Il a refusé que tu aies un animal de compagnie ? Il a oublié ton anniversaire ?

Mon regard se fit lourd, et elle le remarqua lorsque nos yeux se croisèrent.

– Oh, murmura-t-elle. Il a manqué beaucoup d'anniversaires.

– *Je l'ai embrassée !* m'exclamai-je finalement d'une voix cinglante, en me plantant face à elle, qui resta bouche bée. Tu es contente ? C'est ça, le mensonge que tu veux entendre ? Je te jure, tu te comportes vraiment comme une imbécile.

Elle se mit à me frapper du plat de la main.

Fort.

Avec chaque coup qu'elle me portait, une nouvelle émotion remontait à la surface. Avec chacune de ses claques, un sentiment me tordait les tripes.

Cette fois, c'était le regret.

– Excuse-moi, dis-je dans un souffle. Je suis désolé.

– Tu ne l'as pas embrassée ? demanda-t-elle d'une voix chevrotante.

– Bien sûr que non.

– La journée a été longue et... oh, murmura-t-elle, pliée en deux par la douleur. Aïe !

– Qu'est-ce qu'il y a ?

Quand je croisai son regard, un vide se fit dans ma poitrine. Elle serrait les mains sur son ventre, et ses jambes dégoulinantes flageolaient alors qu'elle se tenait devant moi dans mon t-shirt déformé.

– Jane ? murmurai-je perplexe et angoissé. Qu'est-ce qui s'est passé ?

– Je crois que je viens de perdre les eaux.

4

GRAHAM

– C'est trop tôt, c'est trop tôt, c'est trop tôt, murmurait Jane en boucle, pour elle-même, alors que je la conduisais à l'hôpital.

Ses mains étaient posées sur son ventre et les contractions se succédaient.

– Ça va aller, tout va bien.

Je la rassurais à voix haute, mais dans mon for intérieur, j'étais terrifié. *C'est trop tôt, c'est trop tôt, c'est trop tôt...*

Une fois arrivés à l'hôpital, on nous emmena précipitamment dans une chambre où des médecins et des infirmières nous entourèrent en posant des questions pour essayer de comprendre ce qui s'était passé. Chaque fois que je posais une question, ils souriaient et me disaient qu'il fallait que j'attende le spécialiste en néonatalogie. Le temps s'écoulait lentement, chaque minute semblait être une heure. Je savais que c'était trop tôt pour l'enfant,

Jane n'était qu'à trente et une semaines de grossesse. Quand le spécialiste arriva enfin dans la chambre, il tenait le dossier de Jane à la main et il approcha une chaise du bord de son lit avec un petit sourire.

– Bonsoir, je suis le Docteur Lawrence, et je suis celui que vous serez vite fatigués de voir.

Il commença à feuilleter le dossier et passa une main sur son menton hirsute.

– On dirait que votre bébé vous fait des misères, là, Jane. Sachant que votre grossesse est loin du terme, nous sommes inquiets des risques de provoquer un accouchement alors qu'il reste une bonne douzaine de semaines avant le terme.

– Neuf, dis-je. Il ne reste que neuf semaines.

Le Docteur Lawrence fronça ses sourcils broussailleux en feuilletant ses papiers.

– Non, c'est bien douze, ce qui implique un certain nombre de problèmes assez complexes. Je sais que vous avez probablement déjà abordé toutes ces questions avec les infirmières, mais il est important de savoir ce qui se passe, pour vous et pour l'enfant. Tout d'abord, avez-vous subi un stress quelconque récemment ?

– Je suis avocate. Alors, le stress c'est ma vie, répondit-elle.

– Avez-vous pris de l'alcool ou des drogues ?

– Non aux deux.

– Vous fumez ?

Elle hésita.

Je haussai un sourcil.

– Oh, Jane. Sérieux ?

– Pas plus d'une ou deux fois par semaine, répliqua-t-elle, ce qui me stupéfia.

Elle se tourna vers le médecin et essaya de se justifier.

– J'ai eu beaucoup de stress au travail. Quand j'ai découvert que j'étais enceinte, j'ai essayé d'arrêter, mais quelques cigarettes par jour, c'était toujours mieux que mon demi-paquet.

– Tu m'as dit que tu avais arrêté, dis-je les dents serrées.

– J'ai essayé.

– Ce n'est pas la même chose !

– Ne te mets pas à me hurler dessus ! J'ai eu tort, je souffre beaucoup et le fait que tu me cries dessus ne va pas arranger les choses. Bon sang, Graham, par moments j'aimerais que tu sois plus gentil, comme ton père.

Ces mots m'atteignirent en profondeur, mais je fis de mon mieux pour ne pas réagir. Le Docteur Lawrence eut une grimace, mais reprit tout de suite son petit sourire.

– Bien sûr, le tabac peut entraîner beaucoup de complications différentes au moment de l'accouchement, et bien qu'il soit impossible de savoir la cause exacte de ce qui vous arrive, il est bon que nous ayons cette information. Sachant que vous êtes très loin du terme et que vous avez des contractions, nous allons vous donner un traitement pour essayer d'interrompre ce travail prématuré. Le bébé est loin d'avoir terminé son développement, alors nous allons devoir faire tout notre possible pour le maintenir à l'intérieur encore un peu. Nous allons vous garder ici sous monitoring pendant les quarante-huit heures à venir.

– Quarante-huit heures ? Mais mon travail...

– Je vous ferai un très bon certificat médical.

Le Docteur Lawrence lui fit un clin d'œil et se leva pour partir.

– Les infirmières vont revenir dans une minute pour voir si tout va bien et pour commencer le traitement.

Comme il sortait, je me levai brusquement et le suivis dans le couloir.

– Docteur Lawrence ?

Il se retourna et vint vers moi.

– Oui ?

Je croisai les bras et plissai les yeux.

– Nous nous sommes disputés juste avant qu'elle perde les eaux. J'ai crié et…

Je m'interrompis et passai une main dans mes cheveux avant de croiser les bras de nouveau.

– Je voulais juste savoir si cela pouvait être la cause… Est-ce que c'est à cause de moi ?

Le Docteur Lawrence sourit en coin et secoua la tête.

– Ce sont des choses qui arrivent. C'est impossible d'en déterminer la cause exacte, et vous faire des reproches ne servira à rien. Tout ce qu'on peut faire pour l'instant, c'est de vivre le moment présent et s'assurer de faire ce qu'il y a de mieux pour votre épouse et votre enfant.

J'acquiesçai et le remerciai.

Je m'efforçai de croire ce qu'il venait de dire, mais au fond de moi, j'avais le sentiment que tout était de ma faute.

* * *

Au bout de quarante-huit heures et voyant que la tension artérielle du bébé chutait, les médecins nous informèrent qu'il n'y avait pas d'autre option que de pratiquer une césarienne. Tout devint flou après cela, et mon cœur battit la chamade pendant tout le temps. J'étais là, planté dans la salle d'opération, sans savoir ce que j'allais ressentir une fois que le bébé serait né.

Quand les médecins terminèrent la césarienne et que le cordon ombilical fut coupé, tout le monde s'affaira en s'interpellant les uns les autres.

Elle ne criait pas.

Pourquoi ne criait-elle pas ?

– Un kilo cent soixante dix, annonça une infirmière.

– On va avoir besoin d'une CPAP, dit une autre.

– Une CPAP ? demandai-je comme elle passaient précipitamment devant moi.

– Un dispositif pour l'aider à respirer.

– Elle ne respire pas ? demandai-je à une autre.

– Si, mais elle est très faible. Nous allons la transférer en soins intensifs néonatals, et on vous contactera dès qu'elle sera stable.

Avant que je puisse demander autre chose, elles emmenèrent rapidement le bébé.

Quelques personnes restèrent pour s'occuper de Jane, et une fois installée dans une chambre de l'hôpital, elle passa quelques heures à se reposer. Quand elle finit par se réveiller, le médecin vint nous donner des nouvelles de notre fille. Il nous parla des épreuves qu'elle traversait et nous dit qu'on faisait tout ce qui était possible pour elle, aux soins intensifs, mais que son pronostic vital était engagé.

– S'il lui arrive quelque chose, sache que ce sera de ta faute, me dit Jane une fois que le médecin eut quitté la chambre.

Elle détourna la tête de moi vers les fenêtres.

– Si elle meurt, ce ne sera pas de ma faute. Ce sera de la tienne.

* * *

– Je comprends ce que vous me dites, Monsieur White, mais...

Jane, dans l'unité de soins intensifs néonatals, parlait dans son portable, en me tournant le dos.

– Je sais, Monsieur, je comprends parfaitement. C'est juste que mon enfant est en soins intensifs, et...

Elle s'interrompit, dansa d'un pied sur l'autre et hocha la tête.

– D'accord. Je comprends. Merci, Monsieur White.

Elle raccrocha et secoua la tête en s'essuyant les yeux avant de se retourner vers moi.

– Tout va bien ?

– C'est juste un truc de boulot.

Je me contentai de hocher la tête.

Nous nous tenions immobiles, les yeux rivés sur notre fille qui luttait pour respirer.

– Je n'y arrive pas, murmura Jane en se mettant à trembler. Je ne peux pas rester ici à ne rien faire. Je me sens si inutile.

Une nouvelle fois, la nuit précédente, nous avions cru perdre notre petite fille, et à ce moment-là, j'avais senti un grand vide se faire en moi. Jane ne gérait pas bien les choses du tout, et elle n'avait pas fermé l'œil de la nuit.

– Ça va aller, dis-je sans y croire.

Elle secoua la tête.

– Je n'ai pas signé pour ça. Je n'ai signé pour rien de tout ça. Je n'ai jamais voulu d'enfants. Je voulais être avocate, c'est tout. J'avais tout ce que je voulais. Et maintenant...

Jane ne tenait pas en place.

– Elle va mourir, Graham, murmura-t-elle les bras croisés. Son cœur est trop faible. Ses poumons ne sont pas développés. Elle n'est même pas vraiment là. Elle n'existe que grâce à tout ce...

Elle fit un geste de la main vers les machines reliées au corps minuscule de notre fille.

– ... ce *bazar*. Et nous, nous sommes censés rester assis là, à la regarder mourir ? C'est trop cruel.

Je ne répondis pas.

– Je ne peux pas faire ça. Cela fait bientôt deux mois qu'elle est là, Graham. Est-ce qu'elle ne devrait pas commencer à aller mieux ?

Ce qu'elle disait me mettait en colère et ça me rendait malade qu'elle croie que le cas de notre fille était désespéré.

– Et si tu allais à la maison prendre une douche ? proposai-je. Faire une pause. Peut-être aller au bureau pour te changer les idées.

Elle dansa d'un pied sur l'autre et fit une grimace.

– Ouais, tu as raison. J'ai plein de boulot en retard. Je reviens dans quelques heures, d'accord ? Après, je te remplacerai et tu pourras faire une pause et aller te doucher à ton tour.

Je hochai la tête.

Elle se dirigea vers notre fille et la regarda.

– Je n'ai encore dit son nom à personne. Cela paraîtrait idiot, non ? De dire aux gens comment elle s'appelle alors qu'elle va mourir.

– Ne dis pas ça, ripostai-je. Tout espoir n'est pas perdu.

– De l'espoir ?

Jane me regarda d'un air interloqué.

– Depuis quand crois-tu en l'espoir ?

Je ne sus que répondre, parce qu'elle avait raison. Je ne croyais ni aux signes, ni à l'espoir, ni à quoi que ce soit de ce genre. J'ignorais même le nom de Dieu jusqu'au jour de la naissance de ma fille, et je trouvais trop stupide de lui adresser ne serait-ce qu'une prière.

J'étais réaliste.

Je croyais en ce que je voyais, pas en ce que j'espérais possible, mais pourtant, quelque chose en moi regardait cette silhouette minuscule et regrettait de ne pas savoir prier.

C'était un besoin égoïste, mais j'avais besoin que ma fille aille bien. J'avais besoin qu'elle s'en sorte, parce que je n'étais pas sûr de pouvoir survivre si je la perdais. À la minute même de sa naissance, une douleur s'était installée dans ma poitrine. Mon cœur s'était en quelque sorte réveillé après avoir été endormi pendant des années, et en se réveillant, il n'avait rien ressenti d'autre que de la douleur. La douleur de savoir que ma petite fille pouvait mourir. Douleur de ne pas savoir combien de jours, d'heures ou de minutes il me restait à passer avec elle. Par conséquent, j'avais besoin qu'elle vive, afin que la douleur dans mon âme puisse disparaître.

C'était beaucoup plus facile d'exister quand mon cœur était fermé.

Comment avait-elle fait cela ? Comment l'avait-elle rouvert par le seul fait de naître ?

Je n'avais même pas prononcé son nom...

Quelle espèce de monstres étions-nous ?

– Vas-y, Jane, dis-je avec froideur. Je vais rester.

Elle partit sans ajouter un mot, et je m'assis sur la chaise près de notre petite fille, dont j'étais, moi aussi, trop anxieux pour prononcer le nom à voix haute.

J'attendis des heures avant d'essayer d'appeler Jane. Je savais qu'il lui arrivait d'être si absorbée par son travail qu'elle en oubliait de partir du bureau, tout comme moi lorsque j'étais absorbé par le livre que j'écrivais.

Impossible de la joindre sur son portable. Je continuai à essayer pendant les cinq heures qui suivirent, en vain. Alors, je me décidai à appeler le standard de sa boîte. En parlant avec Heather, la réceptionniste, je me sentis vidé.

– Bonjour, Monsieur Russell. Je suis désolée, mais, hum... en fait, elle a été remerciée ce matin. Elle a beaucoup manqué, alors Monsieur White s'est séparé d'elle... Je pensais que vous étiez au courant.

Elle baissa la voix.

– Comment ça va ? Pour le bébé ?

Je raccrochai.

Abasourdi.

Furieux.

Fatigué.

J'essayai une fois de plus le portable de Jane, mais tombai directement sur sa boîte vocale.

– Est-ce que vous voulez faire une pause ? me demanda une infirmière venue contrôler la sonde de nutrition de ma petite fille.

– Vous avez l'air épuisé. Rentrez chez vous pour vous reposer un peu. Nous vous appellerons si...

– Je vais très bien, l'interrompis-je.

Elle recommença à parler, mais mon regard peu amène la fit taire. Elle finit de vérifier les constantes puis sortit en me faisant une petit sourire.

Je restai assis avec ma fille, écoutant le bip des machines, attendant que ma femme revienne. Au bout d'un moment, je m'autorisai à rentrer chez moi pour me doucher et prendre mon ordinateur portable afin de pouvoir travailler à l'hôpital.

Sans perdre une minute, je sautai sous le jet d'eau brûlante qui me fouetta la peau. Ensuite, je m'habillai et me précipitai dans mon bureau pour prendre mon ordi et quelques papiers. C'est à ce moment-là que je la remarquai, la feuille de papier pliée en quatre posée sur mon clavier.

Graham,

J'aurais dû m'arrêter là. Je sus que rien de bon ne pouvais sortir de ce qui allait suivre. Je savais qu'il n'y avait rien de bon à attendre d'une lettre imprévue écrite à l'encre noire.

Je ne peux pas faire ça. Je ne peux pas rester là, à la regarder mourir. J'ai perdu mon boulot aujourd'hui, la chose pour laquelle j'ai le plus lutté, et c'est comme si j'avais perdu un morceau de mon cœur. Je ne peux pas rester assise à regarder une autre partie de moi-même disparaître, elle aussi. C'est plus que je ne puis supporter. Je suis désolée.

Jane.

Je regardai le papier, relus ce qu'elle avait écrit, encore et encore, avant de le replier et de le glisser dans ma poche arrière.

Ses mots s'imprimaient profondément dans mon âme, mais je fis de mon mieux pour ne pas réagir.

5

LUCY

– J'ai complètement zappé, dit l'inconnu d'une voix chevrotante. Je veux dire, on était tous les deux plongés dans nos examens jusqu'au cou, j'essaie tout juste de me maintenir la tête hors de l'eau, et j'ai complètement oublié notre anniversaire. Il est évident que ce n'était pas son cas, parce qu'elle est arrivée avec des cadeaux pour moi et habillée pour le resto que j'avais oublié de réserver.

Je souris au type en hochant la tête pendant qu'il me racontait en détail la raison pour laquelle sa petite amie était actuellement furieuse contre lui.

– Et pour tout arranger, j'ai aussi oublié son anniversaire, faut dire que je venais juste de me faire jeter de la fac de médecine une semaine plus tôt. Ça m'a mis dans une sacrée panade, mais, bon. Ok, ouais, désolé... Je vais prendre ces fleurs.

– Ce sera tout ?

J'encaissai la douzaine de roses rouges que le type avait choisies pour essayer de se rattraper auprès de sa petite amie d'avoir oublié les deux seules dates qu'il aurait vraiment dû se rappeler.

– Oui, vous croyez que ça suffira ? J'ai vraiment déconné, et je ne sais même pas par où commencer pour me faire pardonner.

– Les fleurs, c'est un bon début. Et parler, ça aide aussi. Ensuite, je pense que vos actes parleront d'eux-mêmes.

Il me remercia en payant et sortit de la boutique.

– Je ne leur donne pas deux semaines avant de rompre, dit Mari avec un sourire, en coupant les tiges de quelques tulipes.

– Toujours aussi optimiste ? dis-je en riant. Il essaie.

– Il demande à une parfaite inconnue des conseils pour son couple. Il n'est pas à la hauteur, dit-elle en secouant la tête. Vraiment, je ne comprends pas. Pourquoi les mecs éprouvent-ils le besoin de s'excuser *après* avoir merdé ? S'ils pouvaient juste éviter de merder, ils n'auraient pas à s'excuser. Ce n'est pas si difficile d'être... quelqu'un de bien.

Je lui fis un petit sourire crispé en remarquant l'agressivité avec laquelle elle coupait les tiges des fleurs alors que les larmes lui montaient aux yeux. Elle ne reconnaîtrait certainement pas qu'elle était en train de passer ses nerfs sur ces plantes magnifiques, mais il était évident que c'était ce qu'elle faisait.

– Tu vas... bien ? demandai-je en la voyant saisir un bouquet de marguerites qu'elle mit brutalement dans le vase.

– Je vais très bien. C'est seulement que je ne comprends pas comment ce mec a pu être si insensible, tu vois. Pourquoi avait-il besoin de te demander ton avis ?

– Mari.

– Quoi ?

– Tu fulmines et tu brandis ton sécateur comme une démente, parce qu'un mec a acheté des fleurs pour sa petite amie pour se faire pardonner d'avoir oublié leur anniversaire. Est-ce vraiment ça qui te met dans cet état, ou est-ce que cela a un rapport avec la date d'aujourd'hui ? Vu que cela aurait été votre...

– Septième anniversaire ?

Elle coupa deux roses en petits tronçons.

– Oh, c'est aujourd'hui ? Je n'avais pas fait attention.

– Mari, arrête avec ton sécateur.

Elle me regarda, puis baissa les yeux sur les roses.

– Oh non ! Tu crois que je fais un syndrome dépressif ?

Je m'approchai et lui enlevai lentement le sécateur des mains.

– Non, tu réagis comme un être humain normal. Tout va bien. Tu as le droit d'être en colère et triste le temps qu'il faudra. Tu te souviens ? *Maktub.* Cela ne devient un problème que lorsque nous commençons à détruire ce qui nous appartient à cause de pauvres connards. D'autant plus quand ce sont des fleurs.

– Oh, tu as raison, je suis désolée.

Elle gémit et se prit la tête entre les mains.

– Pourquoi est-ce que cela me fait encore quelque chose ? C'était il y a des années.

– Le temps ne suffit pas à effacer les sentiments, Mari. C'est normal. Mais il y a une chose positive, c'est que je nous ai arrangé un rendez-vous pour toi et moi ce soir.

– C'est vrai ?

Je fis oui de la tête.

– Il est question de Margaritas et de tacos.

Elle prit l'air intéressé.

– Et de dips au fromage ?

– Bien sûr. Tous les dips au fromage que tu veux.

Elle se leva pour me serrer fort dans ses bras.

– Merci, ma puce, d'être toujours là pour moi, même quand je ne te dis pas que j'ai besoin de toi.

– Quand tu veux, ma biche. Je vais chercher un balai pour réparer les dégâts que tu as faits pour gérer ta colère.

En me précipitant dans l'arrière-boutique, j'entendis la sonnette de l'entrée qui annonçait l'arrivée d'un client.

– Bonjour, euh... je cherche Lucille ? dit une voix grave qui me fit dresser l'oreille.

– Oh, elle est dans l'arrière-boutique, elle va revenir dans une...

Je revins en vitesse dans la boutique et restai plantée là, les yeux fixés sur Graham. Il était différent sans son costume et sa cravate, mais pourtant c'était bien lui. Il était vêtu d'un jean bleu foncé et d'un t-shirt noir moulant, et son regard exprimait toujours la même froideur.

– Bonjour, dis-je, en reprenant mon souffle et en traversant la boutique, les bras croisés. Vous désirez ?

Il agitait les mains nerveusement et chaque fois que nos yeux se croisaient, il détournait le regard.

– Je voulais juste savoir si vous aviez vu Jane récemment.

Il se crispa et se racla la gorge.

– Je veux dire, Lyric. Enfin, votre sœur. Avez-vous vu votre sœur dernièrement ?

– C'est vous, Graham Cracker ? dit Mari en se levant de sa chaise.

– Graham, dit-il sur un ton sévère. Je m'appelle Graham.

– Je ne l'ai pas revue depuis les obsèques.

Il hocha la tête, les épaules voûtées par la déception.

– Ah, d'accord. Eh bien, si jamais...

Il soupira.

– Laissez tomber.

Il se retourna pour partir, mais je le rappelai.

– Tout va bien ? Avec Lyric... Jane.

Ma poitrine se serra tandis que les pires possibilités me traversaient l'esprit.

– Elle va bien ? C'est le bébé ? Est-ce que tout va bien ?

– Oui et non. Elle a accouché il y a presque deux mois, une petite fille qui était prématurée et qui est toujours à Saint-Joseph.

– Oh mon Dieu, murmura Mari en posant la main sur son cœur. Et elles vont mieux ?

– Nous...

La façon dont il s'interrompit exprimait ses doutes, de même que son regard lourd montrait ses craintes.

– Ce n'est pas pour cela que je suis venu. Je suis venu parce que Jane a disparu.

– Hein ?

Mon esprit se mit à tourner à toute vitesse pour assimiler toutes ces informations.

– Disparu ?

– Elle est partie hier vers midi, et je n'ai pas eu de ses nouvelles depuis. Elle s'est fait virer de son boulot, et je ne sais pas où elle est ni si elle va bien. Je me suis dit que peut-être vous saviez quelque chose.

– Non.

Je me tournai vers Mari.

– Tu as eu des nouvelles de Lyric ?

Elle fit non de la tête.

– Ça ne fait rien. Désolé d'être passé, je n'avais pas l'intention de vous déranger.

– Vous ne nous...

Il sortit sans attendre la fin de ma phrase.

– ... dérangez pas, murmurai-je.

– Je vais essayer de l'appeler, dit Mari en se jetant sur son téléphone, son cœur battait probablement aussi vite que le mien.

– Où vas-tu ? demanda-t-elle alors que je me dirigeais vers la porte.

Sans prendre le temps de répondre, je sortis aussi vite que Graham l'avait fait.

– Graham !

Au moment de monter dans son Audi noire, il leva les yeux vers moi, l'air perplexe, comme s'il se demandait qui j'étais.

– Quoi ?

– Je... enfin, vous ne pouvez pas faire irruption comme ça dans mon magasin, me lancer toutes ces infos à la figure et vous tirer à toute vitesse. Qu'est-ce que je peux faire ? Comment est-ce que je peux vous aider ?

Il fronça les sourcils en secouant la tête.

– Vous ne pouvez pas.

Sur ce, il monta dans sa voiture et démarra, me laissant interloquée.

Ma sœur avait disparu, j'avais une nièce qui était entre la vie et la mort, et il n'y avait rien que je puisse faire pour aider ?

Je trouvais ça difficile à croire.

– Je vais aller à l'hôpital, dis-je à Mari en rentrant dans la boutique. Je vais aller voir ce qui se passe.

– Je t'accompagne.

Mais je lui dis que c'était mieux qu'elle garde le magasin ouvert. Il y avait beaucoup de choses à faire et si nous partions toutes les deux, on allait prendre trop de retard.

– Continue à essayer de joindre Lyric. Elle te répondra plus volontiers à toi qu'à moi.

– Ok. Tu promets de m'appeler s'il y a quelque chose qui ne va pas ou si tu as besoin de moi.

– Promis.

* * *

La première chose que je vis en pénétrant aux soins intensifs néonatals fut le dos de Graham. Il était assis sur une chaise, penché en avant, les yeux accrochés au petit berceau dans lequel reposait sa fille.

– Graham.

Il leva les yeux. Lorsqu'il se retourna, il semblait plein d'espoir, un peu comme s'il avait pensé que c'était Jane. La lueur d'espoir disparut aussitôt, il se leva et se rapprocha de sa fille.

– Ce n'était pas la peine de venir.

– Je sais, mais j'ai pensé que je ferais mieux de venir voir si tout allait bien.

– Je n'ai besoin de personne, dit-il au moment où je m'avançais vers lui.

Plus je me rapprochais, plus il se tendait.

– Vous avez le droit d'être triste ou d'avoir peur... murmurai-je sans pouvoir détacher mes yeux de la poitrine minuscule de la petite fille qui luttait si fort pour respirer. Vous n'êtes pas obligé d'être fort tout le temps.

– Est-ce que ma faiblesse peut la sauver ? dit-il d'une voix cinglante.

– Non, mais...

– Alors, arrêtez de me faire perdre mon temps.

Je dansai d'un pied sur l'autre.

– Vous avez eu des nouvelles de ma sœur ?

– Non.

– Elle va revenir, dis-je en espérant ne pas mentir.

– Elle m'a laissé un mot disant le contraire.

– C'est vrai ? C'est...

Je m'interrompis avant de dire que c'était étonnant. Dans un sens, ça ne l'était pas. Ma sœur aînée avait toujours eu un côté fuyard, comme notre père. Je changeai de conversation.

– Comment l'avez-vous appelée ? demandai-je en baissant les yeux vers la toute petite fille.

– Quel intérêt de le dire aux gens, si elle doit...

Sa voix se brisa. Il serra les poings et ferma les yeux. Pendant une fraction de seconde, il s'autorisa à se laisser aller à ses émotions en observant son enfant qui faisait tant d'efforts pour vivre. Il baissa la tête et chuchota.

– Si elle doit mourir.

– Elle est toujours là, Graham, dis-je en faisant un signe de tête dans sa direction. Elle est encore là, et elle est très belle.

– Mais pour combien de temps ? Je suis seulement réaliste.

– Eh bien, vous avez de la chance. Moi je suis espère-iste.

Il serrait les poings tellement fort que ses jointures blanchissaient.

– Je ne veux pas de vous ici, me dit-il en se tournant vers moi.

L'espace d'un moment, je me dis que je me montrais irrespectueuse, à rester là alors que je n'étais pas la bienvenue.

Et puis, je remarquai qu'il tremblait.

Son corps était agité d'un léger tremblement tandis qu'il regardait fixement sa fille, qu'il regardait fixement l'inconnu. J'ai su à ce moment-là que je ne pouvais pas le laisser.

Je tendis la main pour dénouer ses poings et pris sa main dans les miennes. Je savais que l'enfant menait une dure bataille, et je voyais bien que Graham aussi était en proie à un conflit. Quand je lui pris la main, je remarquai qu'un petit soupir de soulagement passa ses lèvres.

Il avala sa salive avec difficulté et laissa retomber ma main quelques secondes plus tard, mais cela sembla suffire à le faire arrêter de trembler.

– Talon, murmura-t-il à voix basse sur un ton effrayé, un peu comme s'il pensait que le fait de me dire son nom était comme embrasser sa fille en souhaitant sa mort.

– Talon, répétai-je doucement, un petit sourire courant sur mes lèvres. Bienvenue en ce monde, Talon.

À cet instant et pour la première fois en ma présence, Talon Russell ouvrit les yeux.

6

GRAHAM

– Vous êtes sûr que vous allez bien ? demanda Lucy, sans se rendre compte qu'elle n'était plus du tout la bienvenue. Elle était venue tous les jours à l'hôpital depuis deux semaines, pour prendre des nouvelles de Talon, pour prendre de mes nouvelles. À chaque jour qui passait, son insistance à continuer à venir me tapait de plus en plus sur les nerfs. Je n'avais pas envie de la voir ici, et il était clair que cela n'avait pas été une bonne idée de passer au magasin de fleurs pour m'enquérir de Jane.

Et le pire dans tout ça ? Lucy ne se taisait jamais.

Elle n'était pas du genre à arrêter de parler. C'était comme si elle avait besoin d'énoncer à voix haute la moindre pensée qui lui passait par la tête. Et pour tout arranger, chaque mot était surchargé d'un galimatias positif baba cool. Il ne manquait à son discours que le joint, du cristal de roche et un tapis de yoga.

– Je peux rester si cela vous arrange, proposa-t-elle une fois de plus.

On allait retirer à Talon la sonde de nutrition, et les médecins étaient confiants. Ils étaient certains qu'elle serait capable de commencer à s'alimenter de façon autonome, ce qui était un pas dans la bonne direction après des mois d'incertitude.

– Vraiment, Graham, cela ne me pose pas de problème de rester encore quelques heures.

– Non. Partez.

Elle hocha la tête et finit par se lever.

– Très bien. Je reviendrai demain.

– Ce n'est pas la peine.

– Graham, vous n'êtes pas obligé de faire cela tout seul, insista-t-elle. Je peux rester et aider si...

– Vous ne comprenez donc pas ? Votre présence n'est pas souhaitée. Allez embêter quelqu'un d'autre avec votre pitié.

Elle écarta les lèvres et recula de quelques pas.

– Je n'ai pas pitié de vous.

– Alors, vous devriez avoir pitié de vous-même pour ne pas avoir de vie à vous, marmonnai-je en évitant son regard et, pourtant, voyant du coin de l'œil l'expression chagrinée de son visage.

– Il y a des moments où je vous vois, vous savez, où je vois à quel point vous êtes blessé, où je vois votre douleur et votre inquiétude, mais à ce moment-là, vous vous reprenez et vous les dissimulez sous votre grossièreté.

– Arrêtez de faire comme si vous me connaissiez.

– Arrêtez de faire comme si vous n'aviez pas de cœur.

Elle se mit à fouiller dans son sac, en sortit un papier et un stylo et griffonna son numéro de téléphone.

– Tenez, prenez-le au cas où vous auriez besoin de moi ou si vous changez d'avis. J'étais nounou avant, et je pourrais vous donner un coup de main si nécessaire.

– Pourquoi ne comprenez-vous pas ? Je n'ai besoin de rien qui vienne de vous.

– Parce que vous croyez qu'il s'agit de vous ?

Elle ricana en saisissant entre ses doigts son pendentif en forme de cœur.

– J'ai l'impression que votre égocentrisme vous empêche de comprendre la réalité de la situation. Je ne suis pas là pour vous. Je ne vous connais pour ainsi dire pas. La dernière chose que ma mère m'a demandée, c'était de veiller sur mes sœurs et puisque Lyric a disparu, je trouve qu'il est important que je veille sur sa fille.

– Vous n'êtes pas responsable de Talon.

– C'est possible. Mais que cela vous plaise ou non, elle fait partie de ma famille, alors, s'il vous plaît, ne laissez pas votre orgueil et votre colère mal placée vous empêcher de me joindre si vous avez besoin de moi.

– Je n'aurai pas besoin de vous. Je n'ai besoin de personne ? lui aboyai-je à la figure.

Elle m'énervait avec sa générosité. C'était vraiment ridicule de sa part de donner tellement d'elle-même, avec une telle libéralité.

Elle plissa les yeux et m'observa en inclinant la tête. Je détestais qu'elle me regarde fixement comme ça. Je détestai, quand nos regards se croisèrent, sa façon de me dévisager comme si elle voyait une partie de mon âme dont j'ignorais même l'existence.

– Qui vous a fait du mal ? murmura-t-elle.

– Quoi ?

Elle se rapprocha de moi, déplia mon poing serré et posa le papier avec son numéro dans la paume de ma main.

– Qui vous a fait tant de mal, au point de vous rendre aussi froid ?

Quand elle partit, je la suivis des yeux, mais elle ne se retourna pas une seule fois.

* * *

Deux semaines s'écoulèrent avant que les médecins et les infirmières m'informent que le moment était venu pour moi de ramener Talon à la maison. Il me fallut au moins deux heures pour être sûr que le siège auto était correctement installé, plus cinq vérifications par des infirmières pour m'assurer qu'il était solidement attaché.

Je n'avais jamais conduit aussi lentement de ma vie, et chaque fois que je me retournais pour vérifier que Talon allait bien, elle dormait paisiblement.

Je sais que je vais merder.

J'en étais sûr. Je ne connaissais rien au métier de père. J'ignorais totalement comment on prenait soin d'un enfant. Jane aurait été super pour ça. Bien sûr, elle ne voulait pas d'enfants, mais c'était une perfectionniste. Elle aurait appris comment devenir la meilleure mère du monde. C'était elle le meilleur choix s'il fallait décider qui de nous deux pouvait s'occuper de Talon.

Le fait que ce soit moi était à mes yeux une terrible erreur.

– Chut.

J'essayai de la calmer en transportant le siège auto dans la maison. Elle s'était mise à pleurer au moment où je l'avais sortie de la voiture, et l'angoisse me serrait l'estomac.

Est-ce qu'elle a faim ? Est-ce qu'elle a besoin d'être changée ? Peut-être a-t-elle trop chaud ? Ou trop froid ? Est-ce qu'elle n'arrive pas à respirer? Est-ce que ses poumons ne sont pas encore assez forts? Est-ce qu'elle va passer la nuit?

Une fois Talon dans son berceau, je m'assis par terre à côté d'elle. Chaque fois qu'elle arrêtait de bouger, j'étais debout pour vérifier qu'elle allait bien.

Je vais merder, c'est sûr.

Les médecins se trompaient. J'étais sûr de ça. Ils n'auraient pas dû la laisser rentrer à la maison. Elle n'était pas prête. Je n'étais pas prêt. Elle était trop petite et mes mains étaient trop grandes.

J'allais lui faire du mal.

J'allais commettre une erreur qui lui coûterait la vie.

Je ne peux pas faire ça.

Je sortis mon téléphone portable et je composai le numéro que j'appelais depuis des semaines.

– Jane, c'est moi, c'est Graham. Je voulais juste te dire que... Talon est rentrée à la maison. Elle va bien. Elle ne va pas mourir, Jane, je voulais juste te le dire. Tu peux rentrer maintenant.

Ma main était crispée sur le téléphone, ma voix était sévère.

– Rentre à la maison. S'il te plaît. Je ne peux pas... je ne peux pas faire ça sans toi. Je ne peux pas faire ça tout seul.

C'était le même message que je lui avais laissé à de multiples reprises depuis le moment où les médecins m'avaient dit que Talon allait sortir. Malgré cela, Jane n'était jamais revenue.

Cette nuit-là fut la plus difficile de toute ma vie.

Chaque fois que Talon se mettait à crier, j'étais incapable de la calmer. Chaque fois que je la prenais dans mes bras, j'étais terrifié à l'idée de la briser. Chaque fois que je lui donnais à manger et qu'elle refusait, je m'inquiétais pour sa santé. La pression était trop grande. Comment quelqu'un d'aussi petit pouvait-il compter sur moi pour sa survie ?

Comment un monstre aurait-il pu élever un enfant ?

La question que Lucy m'avait posée la dernière fois que je l'avais vue passait en boucle dans ma tête.

Qui m'avait fait tant de mal et m'avait rendu si froid ?

Il était facile de répondre à la partie « qui ».

La raison, en revanche, était floue.

7

ONZIÈME ANNIVERSAIRE

Le garçon se tenait immobile dans le couloir plongé dans l'obscurité. Il n'était pas certain que son père veuille qu'on le voie. Il avait passé un long moment tout seul à la maison ce soir-là, et il se sentait plus en sécurité quand il n'y avait personne. Le jeune garçon était sûr que son père serait ivre quand il rentrerait, parce que c'était ce que le passé lui avait appris. Ce qu'il ne pouvait pas prévoir, c'était quelle version de ce père ivre allait passer la porte cette fois.

Certains soirs, son père était joyeux, d'autres, extrêmement cruel.

Son père pouvait se montrer si cruel quand il rentrait que, souvent, le garçon fermait les yeux le soir et se persuadait qu'il avait inventé les actes de l'homme ivre, se disant que son père ne serait jamais aussi insensible. Il se disait que personne ne pouvait détester autant sa propre chair et son propre sang, même sous l'emprise de l'alcool.

Et pourtant, il fallait bien reconnaître que parfois ceux que nous aimions le plus étaient les monstres qui nous bordaient le soir.

– Viens par ici, fils.

À l'appel de l'adulte, l'enfant se redressa et entra précipitamment dans le salon où il trouva son père assis avec une femme. Le père souriait en tenant les mains de la femme.

– Je te présente Rebecca, dit-il, les yeux brillants.

La femme était très belle, avec des cheveux chocolat qui tombaient sur ses épaules et un nez fin parfaitement centré entre ses yeux de biche marron. Ses lèvres pleines étaient peintes en rouge et, lorsqu'elle souriait, le garçon trouvait que quelque chose chez elle lui rappelait sa mère.

– Bonsoir, dit Rebecca d'une voix douce débordant de gentillesse et de confiance candide.

Elle tendit la main au garçon.

– C'est merveilleux de te rencontrer enfin.

Le garçon garda ses distances, ne sachant pas ce qu'il devait dire ou ressentir.

– Eh bien, dit son père sévèrement, serre-lui la main. Dis bonjour, fils.

– Bonjour, dit le garçon dans un souffle, comme s'il craignait de pénétrer dans un piège tendu par son père.

– Rebecca va devenir ma nouvelle femme. Ta nouvelle mère.

– J'ai déjà une mère, aboya le garçon d'une voix plus forte qu'il ne l'aurait voulu.

Il s'éclaircit la voix et reprit en chuchotant.

– J'ai déjà une maman.

– Non, riposta son père. Elle nous a quittés.

– C'est toi qu'elle a quitté, répliqua le garçon. Parce que tu es un ivrogne !

Il savait qu'il n'aurait pas dû dire ça. Mais il savait aussi à quel point son cœur souffrait à l'idée que sa mère avait pu partir en le laissant avec le monstre. Sa mère l'aimait, il était sûr de ça. Simplement, un jour, elle avait eu trop peur et cette peur l'avait poussée à partir.

Il se demandait souvent si elle s'était rendu compte qu'elle l'avait laissé derrière elle.

Il priait souvent pour qu'elle revienne un jour.

Son père se redressa sur son siège, les poings serrés. Comme il s'apprêtait à réprimander son fils pour lui avoir manqué de respect, Rebecca posa la main sur son épaule pour le calmer.

– Ce n'est rien. Cette situation est nouvelle pour chacun de nous, dit-elle en lui frottant le dos. Je ne suis pas là pour remplacer ta maman. Je sais qu'elle comptait beaucoup pour toi, et loin de moi l'idée de prendre sa place. Mais j'espère qu'un jour, tu trouveras le moyen de me faire une petite place dans ton cœur, aussi, parce que c'est comme ça avec le cœur, quand on croit qu'il est complètement plein, on trouve toujours le moyen de faire un peu de place pour ajouter encore un peu d'amour.

Le garçon gardait le silence, ne sachant pas ce qu'il devait dire. Il voyait bien dans les yeux de son père que la colère était toujours là, mais quelque chose dans les caresses de Rebecca lui faisait garder son calme. Elle était comme la belle qui, d'une façon ou d'une autre, domptait la bête.

Rien que pour cela le garçon espérait qu'elle resterait pour la nuit, et peut-être le lendemain aussi.

– Maintenant, passons aux choses amusantes, dit Rebecca en se levant pour aller vers la table de la salle à manger.

Elle revint avec à la main un cupcake surmonté d'une bougie à rayures jaunes et vertes.

– Il paraît que c'est ton onzième anniversaire. C'est vrai?

Le garçon hocha la tête d'un air méfiant.

Comment le savait-elle?

Son propre père n'en avait même pas parlé de la journée.

– Alors, tu dois faire un vœu.

Rebecca souriait largement, comme sa mère dans le temps. Elle fouilla dans son sac, en sortit un briquet et l'alluma. Le garçon regarda la mèche de la bougie qui s'enflammait et la cire qui coulait sur les côtés et qui se mélangeait au glaçage du gâteau.

– Vas-y, souffle la bougie et fais un vœu.

Il fit ce qu'elle lui disait, et son sourire s'élargit un peu plus.

Le jeune garçon commit une erreur ce soir-là, sans même s'en rendre compte. Cela se produisit si vite, entre le moment où il ouvrait la bouche pour souffler la bougie et le moment où la flamme se dissipa.

Dans cette fraction de seconde, dans cet infime espace de temps, il ouvrit accidentellement son cœur et la laissa entrer.

La dernière femme qui s'était souvenue de son anniversaire était sa mère, et il l'aimait si fort.

Celle-ci lui rappelait tellement sa mère, depuis son sourire gentil et sa confiance candide, ses lèvres peintes et ses yeux de biche, jusqu'à son désir d'aimer.

Rebecca ne se trompait pas au sujet du cœur et de l'amour. Le cœur est toujours prêt à accueillir un nouvel amour, mais quand cet amour s'installe, le chagrin d'amour n'est pas loin de se faufiler dans l'ombre.

Dans l'ombre, le chagrin d'amour empoisonnait l'amour et le tordait pour en faire quelque chose de plus sombre, de plus lourd, de plus laid. Le chagrin d'amour prenait l'amour et le mutilait, l'humiliait, le marquait au fer rouge. Le chagrin d'amour figeait progressivement les battements du cœur qui avait un jour été si prompt à accueillir l'amour.

– Joyeux anniversaire, dit Rebecca en prenant du bout du doigt un peu de glaçage pour le mettre dans sa bouche. Je souhaite que tous tes vœux se réalisent.

8

LUCY

Au beau milieu de la nuit, mon portable se mit à sonner. Je me retournai dans mon lit en cherchant Richard, mais il n'était pas là. Je jetai un coup d'œil vers le couloir d'où me parvenaient de la lumière et une musique de jazz en sourdine. Apparemment, il travaillait encore. Mon portable continuait de sonner, je répondis en me frottant les yeux.

– Allô ?

Je baillai en faisant tout mon possible pour garder les yeux ouverts. Les rideaux étaient tirés dans ma chambre, mais aucune lumière ne pénétrait, à l'évidence le soleil était encore loin de se lever.

– Lucille, c'est Graham. Je vous ai réveillée ? demanda-t-il d'une voix hésitante.

J'entendis les pleurs d'un bébé derrière lui et je m'assis dans mon lit en bâillant de plus belle.

– Non, je suis toujours éveillée à trois heures du matin, dis-je en rigolant. Qu'est-ce qu'il y a ? Quelque chose ne va pas ?

– Talon est sortie de l'hôpital aujourd'hui.

– C'est super.

– Non, dit-il d'une voix qui se brisa. Elle n'arrête pas de pleurer. Elle refuse de manger. Quand elle s'endort, je crois qu'elle est morte, alors je vérifie que son cœur bat, ce qui la réveille et elle recommence à pleurer. Quand je la mets dans son berceau, elle hurle encore plus fort que lorsque je l'ai dans les bras. J'ai besoin... je...

– Donnez-moi votre adresse.

– Vous n'avez pas...

– Graham, votre adresse, tout de suite.

Il finit par m'expliquer le trajet pour me rendre chez lui à River Hills, ce qui me renseigna au moins sur un point : il n'était pas dans la misère.

Je m'habillai à toute vitesse, attachai mes cheveux indisciplinés en un chignon tout aussi informe et me précipitai dans le salon où Richard était assis. Il fixait intensément un de ses dessins au fusain.

– T'es encore en train de travailler ?

Il tourna vivement les yeux vers moi et haussa un sourcil.

– Où tu vas ?

Il y avait quelque chose de changé chez lui, il s'était rasé la barbe et n'avait gardé que la moustache.

– Tu n'as plus de barbe ? Mais... une moustache.

– Ouais, je cherchais l'inspiration et je me suis dit que si je me rasais, cela ferait naître une forme d'expression. Ça te plaît ?

– C'est... (je fronçai le nez)... artistique ?

– Ce qui est exactement ce que recherche l'artiste que tu as en face de toi. Mais, attends, où vas-tu ?

– Graham vient de m'appeler. Il a ramené Talon à la maison et il ne s'en sort pas.

– Il est...

Richard jeta un coup d'œil à sa montre en plissant les yeux. J'étais sûre qu'il avait égaré ses lunettes quelque part dans son processus de création.

– ... trois heures du matin.

– Je sais.

J'allai vers lui et l'embrassai sur le sommet du crâne.

– Et c'est bien pour ça que tu devrais aller dormir.

Il me fit signe de partir.

– Les gens qui exposent dans des musées ne dorment pas, Lucy. Ils créent.

– Dans ce cas essaie de créer les yeux fermés pour une fois. Je reviens vite.

* * *

En me garant dans l'allée de Graham, je fus médusée par la taille de sa maison. Bien sûr, toutes les demeures situées sur River Hills étaient magnifiques, mais celle-ci était tout simplement à couper le souffle. La propriété de Graham était à son image, isolée du reste du monde. Le devant était entouré d'arbres, et à l'arrière il y avait un assez grand terrain. Des allées de graviers délimitaient des zones censées être dessinées, mais qui étaient envahies d'herbes folles. On aurait pu en faire un jardin superbe. Je voyais tout à fait le genre de fleurs et de plantes rares qu'on aurait pu faire pousser à cet endroit. À la suite du terrain nu, un nouvel espace boisé s'étendait loin.

Le soleil n'était toujours pas levé et sa maison était sombre, mais très belle. Deux énormes lions de pierre encadraient le porche et trois gargouilles ornaient le toit.

J'allai jusqu'à sa porte, deux gobelets de café dans les mains, et juste quand j'allais sonner, la porte s'ouvrit brusquement sur Graham qui me fit entrer sans attendre.

– Il n'y a rien à faire pour qu'elle arrête de hurler, dit-il sans même me dire bonjour, mais en me poussant vers le bébé qui pleurait.

La maison était plongée dans l'obscurité, seule brillait une lampe posée sur la table du salon. Toutes les fenêtres étaient drapées de lourds doubles-rideaux de velours rouge, ce qui assombrissait encore la pièce. Il me conduisit à la chambre de Talon, où la minuscule petite fille était allongée dans son berceau, le visage écarlate à force de brailler.

– Elle n'a pas de fièvre, et je l'ai couchée sur le dos, parce que, vous savez...

Il haussa les épaules.

– J'ai lu un tas de trucs sur le syndrome de mort subite du nourrisson et je sais qu'elle n'est pas capable de se retourner, mais si jamais elle le faisait involontairement ? Et elle ne mange pas beaucoup. Je ne sais pas quoi faire, alors j'allais essayer la méthode kangourou.

Sa nervosité m'aurait fait rire s'il n'y avait eu la détresse de Talon. Je parcourus la pièce du regard, notant au passage que la chambre de la petite fille faisait deux fois la taille de la mienne. Il y avait des dizaines de bouquins de conseils aux parents, éparpillés sur le sol, ouverts à certaines pages, avec des pages cornées pour pouvoir s'y référer un peu plus tard.

– C'est quoi la méthode kangourou ?

En relevant la tête, je me retrouvai devant un Graham à demi nu. Mes yeux se baladèrent sur son torse puissant et sa peau couleur caramel, mais je me forçai à arrêter de le regarder la bouche ouverte. Pour un écrivain, il était étonnamment bien fait et en forme. Un tatouage montait le long de son bras gauche pour aller recouvrir son omoplate et on aurait dit que ses biceps avaient leurs propres biceps, qui avaient eux-mêmes donné naissance à leurs propres biceps.

Pendant un instant, je me suis demandé s'il était vraiment écrivain et pas plutôt Dwayne Johnson[5].

Après avoir dévêtu Talon en ne lui laissant que sa couche, il la sortit de son berceau, la souleva dans ses bras musclés et se mit à la bercer en appuyant l'oreille du bébé qui pleurait toujours contre sa poitrine, à l'endroit du cœur.

– C'est une méthode où le parent et l'enfant ont un contact peau contre peau pour tisser un lien. Cela marche certainement mieux avec la mère, mais les infirmières m'ont dit que je devrais essayer, même si, d'après moi, cela ne servira à rien, maugréa-t-il alors que les pleurs continuaient.

Il la portait comme un ballon de foot et la berçait frénétiquement, comme si cela le rendait malade d'être incapable de la calmer.

– On devrait peut-être réessayer de lui donner à manger. Voulez-vous que je lui prépare un biberon ?

Il secoua la tête.

– Non. Vous ne sauriez pas à quelle température il doit être.

Je souris, je m'en fichais qu'il ne me fasse pas confiance.

– Très bien. Donnez-la-moi, comme ça, vous pourrez aller lui préparer un biberon.

Le froncement de ses sourcils exprimait clairement ses doutes. Je m'assis dans le fauteuil à bascule gris qui se trouvait dans le coin de la chambre et tendis les bras.

5. Dwaine Johnson est un sportif (lutteur professionnel) et acteur américano-canadien.

– Je vous promets de ne pas la laisser tomber.

– Il faut lui tenir la tête, me dit-il en déposant Talon lentement – *très lentement* – dans mes bras. Et ne bougez pas jusqu'à ce que je revienne.

Je me mis à rire.

– Vous avez ma parole, Graham.

Avant de quitter la pièce, il se retourna pour me regarder comme s'il s'attendait à trouver le bébé par terre, ou quelque chose d'aussi ridicule que ça. Mais je ne pouvais pas lui en vouloir d'avoir peur, il semblait avoir quelques difficultés à accorder sa confiance, d'autant plus depuis que ma sœur l'avait quitté.

– Salut, ma beauté, dis-je à Talon en la berçant dans le fauteuil, serrée contre moi.

Elle était belle, une véritable œuvre d'art. Quelques semaines plus tôt, elle n'était pas plus grosse qu'une cacahuète, et depuis la dernière fois que je l'avais vue, elle avait pris plus de deux kilos. C'était une survivante, porteuse d'espoir. Elle se calmait peu à peu, à mesure que je la berçais dans le fauteuil. Au moment où Graham revint dans la chambre, elle dormait paisiblement dans mes bras.

Il haussa un sourcil.

– Comment avez-vous fait ?

Je haussai les épaules.

– Je présume que ce fauteuil lui plaît beaucoup, c'est tout.

Il fit une grimace et tendit les bras pour me la reprendre et la reposer sans la réveiller dans le berceau.

– Partez.

– Quoi ? Pardon, mais est-ce que j'ai fait quelque chose de mal ? Je croyais que vous vouliez...

– Vous pouvez partir maintenant, Lucille. Nous n'avons plus besoin de vos services.

– Mes services ? ripostai-je, sidérée par sa froideur. Je suis simplement venue pour vous aider. C'est vous qui m'avez appelée.

– Eh bien, maintenant je vous rends votre liberté. Au revoir.

Il me raccompagna précipitamment vers la porte et me poussa dehors sans un mot. Pas le moindre merci ne fut prononcé avant qu'il me claque la porte au nez.

– N'oubliez pas de boire le café que je vous ai apporté et qui est posé sur le comptoir, hurlai-je en tambourinant sur la porte. Il est noir, comme votre âme !

* * *

– Il t'a fait venir à trois heures du matin ? demanda Mari tout en déverrouillant la porte de la boutique le lendemain matin.

Nous n'ouvrions pas le dimanche, mais nous étions venues pour préparer la semaine à venir.

– D'accord, j'étais heureuse que tu ne sois pas venue me réveiller à cinq heures pour une séance de hot yoga, mais je me demandais où tu étais passée. Comment va le bébé ?

– Bien. Elle va bien.

Je souris en y repensant.

– Elle est parfaite.

– Et il... s'en sort tout seul ?

– Il fait de son mieux, dis-je en entrant. Il a du mal, si tu veux mon avis. Ce n'était pas simple pour lui de m'appeler, je l'ai bien vu.

– C'est bizarre qu'il t'ait appelée. Il te connaît à peine.

– Je n'ai pas l'impression qu'il ait de famille. Je pense qu'il n'avait plus que son père. Et puis, je lui avais donné mon numéro au cas où il aurait besoin d'aide.

– Et il t'a fichue à la porte ?

– Ouaip.

Mari leva les yeux au ciel.

– On peut dire que c'est exactement l'environnement stable dont un enfant a besoin. Quand il est venu à la boutique, j'ai tout de suite vu qu'il y avait un truc qui ne tournait pas rond chez lui.

– C'est sûr qu'il est plutôt brut de décoffrage, mais je crois qu'il essaie vraiment de bien faire avec Talon. Il s'est retrouvé dans une situation qu'il n'avait pas choisie et il pensait qu'ils seraient deux pour y faire face, mais maintenant il doit tout faire tout seul.

– Je n'aurais pas imaginé ça. Je n'arrive pas à croire que Lyric l'ait quitté comme ça. Je l'aurais cru plus réfléchie après ce qui s'est passé entre Parker et moi.

– Elle a abandonné son bébé nouveau-né à l'hôpital, Mari. Si jamais on supposait qu'elle avait les pieds sur terre, on sait maintenant à quoi s'en tenir.

C'était dingue de réaliser – alors que l'on connaît une personne depuis toujours – qu'en fin de compte, on ne sait absolument rien d'elle.

Le temps est une malédiction dans la mesure où il peut transformer lentement une personne de votre famille en un parfait étranger.

Mari secoua la tête.

– Quel bazar ! Mais passons à un sujet plus joyeux, j'ai une surprise pour toi.

– Un smoothie vert ?

Elle haussa un sourcil.

– J'ai dit une surprise, pas une boisson dégoûtante à base de plantes mixées. Non, nous allons officiellement engager une fleuriste supplémentaire ! Je vais faire passer des entretiens dans les semaines qui viennent.

Depuis que nous avions ouvert la boutique, nous avions souvent parlé d'engager du personnel supplémentaire, mais jusqu'ici nous ne dégagions pas assez de bénéfice pour pouvoir le faire. Alors, c'était génial de savoir que nous pouvions nous le permettre maintenant. Il n'y a rien de plus jubilatoire que de voir votre rêve prospérer.

Au moment où j'allais répondre, la sonnette au-dessus de la porte retentit, nous faisant lever la tête en même temps.

– Désolée, mais la boutique n'est pas ouverte auj...

Ma phrase resta en suspens quand je vis qui se tenait à la porte avec un bouquet de roses à la main.

– Parker, dit Mari dans un souffle, se vidant de toute son énergie alors que ce nom sortait de sa bouche.

Elle réagit physiquement à sa présence : ses épaules se voûtèrent et ses genoux fléchirent.

– Qu... qu'est-ce que tu f... fais là ?

Sa voix tremblait et ça ne me plaisait pas. Ça trahissait l'effet qu'il produisait sur elle, l'effet que, de toute évidence, il voulait produire.

– Je... euh...

Il rigola nerveusement en regardant les fleurs.

– J'imagine que c'est plutôt stupide d'apporter des fleurs chez un fleuriste, non ?

– Que viens-tu faire ici, Parker ? dis-je d'une voix beaucoup plus sévère que celle de ma sœur.

Je croisai les bras sans détourner le regard une seconde.

– Moi aussi, je suis content de te voir, Lucy. J'espérais parler à ma femme une minute.

– Tu n'as plus de femme, lui dis-je.

À chaque pas qu'il faisait vers Mari, je m'interposais.

– Tu l'as perdue quand tu as fait tes valises pour la quitter, il y a toutes ces années.

– Ok, ok, c'est normal. Je n'ai que ce que je mérite, répliqua-t-il.

Mari murmura quelque chose à voix basse, et Parker haussa un sourcil.

– Qu'est-ce que tu as dit ?

– J'ai dit, tu mérites que dalle, putain ! aboya Mari d'une voix beaucoup plus forte, même si elle tremblait toujours.

Mari n'était pas du genre à jurer, alors, en l'entendant prononcer ce dernier mot, je sus qu'elle était vraiment bouleversée.

– Mari... commença-t-il.

Elle lui tourna le dos, mais il continua à parler.

– Cela aurait fait sept ans il y a quelques semaines.

Elle ne se retourna pas, mais je vis son corps réagir.

Ne faiblis pas, petite sœur.

– Je sais que j'ai déconné. Je sais que cela peut paraître nul à chier de me pointer ici après tout ce temps avec des fleurs merdiques, mais tu me manques.

Son corps réagit encore une fois.

– Tu me manques. Je suis un imbécile, d'accord ? J'ai fait plein d'erreurs minables. Je ne te demande pas de me reprendre aujourd'hui, Mari. Je ne te demande pas de retomber amoureuse de moi. Je suis juste un homme qui se tient en face d'une jeune femme et qui l'invite à prendre un café avec lui.

– Oh ! Carrément, dis-je en grognant.

– Quoi ? demanda Parker, visiblement vexé par mon agacement.

– Tu as piqué cette phrase dans *Notting Hill.*

– Pas exactement. Julia Roberts demandait à Hugh Grant de l'aimer. Moi j'ai juste demandé une tasse de café, expliqua Parker.

Je levai éperdument les yeux au ciel.

– Peu importe. Dégage !

– Sans vouloir te vexer, Lucy, je ne suis pas venu pour toi. Je suis venu pour Mari, et elle ne m'a pas dit de...

– Dégage ! dit Mari d'une voix qui avait retrouvé toute sa force, en se retournant vers lui.

Elle se tenait très droite, forte comme un chêne.

– Mari...

Il fit un pas en avant, mais elle leva la main pour l'arrêter.

– Je t'ai dit de partir, Parker. Je n'ai rien à te dire, et je ne veux rien avoir affaire avec toi. Maintenant, va-t'en.

Il hésita un instant avant de poser son bouquet sur le comptoir, puis il sortit.

Au moment où la porte se refermait sur lui, Mari laissa échapper le souffle qu'elle avait retenu et je me précipitai dans l'arrière-boutique.

– Qu'est-ce que tu fais ? cria-t-elle dans mon dos.

– Je vais chercher un bâtonnet de sauge.

Lorsque nous étions petites, maman avait toujours des bâtonnets de sauge à la maison, qu'elle faisait brûler chaque fois qu'il y avait eu une dispute, quelle qu'elle soit. Elle disait toujours que les disputes envoyaient des mauvaises ondes et qu'il valait mieux purifier l'espace tout de suite.

– Parker ne dégage aucune bonne énergie, et je refuse de laisser ces ondes négatives se répandre dans nos vies de nouveau. Pas aujourd'hui, Satan.

J'allumai la sauge et parcourus la boutique en l'agitant.

– En parlant de Satan... dit Mari en ramassant mon téléphone qui s'était mis à sonner.

Je tendis la main et je vis le nom de Graham s'afficher sur l'écran.

Méfiante, je répondis en passant le bâtonnet de sauge à ma sœur.

– Allô ?

– Le fauteuil ne marche pas.

– Quoi ?

– Je dis que le fauteuil ne marche pas. Vous m'avez dit qu'elle aimait le fauteuil berçant et que c'était comme ça que vous l'aviez endormie, mais ça ne marche pas. J'ai essayé toute la matinée, mais elle ne veut pas dormir. Elle ne mange presque rien et...

Il se tut un instant avant de reprendre doucement.

– Revenez.

– Pardon ?

Je me penchai sur le comptoir, soufflée.

– C'est vous qui m'avez flanquée dehors.

– Je sais.

– C'est tout ce que vous trouvez à dire ? Je sais ?

– Écoutez, si vous ne voulez pas venir m'aider, tant pis. Je n'ai pas besoin de vous.

– Moi, je crois que si. Et c'est bien pour ça que vous m'appelez.

Je me mordis la lèvre inférieure en fermant les yeux.

– Je serai chez vous dans vingt minutes.

– D'accord.

Cette fois encore, pas même un merci.

– Lucille ?

– Oui ?

– Un quart d'heure, ce serait mieux.

9

GRAHAM

Lorsque Lucy gara sa vieille voiture bordeaux toute déglinguée devant chez moi, j'ouvris la porte avant même qu'elle n'en soit descendue. Je portais Talon dans mes bras en la berçant, mais elle continuait de pleurer.

– Cela fait vingt-cinq minutes, dis-je sur un ton de reproche.

Elle se contenta de sourire. Elle souriait tout le temps.

Elle avait un sourire qui me rappelait mon passé, un beau sourire empli d'espoir.

L'espoir était le remède du faible pour répondre aux problèmes de la vie.

Ce que j'avais vécu dans le passé m'avait enseigné cette vérité.

– Je me plais à appeler ça un retard élégant.

Plus elle s'approchait de moi, plus je me sentais tendu.

– On dirait que vous sentez l'herbe, non ?

Elle se mit à rire.

– Ce n'est pas de l'herbe, c'est de la sauge. J'en ai fait brûler.

– Pourquoi avez-vous brûlé de la sauge ?

Elle eut un petit sourire entendu et haussa les épaules.

– Pour dissiper les énergies négatives, comme la vôtre.

– Ah bien sûr, vous, la baba cool. Je parie que vous ne vous déplacez pas sans vos cristaux de roche et vos pierres, aussi.

Tout naturellement, elle fouilla dans le sac qu'elle portait en bandoulière et en sortit une poignée de cristaux.

Parce que, *bien sûr*, elle en avait.

– Donnez.

Elle tendit les bras, prit Talon et se mit à la bercer.

– Vous avez besoin de vous reposer. Je vais m'en occuper.

Je culpabilisais un max en voyant que Talon semblait se calmer sans difficulté quand elle était dans les bras de Lucy.

– Je ne peux pas dormir.

– Mais si, vous pouvez. Vous vous en empêchez, parce que vous êtes paranoïaque, vous craignez qu'il arrive quelque chose à votre fille, ce qui est une réaction tout à fait normale que la plupart des jeunes parents éprouvent, j'en suis sûre. Mais vous n'êtes pas seul pour le moment, Graham. Je suis là.

J'hésitai, mais elle me donna un petit coup dans l'épaule.

– Allez-y. Je vais y arriver.

– Vous avez bien dit que vous aviez été nounou, c'est ça ?

– Oui, des jumeaux et leur petit frère. Je me suis occupée d'eux depuis leur première semaine jusqu'à ce qu'ils aillent à l'école. Graham, je vous promets que ça va aller.

– D'accord.

Je passai la main sur mon menton hirsute et pris le chemin de ma chambre. Une bonne douche me ferait du bien. Je ne me rappelais plus quand je m'étais douché pour la dernière fois, ni quand j'avais mangé, d'ailleurs. *C'était quand mon dernier repas ? Y a-t-il quelque chose dans mon frigo, au moins ? Est-ce que mon frigo marche toujours ?*

Les factures.

Est-ce que j'ai payé mes factures ? Mon téléphone n'a pas encore été coupé, ce qui est bon signe, parce qu'il faut que j'appelle le pédiatre de Talon demain matin.

Le médecin.

Le rendez-vous chez le médecin, il faut que je prenne rendez-vous.

Une nounou ? Il faut que je fasse des entretiens avec des nounous.

– Fermez-la, cria Lucy.

– Mais je n'ai rien dit.

– Non, mais votre esprit carbure, passant en revue tout ce que vous pourriez faire au lieu de dormir. Pour pouvoir être efficace, vous devez vous reposer avant. Et au fait, Graham ?

Je me retournai et vis son regard bienveillant posé sur moi.

– Oui ?

– Vous faites tout ce qu'il faut, vous savez, avec votre fille.

Je me raclai la gorge et enfonçai les mains dans les poches de mon jean.

La lessive, quand est-ce que j'ai fait la lessive, la dernière fois ?

– Elle pleure tout le temps. Elle n'est pas heureuse avec moi.

Lucy se mit à rire, de ce genre de rire où elle rejetait la tête en arrière et ouvrait grand la bouche. Elle riait trop fort, et au mauvais moment.

– Les bébés, ça pleure, Graham. C'est normal. Seulement, tout cela est nouveau pour vous deux. C'est un monde tout neuf, et tous les deux vous faites de votre mieux pour vous adapter.

– Elle ne pleure pas avec vous.

Lucy sourit en baissant les yeux sur Talon qui était à peu près calme dans ses bras.

– Faites-moi confiance, dans pas longtemps je vous supplierai d'échanger nos rôles, alors allez-y. Allez vous reposer un peu avant que je vous la rende.

Je hochai la tête et, avant de partir, je me raclai la gorge une fois de plus.

– Je m'excuse.

– De quoi ?

– De la façon dont je vous ai renvoyée ce matin. C'était grossier, et vous m'en voyez désolé.

Elle inclina la tête et me regarda d'un air interrogateur.

– Pourquoi ai-je l'impression qu'il y a un million de mots qui se baladent dans votre tête mais que vous n'en laissez s'échapper que quelques-uns ?

Je ne répondis pas.

Alors que je la regardais bercer ma fille qui semblait de plus en plus contrariée, Lucy sourit et me fit un clin d'œil.

– Vous voyez ? Qu'est-ce que je vous disais. Ce n'est qu'un bébé. Je vais m'occuper d'elle. Vous, allez vous occuper de vous.

Je la remerciai mentalement, elle sourit comme si elle m'avait entendu.

* * *

À l'instant où je posai la tête sur l'oreiller, je tombai dans un profond sommeil. J'ignorais que j'étais aussi fatigué jusqu'à ce que je prenne un moment de vrai repos. C'était comme si mon corps s'enfonçait dans le matelas et que le sommeil m'engloutissait tout entier. Aucun cauchemar, aucun rêve ne vint le troubler, et j'en fus extrêmement reconnaissant.

Ce ne fut que lorsque j'entendis crier Talon que je commençai à m'agiter dans mon lit.

– Jane, tu peux aller la chercher ? murmurai-je, à moitié endormi.

À cet instant j'ouvris les yeux et je regardai de l'autre côté du lit. Il n'était pas du tout défait, les draps n'étaient pas froissés. Je frôlai de la main l'espace resté vide qui vint me rappeler soudain que j'étais seul dans cette aventure.

Je sortis de mon lit et en parcourant les couloirs, j'entendis un doux chuchotement.

– Tout va bien, tout va bien.

Plus je m'approchais de la nurserie, plus la voix douce me calmait. Je restai devant la porte à regarder Lucy qui tenait Talon dans ses bras pour lui donner le biberon.

La contemplation de mon lit vide m'avait douloureusement rappelé que Jane m'avait quitté, mais le fait de voir Lucy devant moi était une petite compensation qui me disait que je n'étais pas seul.

– Elle va bien ?

Surprise, Lucy se retourna en sursautant.

– Oh oui. Elle avait faim, c'est tout.

Son regard se promena sur mon corps.

– Je vois que vous avez pu vous débarrasser de cette odeur d'égout.

Je passai les mains dans mes cheveux encore humides.

– Oui, j'ai pris une petite douche rapide et fait une sieste encore plus courte.

Elle hocha la tête et vint vers moi.

– Vous voulez lui donner le biberon ?

– Je... non. Elle ne...

Lucy fit un signe de tête en direction du rocking-chair.

– Asseyez-vous.

Je commençai à protester, mais elle secoua la tête.

– *Tout de suite.*

Je fis ce qu'elle me disait et une fois que je fus assis, elle posa le bébé dans mes bras. Au moment où l'échange se fit, Talon se mit à pleurer et je voulus la rendre précipitamment à Lucy qui refusa de la prendre.

– Vous n'allez pas la casser.

– Elle n'aime pas être dans mes bras. Elle n'est pas à l'aise.

– Non, c'est vous qui n'êtes pas à l'aise, mais vous pouvez y arriver, Graham. Respirez à fond et maîtrisez votre énergie.

– Votre côté baba cool ressort.

– Et vous, c'est votre peur qui ressort, répliqua-t-elle.

Elle se pencha, me mit le biberon de Talon dans la main et me montra comment le tenir. Au bout de quelques instants, Talon se mit à boire et se calma en fermant les yeux.

– Vous n'allez pas la briser, Graham.

Cela m'énervait qu'elle lise dans mes pensées sans ma permission. J'étais terrorisé à l'idée que le moindre de mes gestes puisse causer la perte de Talon. Mon père m'avait dit un jour que je cassais tout ce que je touchais, et j'étais convaincu que ce serait vrai en ce qui concernait mon bébé.

C'est tout juste si j'arrivais à lui donner son biberon, alors comment serais-je capable de l'élever ?

Lucy avait toujours ma main dans la sienne pour m'aider à tenir le biberon. Son contact était doux et léger, et étonnamment accueillant pour mon âme revêche.

– Quelle est votre plus grande espérance ?

Sa question me prit de court.

– Que voulez-vous dire ?

– Quelle est votre plus grande espérance dans la vie ? Ma mère nous posait toujours cette question quand nous étions enfants.

– Je... je n'espère rien.

Les coins de sa bouche retombèrent, mais je ne tins pas compte de la déception que lui procurait ma réponse. Je n'étais pas un homme qui espérait, j'étais un homme qui existait tout simplement.

Quand Talon eut fini son biberon, je la tendis à Lucy qui lui fit faire son rot puis la recoucha dans son berceau. Penchés tous les deux sur le berceau, nous la regardâmes se reposer sans que le nœud qui était dans mon estomac depuis que Talon était née ne disparaisse.

Elle se tortilla un peu en faisant une grimace bougonne avant de se détendre dans un sommeil plus profond. Je me demandai si elle rêvait quand elle avait les yeux fermés et si, un jour, elle aurait de grandes espérances.

– Waouh, ça, on peut dire qu'elle a votre air bougon.

Je rigolai, ce qui la fit se tourner vers moi.

– Excusez-moi, est-ce que vous venez bien de...

Elle tendit un doigt vers moi et me le planta dans le bras.

– Est-ce que Graham Russell vient bien de rire ?

– Une erreur de jugement, cela ne se reproduira plus, dis-je sèchement en me redressant.

– Oh, je le regrette.

Nos regards se croisèrent, nous n'étions qu'à quelques centimètres l'un de l'autre, incapables de trouver les mots.

Elle avait des cheveux blonds rebelles avec des boucles serrées, et cela semblait naturel. Même aux obsèques de mon père, ils étaient coiffés n'importe comment.

Mais beaux, d'une certaine façon.

Une boucle détachée du reste retombait sur son épaule gauche et je tendis la main pour la remettre en place quand je vis que quelque chose s'y était accroché. Je remarquai que sa tension augmentait quand j'avançai ma main.

– Graham, murmura-t-elle, qu'est-ce que vous faites ?

Je passai les doigts dans ses cheveux et elle ferma les yeux, incapable de cacher sa nervosité.

– Tournez-vous.

– Quoi ? Pourquoi ?

– Faites ce que je vous dis.

Elle haussa un sourcil, et je levai les yeux au ciel avant d'ajouter :

– S'il vous plaît.

Elle fit ce que je lui disais, et je fis la grimace.

– Lucille ? murmurai-je en me penchant sur elle, ma bouche à quelques centimètres de son oreille.

– Oui, Graham Cracker ?

– Vous avez du vomi plein le dos.

– Quoi ?

Elle se mit à se tortiller en tournant sur elle-même pour essayer de visualiser le dos de sa robe d'été, qui était couverte de la régurgitation de Talon.

– Oh, mon Dieu, gémit-elle.

– Vous en avez dans les cheveux aussi.

– Oh, putain de merde !

Elle se rendit compte de ce qu'elle avait dit et se mit la main sur la bouche.

– Désolée, je voulais dire : oh mince. J'espérais seulement ne pas retourner dans le monde réel couverte de vomi.

Je faillis rire une deuxième fois.

– Vous pouvez vous servir de ma douche, et je peux vous prêter des vêtements, le temps de passer ça à la machine.

Elle sourit, ce qu'elle faisait très souvent.

– C'est tout ce que vous avez trouvé pour me demander de rester pour m'occuper de Talon encore quelques heures ?

– Non, dis-je sur un ton coupant, vexé par son commentaire. C'est ridicule.

Elle cessa de sourire pour se mettre à rire.

– Je rigole, Graham. Ne prenez pas tout au sérieux. Détendez-vous un peu. Mais, oui, si ça ne vous dérange pas, j'accepterais volontiers votre proposition. C'est ma robe porte-bonheur.

– Eh bien, c'est plutôt raté puisqu'elle est couverte de vomi. Vous avez une drôle de conception d'un porte-bonheur

– Waouh.

Lucy siffla en secouant la tête.

– Vous êtes charmant, c'en est presque écœurant, persifla-t-elle.

– Je ne voulais pas...

Je m'interrompis et bien qu'elle continuât à sourire, je vis le léger tremblement de sa lèvre inférieure. Je l'avais vexée. Bien sûr que je l'avais vexée – involontairement, mais quand même, je l'avais fait. Je m'agitai sur place avant de me redresser. J'aurais dû dire autre chose, mais rien ne me venait à l'esprit.

– Je pense que je vais rentrer chez moi pour la laver, dit-elle en baissant la voix tout en ramassant son sac.

J'acquiesçai. Je comprenais. Moi non plus, je n'aurais pas aimé rester avec moi.

En la voyant sortir, je repris.

– Je ne suis pas très doué avec les mots.

Elle se retourna et secoua la tête.

– Oh si. J'ai lu tous vos livres, et vous êtes super-doué, presque trop. Ce qui vous manque, ce sont les compétences relationnelles.

– Je vis beaucoup dans ma tête. Je n'interagis pas souvent avec les gens.

– Et avec ma sœur ?

– Nous ne nous parlions pas beaucoup.

Lucy se mit à rire.

– Vos relations ne devaient pas être faciles, je suppose.

– Nous n'avions pas à nous plaindre.

Elle secoua vigoureusement la tête et plissa les yeux.

– C'est le moins qu'on puisse attendre, lorsqu'on est amoureux.

– Qui a parlé d'amour ?

La tristesse qui envahit son regard me déconcerta.

Mais, en un clin d'œil, sa tristesse avait disparu. J'appréciai sa capacité à ne pas s'attarder sur ses émotions.

– Vous savez ce qui vous aiderait à améliorer vos compétences relationnelles ? Vous pourriez sourire.

– Mais je souris.

– Non, dit-elle en riant. Vous froncez les sourcils. Vous vous renfrognez. Vous grimacez. C'est à peu près tout. Je ne vous ai pas vu sourire une seule fois.

– Quand une raison valable de le faire se présentera, je ne manquerai pas de vous le faire remarquer. Au fait, je suis désolé, vous savez, de vous avoir vexée. Je... je sais que je peux me montrer assez froid.

– Ça, c'est le moins qu'on puisse dire, dit-elle en riant.

– Je ne parle pas beaucoup et en général, quand je parle, je me plante, alors je m'excuse de vous avoir vexée.

Vous avez toujours été très généreuse avec Talon et moi, et c'est pour cela que je suis un peu troublé. Je n'ai pas l'habitude de rencontrer des personnes qui donnent... simplement pour donner.

– Graham...

– Attendez. Laissez-moi finir avant que je dise quelque chose d'autre qui va tout gâcher. Je voulais juste vous dire merci pour aujourd'hui, et pour vos visites à l'hôpital. Je sais que je ne suis pas un type facile, mais le fait que vous m'ayez aidé quand même signifie beaucoup plus pour moi que vous ne l'imaginez.

– Il n'y a pas de quoi.

Elle se mordit la lèvre inférieure et prononça le mot « *maktub* » à plusieurs reprises, à voix basse, avant de m'adresser la parole de nouveau.

– Écoutez, je vais peut-être vraiment, vraiment le regretter, mais si vous voulez, je peux passer le matin tôt avant d'aller travailler et revenir vous aider après. Je me doute qu'à un moment donné, vous allez devoir vous remettre à votre prochain best-seller, et je peux m'occuper d'elle pendant que vous écrirez.

– Je... je peux vous rétribuer pour vos services.

– Ce ne sont pas des services, Graham, c'est une aide, et je n'ai pas besoin de votre argent.

– Je me sentirais mieux si je vous payais.

– Et moi, je me sentirais mieux si vous ne le faisiez pas. Sérieusement. Je ne vous le proposerais pas si ce n'était pas sincère.

– Merci. Au fait, Lucille ?

Elle haussa un sourcil, attendant mon commentaire.

– C'est une très jolie robe.

Elle tourna légèrement sur la pointe des pieds.

– Avec le vomi, et tout ça ?

– Avec le vomi, et tout ça.

Elle baissa la tête un instant avant de me regarder de nouveau.

– Vous soufflez le froid et le chaud, et je n'arrive absolument pas à vous saisir. Je n'arrive pas à vous déchiffrer, Graham Russell. Je me pique de savoir déchiffrer les gens, mais vous êtes différent.

– Peut-être suis-je comme un de ces romans dont vous ne pouvez comprendre le sens qu'à la toute dernière page.

Son sourire s'élargit et elle se mit à marcher à reculons jusqu'à ma salle de bains pour aller nettoyer le vomi. Ses yeux restèrent rivés aux miens.

– Quelque part, j'ai envie d'aller directement à la dernière page pour connaître la fin, mais en même temps, j'ai horreur de spoiler et j'adore le suspense.

Après s'être nettoyée, elle revint dans l'entrée.

– Je vous enverrai un texto pour savoir si vous avez besoin de moi ce soir, sinon je passerai demain matin de bonne heure, et au fait, Graham ?

– Oui ?

– N'oubliez pas de sourire.

10

LUCY

Dans les semaines qui suivirent, je partageai mon temps entre les arrangements floraux et Talon. Si je n'étais pas aux *Jardins de Monet*, je donnais un coup de main à Graham. Quand j'allais chez lui, nous nous parlions à peine. Il me confiait Talon, puis se rendait dans son bureau, fermait la porte et écrivait. Il n'était guère loquace, et j'eus tôt fait d'apprendre quelque chose : les rares paroles qu'il prononçait étaient dures. Par conséquent, son silence ne me dérangeait pas.

Et même, il m'apaisait.

Parfois, je passais devant son bureau et je l'entendais laisser des messages sur la boîte vocale de Lyric. Tous les messages étaient destinés à lui donner des nouvelles de Talon, donnant des détails sur ce qui allait et ce qui n'allait pas.

Un samedi après-midi, en arrivant chez lui, j'eus la surprise de voir un break marron garé dans l'allée. Je descendis de voiture, allai jusqu'à la porte d'entrée et sonnai.

Alors que j'attendais en dansant d'un pied sur l'autre, je dressai l'oreille en entendant des rires provenant de la maison.

Des rires ?

Venant de chez Graham Russell ?

– Je te conseille d'avoir perdu du gras et gagné du muscle d'ici à ma prochaine visite, dit une voix, juste avant que la porte ne s'ouvre.

Quand je vis l'homme à qui appartenait la voix, je fis un large sourire.

– Oh bonjour, jeune fille, dit-il d'un air joyeux.

– Professeur Oliver, c'est bien ça ?

– Oui, oui, mais je vous en prie, appelez-moi Ollie. Vous devez être Lucille.

Il me tendit la main et je la serrai.

– Vous pouvez m'appeler Lucy. Graham pense que Lucy est trop familier, mais je suis quelqu'un de simple.

Je fis un sourire à Graham, qui se tenait quelques pas derrière lui, silencieux.

– Ah, Graham, toujours cérémonieux. Vous savez cela fait des années que j'essaie de le convaincre d'arrêter de m'appeler Professeur Oliver, mais il refuse de m'appeler Ollie. Il trouve que c'est infantile.

– Mais *c'est* infantile, insista Graham en attrapant le chapeau mou d'Ollie et en le lui tendant avec autorité.

– Merci d'être passé, Professeur Oliver.

– Bien sûr, bien sûr. Lucy, c'était un plaisir de vous rencontrer. Graham dit le plus grand bien de vous.

Je me mis à rire.

– Oh, j'ai du mal à croire ça.

Ollie fronça le nez et ricana.

– C'est vrai, c'est vrai. Il ne m'a pas beaucoup parlé de vous. Il n'est pas bavard, ce petit con, hein ? Mais, voyez-vous Lucy... puis-je vous confier un secret ?

– Je serais ravie de connaître autant de secrets et de tuyaux que possible.

– Professeur Oliver, dit Graham avec sévérité, n'avez-vous pas dit que vous aviez des choses à faire ?

– Oh, mais il s'énerve, on dirait ?

Ollie se mit à rire et poursuivit.

– En fait, il y a un truc à savoir quand on a affaire à Monsieur Russell : il ne dit pas grand-chose avec sa bouche, mais il raconte des histoires entières avec ses yeux. Si vous l'observez de près, ses yeux vous raconteront en détail tout ce qu'il ressent. En réalité, c'est un livre ouvert si vous apprenez à lire son langage, et quand je lui ai demandé ce qu'il pensait de vous, il m'a dit que ça allait, mais ses yeux m'ont dit qu'il vous était reconnaissant d'être là. Lucy, petite fille aux yeux de biche marron, Graham a une très haute opinion de vous, même s'il ne le dit pas.

En levant les yeux sur Graham, je vis le froncement de ses lèvres, mais aussi une petite étincelle de douceur dans ses yeux qui fit fondre mon cœur. Talon avait cette même beauté dans le regard.

– Très bien, mon vieux, je crois que nous avons assez entendu votre baratin. On dirait bien que vous abusez de mon hospitalité.

Ollie sourit jusqu'aux oreilles, semblant totalement indifférent à la froideur de Graham.

– Et pourtant, tu continues à me demander de revenir. À la semaine prochaine, fiston, et n'oublie pas, moins de gras, plus de muscles. Arrête de te brader avec des écrits médiocres alors que tu es bien au-dessus de ça.

Ollie se tourna vers moi et fit un petit salut.

– Lucy, ce fut un plaisir.

– Tout le plaisir était pour moi.

En passant devant moi, Ollie souleva son chapeau, puis rejoignit sa voiture en sifflotant et avec un petit sautillement dans la démarche.

Je souris à Graham qui ne me rendit pas mon sourire. Nous restâmes dans l'entrée quelques instants sans rien dire, simplement en nous regardant fixement. C'était gênant, ça c'est sûr.

– Talon s'est endormie, dit-il en détournant les yeux.

– Ah, très bien.

Je souris.

Il fit une grimace.

La routine.

– Bon, eh bien, je vais faire un peu de méditation dans votre solarium, si cela ne vous dérange pas ? Je vais prendre le babyphone avec moi, et j'irai m'occuper de Talon si elle se réveille.

Il hocha la tête et alors que je passais devant lui, il reprit :

– Il est dix-huit heures.

Je me retournai et haussai un sourcil.

– Oui, en effet.

– Je dîne à dix-huit heures dans mon bureau.

– Oui, je sais.

Il se racla la gorge et dansa d'un pied sur l'autre. Il regarda ses chaussures quelques instants avant de relever les yeux.

– Mary, la femme du Professeur Oliver, lui a donné deux semaines de repas congelés pour moi.

– Oh, c'est gentil de sa part.

Il hocha la tête.

– Oui. Un de ces plats est justement dans le four et chaque portion convient largement pour plus d'une personne.

– Oh.

Il continuait à me regarder fixement, mais sans rien dire.

– Graham ?

– Oui, Lucille ?

– Êtes-vous en train de m'inviter à dîner avec vous ce soir ?

– Si vous voulez, il y en a assez pour deux.

J'hésitai un instant en me demandant si je ne rêvais pas, mais je sus que si je ne répondais pas assez vite, il serait trop tard.

– Cela me plairait beaucoup.

– Avez-vous des allergies alimentaires ? Végétarienne ? Sans gluten ? Intolérance au lactose ?

Je me mis à rire, parce que tout chez Graham était si sec et sérieux. Son visage, alors qu'il énonçait cette liste, était si grave et intense que je ne pus m'empêcher de glousser intérieurement.

– Non, non. Tout me va.

– Ce sont des lasagnes, dit-il en haussant la voix comme si cela pouvait être un problème.

– C'est très bien.

– Vous êtes sûre ?

Je ricanai.

– Graham Cracker, j'en suis sûre.

Son visage resta impassible et il se contenta d'un petit hochement de tête.

– Je vais mettre la table.

Sa table de salle à manger était ridiculement grande, suffisante pour asseoir une douzaine de convives. Il disposa les assiettes et les couverts à chaque bout de la table et me fit signe de m'asseoir. Il servit le repas dans un silence de mort, puis alla s'asseoir à l'autre bout.

Il n'y avait pas beaucoup de lampes chez Graham et, la plupart du temps, les rideaux étaient tirés, ce qui ne laissait pas beaucoup passer le soleil. Son mobilier était foncé aussi, et peu fourni. Je constituais probablement l'élément le plus lumineux de toute la maison avec mes vêtements colorés et ma chevelure blonde éclatante et rebelle.

– Il fait beau dehors, vous savez, pour une journée de printemps dans le Wisconsin, dis-je au bout de quelques minutes d'un silence inconfortable.

Il n'y avait pas de sujets de conversation plus insipide que la météo, mais c'était tout ce que j'avais trouvé. Par le passé, ce genre de bavardage m'avait toujours aidée à détendre l'atmosphère.

– Ah bon ? marmonna-t-il, indifférent. Je ne suis pas sorti.

– Eh bien, je vous le dis.

Il ne fit pas de commentaire et se contenta de continuer à manger.

Hum.

– Vous n'avez jamais envisagé de faire un jardin derrière la maison ? C'est le bon moment pour commencer à planter des trucs, et vous avez un super-espace. Il suffirait de tailler un peu et vous pourriez vraiment égayer la maison.

– Cela ne m'intéresse pas. C'est une perte d'argent.

– D'accord, je vois.

Hum.

– Ollie a l'air sympa, dis-je pour faire une dernière tentative. C'est un sacré personnage, non ?

– Il est comme il est, marmonna-t-il.

J'inclinai la tête en observant ses yeux, suivant le conseil que m'avait donné Ollie.

– Vous l'aimez bien, non ?

– C'était mon professeur à la fac, maintenant il me coache dans mon boulot d'écrivain, ni plus ni moins.

– Je vous ai entendu rire avec lui. Vous ne riez pas avec beaucoup de monde, mais je vous ai entendu rire avec lui. Je ne savais pas que vous aviez le sens de l'humour.

– Je ne l'ai pas.

– Non, bien sûr.

Je savais qu'il mentait.

– Mais il m'a vraiment semblé que vous étiez complices, tous les deux.

Il ne répondit pas, et notre conversation s'arrêta là. Nous continuâmes à manger en silence et quand le babyphone nous signala que Talon pleurait, nous bondîmes tous les deux pour aller la voir.

– J'y vais.

Nous avions parlé en chœur.

– Non, je... commença-t-il, mais je secouai la tête.

– C'est pour cela que je suis là, je vous rappelle. Finissez votre repas et merci de l'avoir partagé avec moi.

Il hocha la tête, et j'allai voir Talon. Elle avait les yeux grands ouverts et elle arrêta de pleurer, un petit sourire venant remplacer ses larmes. J'imaginais que le sourire de Graham ressemblait à ça.

Alors que je lui préparais un biberon et que je commençais à le lui donner, Graham entra dans la chambre et s'adossa au montant de la porte.

– Elle va bien ?

– Elle avait seulement faim.

Il hocha la tête et s'éclaircit la voix.

– Le Professeur Oliver a une forte personnalité. Il est direct, bavard, et il dit n'importe quoi quatre-vingt-dix-neuf pour cent du temps. Je me demande comment sa femme et sa fille peuvent supporter son comportement ridicule et ses bouffonneries. Pour un homme âgé de plus de quatre-vingts ans, il se conduit comme un gamin, et très souvent il passe pour un clown instruit.

– Ah.

Eh bien, au moins je savais qu'il détestait tout le monde autant qu'il semblait me détester.

Graham baissa la tête et examina avec attention ses doigts qu'il croisa.

– Et c'est le meilleur homme et le meilleur ami que j'aie jamais eu.

Il tourna les talons et s'en alla sans ajouter un mot, et juste comme ça, le temps d'une infime fraction de seconde, Graham Russell me donna un aperçu de son cœur.

Vers onze heures du soir, je finis de ranger la chambre de Talon et allai au bureau de Graham où il était en train d'écrire, entièrement absorbé par son travail.

– Salut, je rentre.

Il ralentit, termina sa phrase puis se tourna vers moi.

– Merci pour votre temps, Lucille.

– De rien. Au fait, juste pour info, vendredi je ne pense pas pouvoir venir. Mon petit ami expose ses œuvres, alors je vais devoir y aller.

– Oh, dit-il avec un petit tressaillement de la lèvre inférieure. Ok.

Je passai la bandoulière de mon sac sur mon épaule.

– D'ailleurs, si vous voulez, vous pouvez venir avec Talon au vernissage. Cela pourrait être bien pour elle de sortir et de voir autre chose que le cabinet du médecin.

– Je ne peux pas. Je dois finir ces quelques chapitres.

– Oh, ok... eh bien, bonne nuit.

– À quelle heure ? dit-il, juste quand je sortais de son bureau.

– Hmm ?

– À quelle heure le vernissage ?

Un soupçon d'espoir me noua l'estomac.

– Vingt heures au Musée d'art moderne.

Il hocha la tête.

– Si jamais je finis tôt. Habillé ?

Je ne pus m'empêcher de sourire.

– Tenue de soirée exigée.

– C'est noté.

Il devait avoir remarqué mon excitation, parce qu'il plissa les yeux.

– Je ne promets rien. Je préfère être au courant pour le cas où je viendrais.

– Oui, bien sûr. Je vous ajouterai sur la liste des invités, au cas où.

– Bonne nuit, Lucille.

– Bonne nuit, Graham Cracker.

En m'éloignant, je ne pus m'empêcher de repenser à la façon dont la soirée s'était déroulée. Pour un observateur lambda, ces interactions auraient paru au mieux normales, mais je savais que pour Graham cela avait été une journée hors du commun.

Évidemment, il ne m'avait pas garanti qu'il viendrait au vernissage, mais il y avait une petite chance qu'il le fasse. Si c'était là l'homme qu'il devenait après une visite du Professeur Oliver, je priai au fond de moi pour que celui-ci passe tous les jours.

* * *

Parfois, j'apercevais Graham en train de s'occuper de sa fille. C'était à ces instants furtifs que je m'accrochais quand il se montrait encore plus froid que froid. Il arrivait assez souvent que je le trouve allongé sur le canapé, torse nu, tenant Talon contre lui. Il pratiquait tous les jours la fameuse méthode kangourou, par peur de ne pas tisser de liens avec Talon. Mais ils étaient liés, plus qu'il ne le croyait. Elle l'adorait, tout comme il l'adorait. Un jour, alors que je me reposais dans le salon, je l'avais entendu dans le babyphone en train de parler à sa fille pour essayer de calmer ses pleurs.

– Je t'aime, Talon. Je te promets de toujours m'occuper de toi. Je te promets de devenir meilleur pour toi.

Il n'aurait jamais montré cette face de son cœur si j'avais été à côté de lui. Il n'aurait jamais accepté d'être surpris dans un état d'esprit qui le rendait si vulnérable. Cependant, le fait qu'il ne craigne pas d'aimer sa fille avec autant d'attention, dans l'intimité de son foyer, me rassurait. Il s'avérait que la bête n'était pas le monstre qu'on croyait après tout. Il n'était qu'un homme qu'on avait blessé par le passé et qui se rouvrait lentement grâce à l'amour de sa fille.

***

J'arrivai au musée peu après vingt heures à cause d'une livraison tardive de fleurs. Lorsque j'entrai vêtue de ma robe violette à paillettes, je fus surprise du nombre de personnes qui étaient déjà arrivées. L'exposition de Richard avait lieu dans l'aile Ouest du musée, et les personnes qui étaient là étaient habillées comme pour le gala du Met[6] à New York. Moi, j'avais acheté ma robe en solde chez Target[7]. Je parcourus rapidement la pièce

6. Cette soirée annuelle caritative, organisée au profit du département des costumes du Metropolitan Museum, voit chaque année se succéder des tenues spectaculaires.
7. Chaîne américaine de grands magasins discount.

des yeux à la recherche de Richard, je le vis en grande conversation avec deux jeunes femmes et je me précipitai vers lui. Tout sourires, je m'interposai dans leur discussion à propos d'une de ses œuvres.

– Salut.

Les deux femmes étaient resplendissantes dans leurs robes rouge et or qui tombaient jusqu'au sol. Leurs cheveux étaient relevés de façon parfaite et leur maquillage était impeccable.

Richard leva les yeux vers moi et me fit un demi-sourire.

– Hé, salut, tu as réussi à venir. Stacy, Erin, voici Lucy.

Les deux femmes me toisèrent de la tête aux pieds et je me glissai plus près de Richard pour leur tendre la main.

– Sa *petite amie.*

– Je ne savais pas que tu avais une copine, Richie, dit Erin en me serrant la main d'un air dégoûté.

– Mon non plus, renchérit Stacy.

– Depuis cinq ans, dis-je les dents serrées, en faisant de mon mieux pour afficher un sourire hypocrite.

– Oh, dirent-elles en chœur sur un ton incrédule.

Richard se racla la gorge et posa la main sur mes reins pour m'écarter d'elles.

– Allez prendre un verre, Mesdames. Je vais accompagner Lucy pour la visite.

Elles s'éloignèrent, et Richard se pencha imperceptiblement vers moi.

– C'était quoi, ça ?

– De quoi est-ce que tu parles ? demandai-je en essayant de minimiser le fait que je ne m'étais pas comportée tout à fait normalement au cours de cet échange.

– De ton attitude « c'est mon mec, bas les pattes, salopes », là, tout de suite ?

– Désolée, murmurai-je en me redressant.

Je n'étais pas jalouse, mais ces femmes m'avaient mise tellement mal à l'aise, c'était comme si le seul fait que j'existe les dérangeait.

– Ce n'est pas grave, dit Richard en retirant ses lunettes pour les essuyer.

– Ta robe est courte, ajouta-t-il en parcourant la pièce des yeux.

Je fis un petit tour sur moi-même.

– Elle te plaît ?

– Elle est courte, c'est tout. En plus, tes talons sont jaune pétard et *vraiment* hauts. Tu es plus grande que moi.

– Et c'est un problème ?

– Je me sens juste un peu déstabilisé, c'est tout. Quand je vais te présenter, je vais avoir l'air du petit mec à côté de sa petite amie géante.

– C'est juste quelques centimètres.

– Oui, mais quand même, ça me diminue.

Je ne savais pas trop comment prendre ce qu'il me disait mais, sans me laisser le temps de répondre, il fit un commentaire sur mes cheveux.

– Et tu as des pétales de rose dans les cheveux.

Je souris en tapotant la couronne de fleurs que j'avais faite à la boutique avant de venir. Elle était composée de roses, de tulipes et de gypsophiles et je l'avais posée sur le dessus de ma tête, mes cheveux étaient noués en une grosse tresse mexicaine qui retombait sur mon épaule gauche.

– Tu aimes ?

– Cela fait un peu enfantin, c'est tout.

Il remit ses lunettes.

– C'est juste... je croyais t'avoir dit à quel point cet événement était important pour moi, Lucy. Pour ma carrière.

Je plissai les yeux.

– Je sais, Richard, c'est fantastique. Ce que tu as fait, c'est fantastique.

– Ouais, mais cela paraît un peu bizarre que tu arrives habillée comme ça.

J'ouvris la bouche sans savoir quoi dire, mais avant que je puisse répondre, il s'excusa, me disant qu'il devait aller dire bonjour à quelqu'un d'important.

En toussotant, je m'éloignai toute seule et déambulai dans la pièce avant de finir par me diriger vers le bar, où un jeune homme charmant me fit un sourire.

– Bonjour, qu'est-ce que je peux vous offrir ?

– Une autre robe, dis-je en plaisantant. Et peut-être une paire de talons moins hauts.

– Vous êtes très belle. Et, entre nous, je pense que vous êtes la personne la mieux habillée de tous les gens présents dans cette pièce, mais qu'est-ce que j'en sais, moi ? Je ne suis qu'un barman, pas un artiste.

Je souris.

– Merci. Je vais juste prendre une eau minérale avec une rondelle de citron, pour l'instant.

Il haussa un sourcil.

– Vous êtes sûre que vous ne voulez pas de vodka ? Il me semble qu'une bonne quantité de vodka est nécessaire pour tenir le coup dans un endroit comme celui-ci.

Je me mis à rire, en secouant la tête.

– Je suis bien d'accord, mais je pense que j'attire déjà assez l'attention comme ça, ce n'est pas la peine de libérer ma version saoule.

Je le remerciai pour l'eau glacée et quand je me retournai, mes yeux tombèrent sur un homme de dos, debout devant l'un des tableaux de Richard. Posé à côté de lui, il y avait un siège auto qui contenait le plus beau bébé du monde. Une sensation de réconfort me submergea en les voyant devant moi. Je m'expliquai mal comment le fait de voir ces deux visages familiers avait pour effet de me donner de l'assurance.

– Vous avez pu venir, m'écriai-je en m'approchant et en me penchant sur Talon pour lui poser un petit baiser sur le front

Graham se tourna rapidement vers moi avant de reporter son regard sur le tableau.

– Comme vous le voyez.

Il se tenait tout droit dans son costume noir avec une cravate grise et des manchettes grises. Ses chaussures brillaient comme si elles venaient d'être cirées pour le gala. Ses cheveux étaient rejetés en arrière avec un soupçon de gel, et sa barbe était soigneusement taillée.

– Est-ce que je dois comprendre que vous avez terminé vos chapitres ?

Il secoua la tête.

– Je finirai en rentrant.

J'eus un pincement au cœur. Il n'avait pas fini son travail, mais il avait quand même pris le temps de faire une apparition.

– Lucille ?

– Oui ?

– Pourquoi suis-je en train de contempler un tableau de trois mètres sur trois de votre petit ami nu ?

Je rigolai en sirotant mon eau minérale.

– C'est une série d'autodécouvertes dans laquelle Richard a plongé en profondeur pour exprimer ses pensées intimes, ses peurs et ses croyances, au travers de la façon dont il se voit lui-même, en utilisant des techniques différentes telles que l'argile, le fusain et le pastel.

Graham jeta un coup d'œil circulaire au reste des autoportraits de Richard et des œuvres en terre.

– Et ça, c'est une statue d'un mètre quatre-vingts de son pénis ?

Je hochai la tête, gênée.

– C'est en effet une statue d'un mètre quatre-vingts de son pénis.

– Hum. Il est plutôt confiant dans sa... (il inclina légèrement la tête et se racla la gorge)... virilité.

– J'aime penser que « confiance » est mon deuxième prénom, plaisanta Richard en interrompant notre discussion. Je suis désolé, je ne crois pas que nous ayons été présentés.

– Ah oui, c'est vrai, désolée. Richard voici Graham. Graham, je vous présente Richard.

– Le *petit ami* de Lucy, dit Richard d'un ton coupant, tout en tendant la main. Alors comme ça, vous êtes celui qui me vole ma petite amie jour et nuit ?

– C'est plutôt Talon que moi, répliqua-t-il sèchement.

– Et vous êtes écrivain ? demanda Richard qui savait très bien que Graham était en effet G.M. Russell. Désolé, mais je ne suis pas vraiment certain d'avoir entendu parler de vos romans. Je ne pense pas avoir jamais lu une ligne de ce que vous avez publié.

Il était étrangement agressif, rendant la situation embarrassante.

– Ce n'est pas grave, répondit Graham. Il y a suffisamment de gens qui l'ont fait pour que votre ignorance n'entame en rien mon succès.

Richard éclata de rire odieusement fort et donna une grande tape sur l'épaule de Graham.

– Très drôle.

Il eut un petit rire gêné et glissa ses mains dans ses poches.

Les yeux de Richard se posèrent sur le verre que je tenais à la main, et il haussa un sourcil.

– Vodka ?

Je secouai la tête.

– Eau minérale.

– Bien, bien. Il vaut probablement mieux que tu ne boives pas ce soir, hein, mon cœur ?

Je lui fis un petit sourire pincé sans répondre. Graham fit la grimace.

– Pourquoi ça ?

– Oh, quand Lucy boit, elle devient un peu... nunuche. Très bavarde, vous pouvez me croire. C'est comme si l'alcool amplifiait toutes ses excentricités, et parfois, elle peut devenir ingérable.

– Elle me paraît assez grande pour faire ses propres choix, riposta Graham.

– Et ce soir, elle a choisi de ne pas boire, répliqua Richard en souriant.

– Je suis sûr qu'elle est tout aussi capable de parler pour elle-même, après tout elle est dotée de cordes vocales, comme tout le monde

– Oui, mais elle aurait dit exactement ce que j'ai dit.

Graham eut un sourire forcé. C'était le sourire le plus triste que j'aie jamais vu.

– Je vous prie de m'excuser, il faut que j'aille ailleurs qu'ici, dit Graham froidement en soulevant le siège auto avant de s'éloigner.

Richard siffla doucement.

– Waouh, quel connard !

Je le poussai par l'épaule.

– C'était quoi ça ? Tu t'es montré plutôt agressif, tu ne crois pas ?

– Eh bien, je suis désolé. C'est simplement que je ne suis pas sûr d'apprécier que tu sois toujours fourrée chez lui.

– J'y vais pour l'aider à s'occuper de Talon, qui est ma nièce, un membre de ma famille. Tu le sais bien.

– Oui, mais tu t'es bien gardée de me dire qu'il ressemblait à un putain de dieu grec, Lucy. Je veux dire, bon sang, quel genre d'écrivain a des bras musclés comme ça ? s'écria Richard en donnant libre cours à sa jalousie.

– Il fait de la muscu quand il est en manque d'inspiration.

– Ça doit lui arriver souvent, à cet écrivain. Enfin bref, suis-moi. Il y a des gens que je veux te présenter.

Il me prit par le bras et me poussa devant lui. Quand je me retournai pour voir où était Graham, je le vis assis sur un banc avec Talon dans les bras, il me regardait fixement. Son regard était intense, comme si un million de pensées tournaient dans sa tête.

Richard me fit faire le tour de la pièce et me présenta à un tas de personnes qui étaient habillées de façon beaucoup plus sophistiquée que moi. À chaque fois, il mentionnait mes vêtements, faisant remarquer à quel point ils étaient excentriques, comme mon cœur. Il le disait en souriant, mais je percevais son froncement de sourcil intérieur.

– Je peux faire un break ? demandai-je après avoir parlé avec une femme qui me toisait comme si j'étais un déchet.

– Encore deux personnes. C'est important, c'est *le* couple à qui il faut parler ce soir.

Mon break devrait attendre.

– Monsieur et Madame Peterson, dit Richard en tendant la main. Je suis si content que vous ayez pu venir.

– S'il vous plaît, Richard, ne faites pas tant de manières. Appelez-nous simplement Warren et Catherine, dit l'homme en nous accueillant tous les deux avec un sourire chaleureux.

– Oui, bien sûr. En tout cas, je tiens à vous le dire, je suis très heureux que vous soyez venus.

Catherine portait une étole de fourrure sur les épaules, et son corps était paré de bijoux hors de prix qui rendaient son sourire encore plus éclatant. Elle avait un rouge à lèvres fuchsia et se tenait comme si elle était un membre de la famille royale.

– Nous n'aurions manqué ça pour rien au monde, Richard. Et vous devez être Lucy ?

En souriant, elle prit ma main dans la sienne.

– Je me posais une foule de questions sur la femme qui partage la vie de cet homme talentueux.

– Eh bien, c'est moi.

Je ris sans enthousiasme en tirant de ma main libre sur le bas de ma robe, espérant que Richard n'allait pas faire de commentaire.

– Excusez-moi, mais comment connaissez-vous...

– Monsieur Pet... je veux dire Warren, est un des plus grands peintres au monde, et il est originaire de Milwaukee, Lucy, expliqua Richard. Je t'ai très souvent parlé de lui.

– Non, dis-je doucement, je ne crois pas.

– Mais si. Je suis sûr que tu as oublié, tout simplement.

Warren rigola.

– Ne vous inquiétez pas, Lucy. Ma propre femme oublie que j'existe, au moins cinquante fois par jour, ce n'est pas vrai, Catherine ?

– Excusez-moi, est-ce que je vous connais ? plaisanta Catherine en lui faisant un clin d'œil.

Bien qu'ils fussent tout à fait charmants, je voyais bien que j'avais un peu contrarié Richard, pourtant j'étais certaine de n'avoir jamais entendu parler d'eux.

– Alors, Richard, quelle est la prochaine étape dans votre carrière ? demanda Warren.

– J'ai été invité à une exposition à New York par un de mes amis.

– Oh ? Je ne savais pas.

J'étais surprise d'apprendre cela seulement maintenant.

– Cela date de cet après-midi, en fait, dit-il en se penchant vers moi pour m'embrasser. Tu te souviens de Tyler ? Il va à ce grand gala artistique à New York et il a dit que je pouvais squatter chez lui.

– Oh, le gala du Rosa ? demanda Warren en hochant la tête. J'y suis allé de nombreuses fois. C'est une semaine magique. Tout artiste se doit d'y participer au moins une fois. C'est là que j'ai trouvé certaines de mes influences les plus fortes.

– Et perdu pas mal de neurones, aussi, plaisanta Catherine, emportés par les effluves de peinture, d'alcool et de marijuana.

– Cela va être génial, ça c'est sûr, dit Richard.

– Vous l'accompagnez, Lucy ? demanda Warren.

– Oh non. Il se trouve qu'elle dirige un magasin de fleurs. Mais je regrette qu'elle ne puisse pas venir, intervint Richard, sans même me laisser le temps de répondre.

En réalité, personne ne m'avait invitée.

– Mais je regrette qu'elle ne puisse pas venir.

– Vous êtes fleuriste ? demanda Warren, intéressé. Vous devriez envisager de faire un partenariat avec un peintre pour l'exposition florale qui a lieu dans ce musée. Vous faites une composition florale, et ensuite l'artiste peint un tableau inspiré de votre création. C'est très amusant.

– Cela semble génial, en effet.

– Si vous cherchez un peintre, faites-le-moi savoir et je verrai ce que je peux faire. Je suis sûr que je peux inscrire votre nom sur le programme, dit Warren en souriant.

– Maintenant, la question la plus importante de la soirée : que buvez-vous, Lucy ? demanda Catherine.

– Oh, simplement de l'eau minérale.

Elle passa son bras sous le mien et m'entraîna avec elle.

– Il n'en est pas question. Êtes-vous une buveuse de gin ?

Avant que je puisse répondre, Richard intervint.

– Oh, elle adore le gin. Elle prendra la même chose que vous, j'en suis sûr.

Comme nous nous dirigions tous les quatre vers le bar, Catherine s'immobilisa soudain.

– Oh mon Dieu, Warren ! Warren, *regarde* !

Elle fit un signe de tête en direction de Graham, qui reposait Talon endormie dans son siège auto.

– Ce n'est pas G.M. Russell ?

Warren plongea la main dans sa poche et en sortit ses lunettes.

– Je crois bien que si.

– Vous le connaissez ? demanda Richard que cela n'amusait pas.

– Si on le connaît ? Mais on l'adore. C'est un des meilleurs écrivains qu'il y ait, avec son père, bien sûr. Qu'il repose en paix, dit Warren.

– Oh non, il est bien meilleur que Kent. Il exprime tellement de souffrance dans ce qu'il écrit, c'est d'une beauté envoûtante.

– Oui, acquiesça Warren. Je suis tout à fait d'accord. En fait, ma série *Ombres* était inspirée de son roman *Amertume.*

– C'est l'un de mes préférés. (Je jubilais, repensant à ce roman qui occupait une place de choix dans ma bibliothèque.) Et ce rebondissement !

– Mon Dieu, ma chère, ce rebondissement ! renchérit Catherine, les joues empourprées. J'adorerais faire sa connaissance.

Je ne sais pas s'il aurait été possible pour mon petit ami de se montrer plus nul en une seule soirée, mais il continua à me sidérer par ses mensonges éhontés.

– En fait, c'est un bon ami de Lucy, dit-il naturellement.

Graham était loin d'être mon ami, même s'il était la seule chose que je trouvais bien dans cette pièce ce soir-là.

– Lucy, tu penses que tu pourrais faire les présentations ?

– Hmm, oui, sans doute.

Je souris au couple tout excité et les conduisis vers Graham.

– Hé, Graham.

Il se leva et ajusta son costume avant de placer ses mains devant lui, les doigts croisés.

– Lucille.

– Vous vous amusez bien ?

Il garda un silence embarrassant. Au bout d'un moment, je me raclai la gorge et fis un geste vers le couple.

– Je vous présente Warren et Catherine. Ce sont...

– Deux de vos plus grands fans, s'écria Catherine en saisissant la main de Graham pour la serrer brièvement.

Graham lui fit un grand sourire, qui était faux et forcé, sans doute son sourire « d'auteur ».

– Merci, Catherine. C'est toujours un plaisir de rencontrer ses lecteurs. On m'a dit ce soir que certaines personnes n'avaient jamais entendu parler de mon travail, mais le fait que ce ne soit pas le cas pour vous deux est réconfortant.

– Jamais entendu parler de votre œuvre ? Quel blasphème ! Je ne peux pas imaginer une seule personne qui ne vous connaîtrait pas, dit Warren. Vous êtes une légende vivante, en un sens.

– Malheureusement, ce bon vieux Richard ne semble pas penser la même chose, se moqua Graham.

– C'est vrai, Richard ? Vous ne connaissez pas l'œuvre de Graham ?

On sentait une pointe de déception dans la voix de Catherine.

Richard rit nerveusement, en se frottant la nuque.

– Mais si, bien sûr que je connais ses livres. C'était juste pour plaisanter.

– Votre définition de la plaisanterie me semble légèrement inexacte, répliqua Graham sèchement.

Talon se mit à s'agiter et je me penchai pour la prendre dans mes bras, souriant à ce doux visage et laissant Graham et Richard mener leurs étranges hostilités.

La tension qui montait entre eux était palpable, et Warren fit un grand sourire avant de parcourir la pièce du regard.

– Vraiment, Richard, votre travail est tout à fait singulier.

Richard se redressa fièrement.

– Oui. Je me plais à le voir comme un éveil à toutes mes parts d'ombre, les plus intimes et les plus sombres. Cela a représenté tout un processus de creuser si profondément et pendant un long moment, me rendre si vulnérable et si ouvert à moi-même m'a provoqué de nombreuses crises émotionnelles, sans compter l'idée de laisser les autres pénétrer mon âme. Cela a été un moment très difficile pour moi, on peut le dire, mais j'y suis arrivé.

Graham pouffa, et Richard lui lança un regard noir.

– Excusez-moi, est-ce que j'ai dit quelque chose de drôle ?

– Non rien, sauf tout ce que vous venez de dire, sans la moindre exception.

– Vous avez l'air bien sûr de vous, non ? Eh bien, allez-y, dites-moi ce que vous voyez quand vous regardez autour de vous.

Ne fais pas ça, Richard. Ne le cherche pas. Ne réveille pas la bête.

– Croyez-moi, il vaut mieux pour vous que vous ne sachiez pas ce que je pense, dit Graham en se redressant de toute sa taille.

– Si, si, allez-y, éclairez-nous, parce que je commence à en avoir marre de votre attitude. Votre arrogance est tout à fait injustifiée, et franchement, extrêmement irrespectueuse.

– Irrespectueux ? Arrogant ? demanda Graham en haussant un sourcil.

Oh non. Je remarquai la veine qui gonflait dans le cou de Graham, et même si sa voix restait calme, son irritation grandissait à mesure qu'il parlait.

– Nous sommes dans une pièce pleine de tableaux et de sculptures représentant votre pénis, dont l'auteur, pour être franc, me semble n'être pas autre chose qu'un petit homme qui fait de gros efforts pour surcompenser un manque dans sa vie. Si on en juge par sa taille et son besoin de forcer les gens à entrer dans une pièce pour contempler ses parties génitales caricaturales et surdimensionnées, le manque doit être grand.

Tout le monde resta bouche bée, stupéfait. Les yeux ronds, la poitrine serrée, je tirai Graham par le bras.

– Pourrais-je vous dire un mot, dans la pièce d'à côté, s'il vous plaît ?

C'était plus un ordre qu'une demande polie.

– C'était quoi, ça ? dis-je en essayant de parler le plus bas possible, tout en suivant Graham avec Talon dans les bras.

– De quoi parlez-vous ?

– De vous. De tout ce numéro, là tout de suite.

– Je ne sais pas de quoi vous parlez.

– Arrêtez, Graham ! Pour une fois dans votre vie, ne pouvez-vous pas être moins condescendant ?

– Moi ? Condescendant ? Vous plaisantez ? Il fait des portraits de lui-même, nu, et il présente ça comme de l'art alors qu'en réalité ce n'est qu'une espèce de fumisterie bobo qui n'a rien à faire dans ce musée.

– Il a du talent.

– Votre idée du talent est faussée.

– Je sais, répliquai-je sur un ton tranchant. Après tout, c'est vrai que je lis vos romans.

– Bien envoyé, Lucille. Vous m'avez vraiment touché, dit-il en levant les yeux au ciel. Et pourtant, contrairement à votre soi-disant petit ami, quand il s'agit de mon métier, je connais mes limites. Lui, il se croit le meilleur.

– Que voulez-vous dire ? Pourquoi dites-vous « soi-disant » petit ami ?

– Il ne vous connaît pas, assura-t-il d'une voix ferme, ce qui me fit hausser un sourcil.

– Cela fait plus de cinq ans qu'on est ensemble, Graham.

– Et pourtant, il n'a pas la moindre idée de qui vous êtes, ce qui n'a rien d'étonnant vu qu'il semble avoir tellement la tête dans son propre cul qu'il n'a pas le temps de s'intéresser à qui que ce soit d'autre.

– Waouh, dis-je complètement époustouflée. Vous ne le connaissez pas.

– Je connais le genre, ce genre de personnes qui, dès qu'elles ont la moindre bribe de succès, ont l'impression qu'elles peuvent rejeter les choses et les gens de leur passé. Je ne sais pas comment il vous regardait avant, mais maintenant il vous regarde comme si vous n'étiez rien. Comme si vous lui étiez inférieure. Je ne donne pas deux semaines à votre couple. Un mois maximum.

– Vous dites n'importe quoi.

– Je vous dis la vérité. C'est un petit con moralisateur et imbu de lui-même. Vous savez quel est le diminutif de Richard ? C'est Dick[8]. Ce qui lui va à ravir. Sérieux, Lucille, vous avez vraiment le chic pour les choisir.

Son visage était rouge de colère et il n'arrêtait pas de triturer ses manchettes. Je ne l'avais jamais vu dans un tel état de fureur, tellement éloigné de son habituelle impassibilité.

– Pourquoi êtes-vous si en colère ? Qu'est-ce qui ne va pas ?

– Rien. Laissez tomber. Donnez-moi Talon.

– Ah, mais non, vous n'allez pas vous en tirer comme ça. Vous ne pouvez pas exploser et manquer de respect à mon copain et ensuite me dire de laisser tomber.

– Non seulement je peux, mais je l'ai fait.

– Non, Graham. Arrêtez ça. Pour une fois dans votre vie, dites ce que vous ressentez réellement.

Il ouvrit la bouche, mais aucun son n'en sortit.

– Vraiment ? Pas un mot ?

– Pas un mot.

– Dans ce cas, je crois que vous avez raison. Je pense qu'il est temps pour vous de partir.

– Je suis d'accord.

Seuls quelques centimètres nous séparaient, et je sentais la chaleur de son souffle sur ma peau. Mon cœur battait la chamade et je me demandais ce qu'il faisait. Au bout de quelques secondes il se rapprocha encore. Il rajusta sa cravate, baissa la voix et me parla d'une voix grave.

– Vous souriez et vous agissez comme si vous étiez libre, mais cela ne veut pas dire que la cage n'existe pas. Cela veut simplement dire que vous avez baissé votre niveau d'exigence et que vous acceptez de voler moins haut.

---

8. Dick = connard.

Les larmes me montèrent aux yeux quand il prit Talon dans mes bras et tourna les talons pour s'en aller. Juste avant de s'éloigner, il s'arrêta et respira profondément plusieurs fois. Il se retourna vers moi plongea les yeux dans les miens et écarta légèrement les lèvres comme pour parler, mais je levai la main.

– S'il vous plaît, allez-vous-en, murmurai-je d'une voix tremblante. Je crois que j'ai eu mon compte pour ce soir, Monsieur Russell.

Il se redressa en entendant la froideur avec laquelle j'utilisais son nom de famille, et quand il disparut, mes larmes se mirent à couler. Je serrai mon médaillon entre mes doigts et pris quelques inspirations profondes.

– L'air au-dessus de ma tête, la terre sous mes pieds, le feu en moi et l'eau tout autour...

Je répétai mon mantra jusqu'à ce que les battements de mon cœur retrouvent un rythme normal. Je le répétai jusqu'à ce que mon esprit cesse de carburer. Je le répétai jusqu'à effacer le choc que Graham avait causé à mon âme. Ensuite, je retournai à la réception avec, sur les lèvres, un sourire de façade, tout en continuant à répéter ces mots dans ma tête.

11

LUCY

– Il continue de t'appeler ? demanda Richard en nettoyant ses pinceaux dans le lavabo de la salle de bains.

Adossée au mur du couloir, je regardais fixement le nom de Graham qui s'affichait sur l'écran de mon téléphone.

– Ouais.

Je n'avais pas revu Graham depuis son explosion, au vernissage de Richard cinq jours plus tôt, mais il n'avait pas arrêté de m'appeler.

– Et il ne laisse pas de messages ?

– Nan.

– Bloque son numéro. C'est un vrai psychopathe.

– Je ne peux pas faire ça. Imagine qu'il arrive quelque chose à Talon.

Richard me regarda en haussant un sourcil.

– Tu n'ignores pas qu'elle n'est pas sous ta responsabilité, hein ? Je veux dire, ce n'est pas ton gosse.

– Je sais, c'est juste que...

Je me mordillai la lèvre en fixant mon téléphone.

– C'est difficile à expliquer.

– Non, je comprends Lulu. Tu es quelqu'un de généreux, mais tu dois te protéger, parce qu'un homme comme lui, c'est juste quelqu'un qui prend sans rien donner en échange, un profiteur. Il profitera de toi jusqu'au bout et te traitera comme un chien.

Je repensai au dîner que j'avais partagé avec Graham une semaine plus tôt, le soir où il m'avait laissé entrevoir une petite partie de lui qui m'avait intriguée. Le truc avec Graham Russell, c'était qu'il vivait pratiquement reclus dans son propre cerveau. Il n'invitait jamais vraiment personne à voir ses pensées intimes ni ses sentiments. Alors, le soir où il avait explosé à l'exposition, c'était un virage à cent quatre-vingts degrés par rapport à la personne que je connaissais.

Plutôt que de continuer à parler de Graham, je changeai de sujet.

– Tu es vraiment obligé de rester une semaine ?

Richard passa devant moi en se dirigeant vers le salon où ses valises étaient posées, grandes ouvertes.

– Je sais, je préférerais que ce ne soit pas le cas, mais maintenant que j'ai été exposé au musée, je dois poursuivre sur cette lancée, et quand tu es invité à un gala à New York, tu y vas.

Je passai dans son dos et l'entourai de mes bras.

– Tu es sûr que les petites amies ne peuvent pas suivre dans la foulée ? dis-je pour plaisanter.

Il se retourna en souriant et m'embrassa le bout du nez.

– J'aimerais bien. Tu vas me manquer.

– Toi aussi, tu vas me manquer.

Je souris en lui donnant un petit baiser.

– Et même, si tu veux, je peux te montrer exactement à quel point tu vas me manquer.

Richard fit une grimace en jetant un coup d'œil à sa montre.

– C'est terriblement tentant, mais je dois partir pour l'aéroport dans, disons, vingt minutes, et je n'ai toujours pas fini mes bagages.

Il s'écarta de moi et retourna à ses valises pour ranger ses pinceaux.

– Ok. Tu es sûr que tu ne veux pas que je te conduise à l'aéroport ?

– Non, non, c'est bon, vraiment, je vais prendre un Uber. C'est bien aujourd'hui que tu dois briefer ta nouvelle vendeuse, non ?

Il regarda sa montre encore une fois avant de relever les yeux.

– En fait, je crois que tu es déjà en retard.

– Oui, tu as raison. Bon, ben, d'accord. Envoie-moi un texto avant le décollage et appelle-moi quand tu arrives.

Je me penchai et l'embrassai sur les lèvres.

– D'accord, on fait comme ça. Eh, bébé ? me rappela-t-il tandis que je ramassais mes clés.

– Oui ?

– Bloque ce numéro.

* * *

– Désolée, je suis en retard, dis-je en franchissant précipitamment la porte de derrière des *Jardins de Monet*.

Mari était en train de passer en revue les commandes de la semaine avec Chrissy, notre nouvelle fleuriste.

Chrissy était une belle septuagénaire qui, dans le temps, était propriétaire de son propre magasin de fleurs. Lui montrer les tenants et les aboutissants de la boutique ne posait pas de difficultés, elle s'y connaissait plus en fleurs que Mari et moi réunies.

Quand nous lui avions fait remarquer qu'elle était surqualifiée pour le poste, elle n'avait pas été d'accord, disant qu'elle avait été prospère comme fleuriste et commerçante pendant des années, mais cela demandait beaucoup de travail de sa part. Elle dit que ses amis lui avaient conseillé de prendre sa retraite, mais son cœur lui suggérait de vivre entourée de fleurs un peu plus longtemps et l'emploi que nous lui proposions était juste ce qu'il lui fallait.

– Pas de soucis, dit Chrissy en souriant, j'ai déjà commencé à préparer les commandes pour aujourd'hui.

– Oui, et elle m'a aussi montré comment utiliser le nouveau système d'organisation informatique, en un mot, nous avons engagé un petit génie, plaisanta Mari. Richard est parti à New York ?

– Oui, malheureusement, mais il sera vite de retour.

Mari plissa les yeux.

– C'est la première fois que vous serez séparés toute une semaine, tu es sûre que tu vas le supporter ?

– J'ai décidé de me goinfrer d'aliments réconfortants, des chips de kale avec du guacamole.

– Ma petite, sans vouloir vous vexer, les chips de kale ne font pas partie des aliments de réconfort, dit Chrissy, moqueuse.

– Je passe mon temps à le lui dire !

Mari soupira en allant déverrouiller la porte pour ouvrir la boutique.

– Bon, je vais emmener Chrissy avec moi pour l'installation florale d'un mariage à Wauwatosa. Tu as besoin de nous ?

Je secouai la tête.

– Non, non. Amusez-vous bien ! Je serai là quand vous rentrerez.

Au moment où elles sortaient par la porte de derrière, un monsieur d'un certain âge entra dans la boutique et s'empressa de retirer son chapeau.

J'eus un pincement au cœur en le voyant et quand nos regards se croisèrent, il me fit un grand sourire.

– Lucy, dit-il chaleureusement en me saluant avec son chapeau.

– Salut, Ollie. Qu'est-ce qui vous amène ?

Il fit un petit tour de la boutique pour observer les fleurs.

– Je voulais acheter quelques roses pour une dame très spéciale.

Il me décocha son sourire charmeur et se promena dans la boutique en sifflotant.

– En même temps, je ne sais pas lesquelles lui plairaient. Pourriez-vous m'aider ?

– Bien sûr. Parlez-moi un peu d'elle.

– Eh bien, elle est belle. Elle a des yeux qui vous attirent, et quand elle vous regarde, elle vous donne l'impression que vous êtes la personne la plus importante dans la pièce.

Cela faisait chaud au cœur de l'entendre parler avec tant d'affection de cette femme. Tandis qu'il continuait, nous faisions le tour de la boutique, choisissant une fleur pour chaque facette de cette femme à la personnalité apparemment éblouissante.

– Elle est délicate et attentionnée. Son sourire illumine la pièce dans laquelle elle se trouve. Elle est intelligente, aussi, très intelligente. Elle n'a pas peur de donner un coup de main, même quand la tâche est rude. Et le dernier mot pour la décrire... dit-il en tendant la main pour choisir une rose d'un rouge profond, c'est « pur ». Elle est pure, étrangère à la cruauté du monde. Tout simplement, facilement, magnifiquement pure.

Je lui pris la rose des mains en souriant.

– À vous entendre, c'est une femme merveilleuse.

– Elle l'est, en effet.

Je me dirigeai vers le comptoir et commençai à égaliser les tiges des fleurs pour Ollie qui choisissait un vase rouge. Les fleurs formaient une composition de couleurs et de formes variées, un bouquet superbe. C'était la partie du travail que je préférais quand les clients entraient dans la boutique sans savoir ce qu'ils voulaient. Les roses étaient somptueuses, certes, et les tulipes étaient belles, aussi, mais il y avait une part de créativité gratifiante dans le fait d'être capable d'avoir toute liberté et de créer une composition qui exprimait la personnalité de l'être aimé du client.

Alors que je nouais un ruban autour du vase, Ollie me regarda en plissant le front.

– Vous ne répondez pas à ses appels.

Je fis une grimace en me bagarrant avec le ruban.

– C'est compliqué.

– Bien évidemment. Après tout, on parle de Graham.

Il baissa la voix et posa son chapeau sur son cœur.

– Ma chère petite, quoi qu'il ait fait, il le regrette.

– Il s'est montré cruel, murmurai-je.

Le nœud n'était pas absolument parfait, ce qui me conduisit à dénouer le ruban pour tout recommencer.

– Bien évidemment. Après tout, on parle de Graham.

Il ricana doucement.

– Mais, encore une fois, c'est Graham, ce qui veut dire qu'il ne l'a pas fait exprès.

Je ne m'attardai pas sur le sujet.

– Alors, cela fait quarante-quatre dollars trente-deux, mais avec la remise pour votre premier achat chez nous, cela vous fera trente-quatre dollars trente-deux.

– C'est très gentil, Lucy. Merci.

Il sortit son portefeuille et me tendit l'argent. Puis il remit son chapeau sur sa tête et tourna les talons pour partir.

– Ollie, vous oubliez vos fleurs.

Il se retourna et secoua la tête.

– Non, M'dame. C'est un de mes amis qui m'a demandé de passer ici pour choisir ces fleurs pour vous. Je lui ai demandé de vous décrire, et voilà ce que cela a donné.

– Graham a dit ces choses en parlant de moi ?

Je regardai le bouquet avec un petit pincement au cœur.

– Il m'a donné un des ces mots, et j'ai juste trouvé les autres tout seul en repensant aux quelques instants que nous avions passés ensemble.

Il s'éclaircit la voix et inclina la tête.

– Écoutez, je ne dis pas que vous deviez y retourner, mais si vous le faites, vous lui prouverez qu'il a tort.

– Qu'il a tort ?

– Graham vit avec la conviction que tout le monde doit nécessairement partir. S'il y a une chose que son passé lui a apprise, c'est celle-là. Alors, quelque part, il s'est senti soulagé que vous soyez partie. Après tout, il était convaincu que vous finiriez par disparaître de toute façon. C'est pour cela qu'il ne peut pas me supporter. Quoi qu'il fasse, je continue à venir, et cela le rend dingue. Donc, si vous voulez, d'une façon ou d'une autre, lui rendre la monnaie de sa pièce pour vous avoir blessée, la meilleure vengeance, c'est de lui prouver qu'il a tort, que non, tout le monde ne part pas. Je vous promets qu'il fera comme s'il vous détestait de revenir, mais rappelez-vous :

la vérité, c'est dans ses yeux qu'on la trouve. Ses yeux vous remercieront au centuple.

– Ollie ?

– Oui ?

– Quel est le mot qu'il a utilisé ? Pour me décrire ?

– Pure, ma chère.

Il me salua avec son chapeau une dernière fois et ouvrit la porte.

– Il a dit que vous étiez pure.

* * *

Graham m'accueillit, les sourcils froncés et les bras croisés.

– Vous êtes revenue, dit-il, l'air surpris en me voyant sur son porche. Franchement, je pensais que vous l'auriez fait depuis plusieurs jours.

– Et qu'est-ce qui vous faisait croire ça ?

– Le Professeur Oliver m'a dit que vous aviez reçu les fleurs.

– Oui.

Il haussa un sourcil.

– Cela fait quatre jours.

– Ouais.

– Eh bien, il vous en a fallu du temps pour venir dire merci.

La sévérité et le ton sec de ses paroles n'étaient pas surprenants, mais pourtant, pour une raison qui m'échappait, ils m'atteignirent.

– Pourquoi devrais-je vous remercier pour les fleurs ? Ce n'est même pas vous qui les avez choisies.

– Qu'est-ce que ça peut faire ? dit-il en se massant la nuque. Vous les avez quand même reçues. Vous êtes bien ingrate.

– Vous avez raison, Graham. *C'est moi* qui me montre grossière. Mais peu importe, je ne suis venue que parce que vous avez laissé un message disant que Talon était malade.

J'entrai dans la maison sans y avoir été invitée et je retirai ma veste que je posai sur un fauteuil dans le salon.

– Elle était un peu fiévreuse, mais je n'étais pas certain que…

Il s'interrompit brusquement.

– Vous êtes revenue parce qu'elle était malade ?

– Bien sûr que je suis revenue. Je ne suis pas un monstre. Si Talon a besoin de moi, je suis là pour elle. Les autres fois, vous n'aviez pas laissé de message.

– Oui, bien sûr.

Il hocha la tête.

– Écoutez…

– Ne vous excusez pas, c'est un signe de faiblesse.

– Je n'allais pas m'excuser. J'allais dire que je vous pardonne.

– Vous me pardonnez ! Mais de quoi ?

Il se déplaça d'un air embarrassé, ramassa ma veste sur le fauteuil et la suspendit dans le placard de l'entrée.

– D'avoir agi de façon puérile en disparaissant pendant des jours.

– Vous plaisantez, là, non ?

– Ce n'est pas mon genre.

– Graham…

Je m'interrompis, fermai les yeux et inspirai profondément à plusieurs reprises pour m'empêcher de dire quelque chose que j'allais regretter.

– Pouvez-vous, ne serait-ce qu'un instant, accepter de reconnaître que vous avez eu tort d'agir comme vous l'avez fait au musée ?

– Reconnaître que j'ai eu tort ? Je pensais absolument tout ce que je vous ai dit ce soir-là.

– Absolument tout ? Alors, vous ne regrettez rien ?

Il se redressa et mit les mains dans les poches de son jean.

– Bien sûr que non. Je n'ai fait que dire la vérité et il est dommage que vous soyez trop sentimentale pour l'admettre.

– Votre définition de la vérité et la mienne divergent totalement. Il n'y avait pas une once de vérité dans tout ce que vous avez dit. Vous ne faisiez qu'affirmer des jugements très arrêtés, ce qu'on ne vous demandait pas.

– Il vous a traitée comme...

– Ça suffit, Graham. Personne ne vous a demandé comment il me traitait. Personne n'était intéressé par votre avis. Je vous ai seulement invité à cette réception parce que je me disais que ce serait bien de vous faire sortir, Talon et vous, pour voir autre chose que ces quatre murs. Je me suis trompée.

– Je n'ai rien à faire de votre pitié.

– Vous avez raison, Graham. J'ai été idiote de vouloir tendre la main à quelqu'un, d'essayer en quelque sorte d'établir une relation avec le père de ma nièce.

– Eh bien, c'est votre problème. Votre besoin de trouver de la vie en tout et en chacun est ridicule et révélateur de votre côté puéril. Vous laissez vos émotions guider tout votre être, ce qui vous rend faible, par conséquent.

J'ouvris la bouche, incrédule, en secouant légèrement la tête.

– Je ne suis pas comme vous, ça ne veut pas dire que je suis faible.

– Ne faites pas ça, dit-il doucement.

– Quoi ?

– Me faire regretter ce que j'ai dit.

– Ce n'est pas moi qui le fais.

– Alors quoi ?

– Je ne sais pas, peut-être votre conscience.

Ses yeux sombres rétrécirent et comme Talon commençait à pleurer, je me dirigeai vers sa chambre.

– Non, dit-il. Vous pouvez partir, Lucille. Nous n'avons plus besoin de vos services.

– Vous êtes ridicule. Je peux la prendre.

– Non. Allez-vous-en. Il est évident que vous avez envie de partir. Alors, partez.

Graham était un monstre né des circonstances les plus viles. Il était d'une beauté terrible et tragique. Ses paroles me poussaient à partir alors que son regard me suppliait de rester.

Nos épaules se frôlèrent lorsque je passai devant lui, et je me redressai pour le regarder fixement dans les yeux.

– Je n'irai nulle part, Graham, alors vous pouvez aussi bien arrêter de gaspiller votre salive pour me dire de partir.

J'entrai dans la chambre de Talon, m'attendant, au moins en partie, à ce que Graham essaie de m'en empêcher, mais il ne me suivit pas.

– Hello, mon cœur, dis-je en prenant Talon dans mes bras.

Cela ne faisait qu'une semaine environ que je ne l'avais pas vue, mais j'étais sûre qu'elle avait grandi. Ses cheveux blonds avaient poussé et ses yeux brun chocolat souriaient.

Elle souriait davantage, d'ailleurs, malgré sa petite toux et son front un peu chaud. Je la posai par terre pour la changer et je fredonnai doucement pour moi tandis qu'elle me faisait un sourire éclatant.

Je me demandai si le sourire de son père ressemblerait à ça si jamais il s'y mettait. Je me demandai à quoi ressembleraient ses lèvres charnues si jamais elles s'incurvaient en un sourire.

Pendant environ une demi-heure, Talon resta dans sa balancelle, et je lui lus ses livres qui étaient rangés dans sa petite étagère. Elle souriait et riait en faisant les sons les plus mignons du monde avec son nez minuscule qui coulait. Puis elle finit par s'endormir, et je n'eus pas le courage d'essayer de la remettre dans son berceau. Elle avait l'air tellement bien dans son siège qui se balançait.

– Je vais devoir lui donner son médicament d'ici une heure, dit Graham, détournant mon regard du bébé endormi.

Je levai les yeux vers la porte où il se tenait avec une assiette à la main.

– Je, euh...

Il dansait d'un pied sur l'autre en évitant mon regard.

– Mari a fait un pain de viande et de la purée. Je me suis dit que vous aviez peut-être faim et que vous ne voudriez pas manger avec moi, alors...

Il posa l'assiette sur la commode en hochant la tête.

– Tenez.

Cela me prenait la tête, cette façon qu'il avait de tordre l'opinion que j'avais de la personne qu'il était vraiment, comparée à celle qu'il prétendait être. Ce n'était pas facile de le suivre.

– Merci.

– De rien.

Il continuait à éviter mon regard et j'observai ses mains qu'il ouvrait et refermait sans arrêt.

– Vous m'avez demandé ce que j'avais éprouvé ce soir-là. Vous vous rappelez ?

– Oui.

– Je peux vous le dire maintenant ?

– Naturellement.

Lorsqu'il leva la tête et que nos regards se croisèrent, j'eus vraiment l'impression que quelque part ce regard prenait mon cœur dans un étau. Quand ses lèvres se mirent à bouger, je bus la moindre parole qui en sortait.

– J'ai éprouvé de la colère. J'étais terriblement en colère contre lui. Il vous regardait comme si vous étiez indigne de son attention. Il n'a pas arrêté de critiquer la façon dont vous étiez habillée, chaque fois qu'il vous présentait à quelqu'un. Il parlait de vous comme si vous n'étiez pas à la hauteur, et bon sang, il bavait devant les autres femmes dès que vous aviez le dos tourné. Il se conduisait comme un parfait imbécile, insensible et grossier.

Il baissa la tête une fraction de seconde avant de reposer sur moi un regard qui avait pu être froid, mais qui était à présent doux, délicat, affectueux, alors que ses lèvres continuaient à bouger.

– C'était stupide de sa part de penser que vous n'étiez pas la plus belle femme dans cette pièce. Oui, je sais, Lucille, vous êtes une baba cool excentrique et tout chez vous est voyant et extravagant, mais qui est-il pour vouloir que vous changiez ? Vous êtes une femme extraordinaire, pétales de rose dans les cheveux compris, et il vous a traitée comme si vous n'étiez rien de plus qu'une esclave indigne de lui.

– Graham...

Il m'interrompit d'un geste.

– Donc, je m'excuse de vous avoir blessée et d'avoir offensé votre petit ami. Seulement, cette soirée m'a rappelé des moments que j'ai vécus dans le passé, et j'ai honte de m'être laissé emporter par ce souvenir de cette façon.

– J'accepte vos excuses et je vous en remercie.

Il me fit un demi-sourire et sortit de la pièce, me laissant en proie à mes interrogations : qu'était-il arrivé dans son passé qui l'avait à ce point bouleversé ?

12

NUIT DE LA SAINT SYLVESTRE

– *Il est sur la liste des best-sellers du* New York Times, *justement aujourd'hui. Tu sais ce que cela signifie, Graham ? demanda Rebecca en étalant une nouvelle nappe sur la table de la salle à manger.*

– Cela signifie une raison de plus pour papa de se saouler et de frimer avec sa maison auprès de ses invités, murmura-t-il, juste assez fort pour qu'elle l'entende.

Elle rigola et attrapa le chemin de table de fête en lui en donnant un bout et prenant l'autre dans ses mains.

– Ce ne sera pas aussi moche cette année. Il boit moins depuis quelque temps.

Cette pauvre Rebecca, si gentille et si naïve, pensa Graham. Elle n'a pas dû voir les bouteilles de whisky dans le tiroir du bureau de mon père.

Alors qu'il l'aidait à mettre la table pour les seize invités qui arriveraient dans deux heures, il la regarda de l'autre côté de la pièce. Cela faisait deux ans maintenant qu'elle vivait avec son père et lui, et il était plus heureux qu'il l'aurait jamais imaginé. Quand son père était en colère, Graham pouvait se rabattre sur le sourire de Rebecca. Elle était le flash de lumière qui trouait l'obscurité de l'orage.

Et puis, tous les ans, il avait un gâteau d'anniversaire.

Ce soir-là, elle était très belle dans sa robe de soirée, pour le réveillon du Nouvel An. Quand elle se déplaçait, la robe dorée accompagnait son mouvement, en traînant légèrement sur le sol derrière elle. Elle avait mis des talons hauts qui la grandissaient, et pourtant elle paraissait si petite.

– Tu es jolie, lui dit Graham.

Elle leva les yeux et sourit.

– Merci, Graham. Tu es très beau, toi aussi.

Il lui sourit aussi. Elle le faisait toujours sourire.

– Tu crois qu'il y aura des jeunes, ce soir?

Il détestait le fait que les invités soient toujours des adultes et qu'il n'y ait jamais de jeunes.

– Je ne crois pas. Mais demain je pourrai peut-être t'emmener au YMCA[9]*, comme ça, tu pourras voir tes copains.*

Cela fit plaisir à Graham. Son père était toujours trop occupé pour l'emmener quelque part, mais Rebecca, elle, s'arrangeait toujours pour prendre le temps.

Rebecca jeta un coup d'œil à la montre de luxe à son poignet, celle que son père lui avait offerte après une de leurs nombreuses disputes.

– Tu crois qu'il est encore en train de travailler? demanda-t-elle en haussant un sourcil.

9. Centre socio-culturel, équivalent d'une MJC.

Il hocha la tête.

– Ouais.

Elle se mordilla la lèvre inférieure.

– Tu crois que je devrais l'interrompre ?

Il secoua la tête.

– Non... non.

Rebecca traversa la pièce sans quitter sa montre des yeux.

– Il va être furieux s'il n'est pas prêt à l'heure. Je vais aller voir.

Elle se rendit dans son bureau, et à peine quelques secondes plus tard, Graham entendit crier.

– Je travaille ! Ce livre ne va pas s'écrire tout seul, Rebecca ! hurla Kent.

Rebecca revint précipitamment dans la salle à manger, visiblement secouée, les lèvres crispées.

Elle sourit à Graham en haussant les épaules.

– Tu sais comment il est quand il approche de la deadline, dit-elle pour lui trouver des excuses.

Graham acquiesça. Il savait à quoi s'en tenir.

Son père n'était qu'un monstre, particulièrement quand il avait pris du retard dans son travail.

Plus tard dans la soirée, Kent avait passé son costume de marque, juste à temps, avant que les premiers invités n'arrivent.

– Pourquoi n'es-tu pas venue me chercher plus tôt ? cria-t-il à Rebecca qui était en train d'installer l'apéritif dans le salon. Je n'aurais pas été prêt si je n'avais pas vu l'heure en allant aux toilettes.

Graham tourna le dos à son père et leva les yeux au ciel. Il lui fallait toujours tourner le dos pour se moquer de son père, sinon c'est du revers de la main qu'il se serait moqué à son tour.

– Je suis désolée, répondit Rebecca, choisissant de ne pas insister pour ne pas contrarier Kent.

C'était le réveillon du Nouvel An, une de ses fêtes préférées, et elle ne voulait pas entamer une discussion.

Kent souffla et grogna en ajustant sa cravate.

– Tu devrais aller te changer, dit-il à Rebecca. Ta robe est trop moulante, et la dernière chose dont j'ai besoin c'est que mes amis pensent que ma femme est une poufiasse.

Le ton était cinglant, et il cracha ses mots sans même regarder Rebecca.

Comment cela pouvait-il lui échapper ? pensa Graham. Comment son père pouvait-il ne pas remarquer à quel point Rebecca était belle ?

– Moi, je te trouve très belle, dit Graham.

Kent haussa un sourcil et regarda son fils.

– On ne t'a pas demandé ton avis.

Ce soir-là, Rebecca s'était changée, mais elle était toujours aussi belle aux yeux de Graham.

Elle était toujours aussi belle, mais elle souriait moins, ce qui lui brisa le cœur, tout simplement.

Pendant le dîner, on attendait de Graham qu'il reste assis en silence. Son père préférait qu'il se fasse oublier, presque comme s'il n'était pas présent dans la pièce. Les adultes s'extasiaient devant Kent, le trouvaient génial, et Graham levait sans arrêt les yeux au ciel intérieurement.

– Rebecca, ce dîner était absolument délicieux, remarqua un invité.

Rebecca ouvrit la bouche pour répondre, mais Kent la devança.

– Le poulet était un peu sec et la salade manquait d'assaisonnement, mais sinon, c'était mangeable, dit-il en riant. Ma femme n'a pas la réputation d'être une grande cuisinière, pourtant on peut dire qu'elle fait des efforts.

– Elle est meilleure cuisinière que moi, intervint une femme en faisant un clin d'œil à Rebecca pour atténuer la remarque désobligeante de Kent. C'est tout juste si je sais faire réchauffer des macaronis au fromage en boîte.

Le repas continua, ponctué de quelques autres critiques de Kent, mais il exprimait ses griefs envers Rebecca avec tellement d'humour que la plupart des gens ne pensaient pas qu'il était sérieux.

Graham, lui, savait à quoi s'en tenir, même s'il le regrettait.

Quand elle voulut se resservir de vin, Kent l'arrêta en posant la main sur la sienne.

– Tu sais l'effet que le vin a sur toi, ma chérie.

– Oui, tu as raison, dit Rebecca en retirant sa main qu'elle posa sur ses genoux.

Quand une femme voulut en savoir plus, elle sourit.

– Oh, cela m'étourdit un peu, c'est tout. Kent veille sur moi.

Son sourire se fit de plus en plus faux à mesure que la soirée avançait.

Après le dîner, on envoya Graham dans sa chambre pour le reste de la soirée. Il passa le temps à jouer à des jeux vidéo et il regarda le compte à rebours de la fin de l'année sur ABC. Il regarda la balle tomber tout d'abord à New York, puis de nouveau quand ils repassèrent le clip pour célébrer minuit à Milwaukee. Il entendit les adultes applaudir dans la pièce voisine et perçut dans le lointain le bruit du feu d'artifice sur le lac Michigan.

S'il se mettait sur la pointe des pieds et regardait par la fenêtre sur la gauche, et très haut dans le ciel, il pouvait voir quelques fusées illuminer la nuit.

Avant, il les regardait toujours avec sa mère, mais il y avait si longtemps que parfois il se demandait si cela avait vraiment existé ou s'il l'avait inventé.

Quand les invités commencèrent à partir, Graham se faufila dans son lit et se mit les mains sur les oreilles. Il faisait tout ce qu'il pouvait pour étouffer la voix de son père qui avait trop bu et reprochait à Rebecca en hurlant toutes les erreurs qu'elle avait commises au cours de la soirée.

C'était stupéfiant de voir à quel point Kent pouvait contenir sa colère jusqu'au départ du dernier invité.

À ce moment-là, elle jaillissait par tous les pores de sa peau.

Une quantité de colère toxique.

– Je suis désolée.

C'est ce que Rebecca finissait toujours par dire, alors même qu'elle n'avait rien à se reprocher.

Comment son père ne voyait-il pas la chance qu'il avait d'avoir une femme comme elle ? Cela lui faisait mal au cœur de savoir que Rebecca était malheureuse.

Lorsque la porte de Graham s'ouvrit quelques instants plus tard, il fit semblant de dormir, ne sachant pas si c'était son père ou pas.

– Graham ? Tu dors ? murmura Rebecca, debout dans l'embrasure de la porte.

– Non, répondit-il à voix basse.

Rebecca pénétra dans la chambre en s'essuyant les yeux, pour faire disparaître la preuve que Kent lui avait fait de la peine. Elle s'approcha de son lit et repoussa du visage de Graham une mèche de ses cheveux bouclés.

– Je voulais seulement te souhaiter une bonne année. Je voulais venir plus tôt, mais il fallait que je débarrasse un peu.

Les yeux de Graham s'emplirent de larmes en croisant ceux de Rebecca, qui était lourds d'épuisement. Avant, elle souriait davantage.

– Qu'y a-t-il, Graham ? Qu'est-ce qui ne va pas ?

– S'il te plaît, non... murmura-t-il.

Les larmes roulèrent sur ses joues et il se mit à trembler de tous ses membres dans son lit tout en essayant du mieux qu'il pouvait d'être un homme, mais sans y parvenir. Son cœur était toujours celui d'un petit garçon, un enfant terrifié à l'idée de ce qui se passerait si son père n'était pas plus gentil avec Rebecca.

– S'il te plaît, non... quoi, mon chéri ?

– S'il te plaît, ne pars pas, dit-il d'une voix où perçait la peur.

Il s'assit dans son lit et posa les mains sur celles de Rebecca.

– S'il te plaît, ne t'en va pas, Rebecca. Je sais qu'il est méchant et qu'il te fait pleurer, mais je te jure que tu es bonne. Tu es bonne et lui, il est méchant. Il pousse les gens à partir, comme ça, et je vois bien qu'il te rend malheureuse. Je sais qu'il te dit que tu n'es pas assez bien, mais ce n'est pas vrai. Tu es une bonne personne, et tu es jolie, et ta robe était très belle, et ton dîner était parfait, et s'il te plaît, s'il te plaît, ne nous quitte pas. S'il te plaît, ne me quitte pas.

Maintenant, il pleurait à chaudes larmes, tremblant à l'idée que Rebecca n'avait qu'à faire ses valises pour le quitter pour toujours. Il ne pouvait pas imaginer à quoi ressemblerait sa vie sans elle. Il ne pouvait même pas commencer à se représenter à quel point sa vie deviendrait sombre si elle s'en allait.

Lorsqu'il vivait seul avec son père, il était tellement, tellement seul.

Mais quand Rebecca était arrivée, il avait retrouvé la sensation d'être aimé.

Et il ne pouvait pas la perdre à nouveau.

Il ne pouvait pas perdre sa lumière.

– Graham.

Rebecca souriait, des larmes roulaient sur ses propres joues alors qu'elle essayait d'essuyer celles de Graham.

– Tout va bien, je t'en prie, ça va. Calme-toi.

– Tu vas me quitter, je le sais bien.

Il sanglotait, la tête dans les mains. C'était ce que les gens faisaient, ils partaient.

– Il est si méchant avec toi. Il est trop méchant, et tu vas t'en aller.

– Graham Michael Russell, arrête ça tout de suite, d'accord? ordonna-t-elle en serrant ses mains dans les siennes.

Elle les posa sur ses joues et hocha la tête.

– Je suis là, d'accord? Je suis là et je ne m'en vais nulle part.

– Tu ne vas pas partir? demanda-t-il en hoquetant, tout en essayant de reprendre sa respiration.

Elle fit non de la tête.

– Non, je ne vais pas m'en aller. Tu dramatises toujours. Il est tard, et tu dois dormir, d'accord?

– D'accord.

Elle le fit s'allonger, puis le borda et l'embrassa sur le front. Quand elle se leva pour partir, il l'appela une dernière fois.

– Et tu seras là demain?

– Bien sûr, mon chéri.

– Promis? murmura-t-il, d'une voix qui tremblait encore un peu.

La voix de Rebecca, elle, était ferme et assurée.

– Promis.

13

GRAHAM

Lucy et moi retournâmes à notre routine habituelle. Le matin, elle arrivait avec son tapis de yoga et faisait sa méditation dans le solarium, et quand elle n'avait pas d'événement spécial à préparer, elle venait chez moi le soir pour s'occuper de Talon pendant que je travaillais à mon roman. Nous dînions ensemble à la table de la salle à manger pratiquement tous les soirs, mais n'avions pas beaucoup d'autres sujets de conversation que le rhume qui nous était tombé dessus, Talon et moi.

– Buvez ça, me dit Lucy en me tendant un mug de thé.

– Je ne bois pas de thé.

Je toussai derrière ma main. Mon bureau était couvert de mouchoirs en papier et de flacons de sirop pour la toux.

– Vous allez boire ça deux fois par jour pendant trois jours, et ça va vous retaper complètement. Je me demande comment vous pouvez tenir debout avec cette méchante toux. Alors buvez, m'ordonna-t-elle.

Je reniflai le thé et fis la grimace. Elle se mit à rire.

– Cannelle, gingembre, citron, piment rouge, sucre, poivre et extrait de menthe, plus un ingrédient mystère que je ne peux pas dévoiler.

– Ça sent diablement mauvais.

Elle hocha la tête en faisant un petit sourire narquois.

– C'est la boisson idéale pour le diable en personne.

Pendant les trois jours qui suivirent, je bus son thé. Il lui fallut pratiquement me forcer à le boire, mais au quatrième jour, ma toux avait disparu. J'étais pratiquement convaincu que Lucy était une sorcière, mais au moins grâce à son thé j'avais enfin les idées claires, pour la première fois depuis des semaines.

Le samedi soir suivant, le dîner était sur la table et quand j'allai chercher Lucy pour manger, je la vis dans le solarium en pleine discussion sur son téléphone.

Au lieu de l'interrompre, j'attendis patiemment, jusqu'à ce que le poulet rôti soit froid.

Le temps passa très vite. Cela faisait des heures maintenant qu'elle était au téléphone dans le solarium. Les yeux rivés sur la pluie qui tombait du ciel en cascade, elle remuait les lèvres, parlant à je ne sais quel correspondant à l'autre bout du fil.

En passant devant la pièce de temps en temps, je la voyais agiter les mains pour s'exprimer, et les larmes qui coulaient sur ses joues. Elles ruisselaient comme la pluie. Au bout d'un moment, elle raccrocha et se laissa glisser sur le sol, s'assit en tailleur et regarda fixement par la fenêtre.

Une fois Talon couchée, j'entrai dans le solarium pour voir comment elle allait.

– Tout va bien ? demandai-je, inquiet de voir quelqu'un d'aussi lumineux que Lucy devenir si sombre tout à coup.

C'était presque comme si elle allait se fondre dans le gris des nuages.

– Combien est-ce que je vous dois ? demanda-t-elle sans se retourner.

– Combien vous me devez ?

Je ne voyais pas où elle voulait en venir.

Elle se retourna en reniflant, sans retenir les larmes qui inondaient son visage.

– Vous avez parié que mon couple serait terminé dans un mois maximum, et vous avez gagné. Alors, je vous demande combien je vous dois. Vous avez gagné.

– Lucille...

Elle secoua la tête.

– Il... euh... il a dit que New York était l'endroit rêvé pour les artistes. Il dit que c'est l'endroit où il pourra faire évoluer son art, et qu'il y avait des opportunités là-bas qu'il ne saurait trouver dans le Midwest.

Elle renifla encore une fois et s'essuya le nez sur sa manche.

– Il a dit que son copain lui a proposé un divan dans son appartement, alors il va rester là-bas quelque temps. Et ensuite, il a dit que les relations à distance ne l'intéressaient pas vraiment, alors mon cœur de midinette s'est serré parce que je pensais qu'il m'invitait à venir le rejoindre. Je sais ce que vous pensez.

Elle gloussa nerveusement puis haussa les épaules en secouant la tête.

– Cette pauvre Lucille, si immature, si naïve, qui croyait qu'on peut vivre d'amour et qui se pensait digne d'être l'amour éternel de quelqu'un.

– Ce n'est pas... ce que je pense.

– Alors, combien ? demanda-t-elle en se relevant. Combien est-ce que je vous dois ? J'ai un peu d'argent dans mon sac. Je vais le chercher.

– Lucille, ça suffit.

Elle vint vers moi avec un sourire fabriqué.

– Non, ça va. Un pari est un pari, et vous avez gagné, alors laissez-moi aller chercher de l'argent.

– Vous ne me devez rien du tout.

– Vous êtes doué pour déchiffrer les gens, vous savez. C'est probablement ça qui fait de vous un écrivain fabuleux. Vous pouvez regarder quelqu'un pendant cinq minutes et vous connaissez toute son histoire. C'est vraiment un don. Il vous a suffi d'une rencontre avec Richard pour savoir qu'il finirait par me briser. Alors, c'est quoi mon histoire, hein ? J'ai horreur qu'on me raconte la fin, mais pourtant j'aimerais bien savoir. Que va-t-il m'arriver ?

Elle tremblait de tous ses membres tandis que ses larmes continuaient à couler.

– Vais-je toujours être la fille trop sentimentale et qui finit seule ? Parce que je... je...

Ses paroles se perdirent dans un brouillard incompréhensible quand ses émotions la submergèrent. Elle se cacha le visage dans les mains et s'effondra au beau milieu du solarium.

Je ne savais pas quoi faire.

Je n'étais pas fait pour gérer ce genre de situation.

Je n'étais pas le genre à réconforter.

C'était vrai, mais quand ses genoux se mirent à trembler et que ses jambes commencèrent à montrer des signes de faiblesse, je fis la seule chose qui me vint à l'esprit.

Je la pris dans mes bras, pour lui donner quelque chose à quoi se raccrocher, quelque chose qui la retienne avant que la loi de la gravitation ne l'oblige à tomber au sol. Elle s'agrippa à mon t-shirt et pleura contre moi, détrempant mon épaule alors que je posais les mains sur son dos.

Elle ne me lâchait pas, et je me dis que ce ne serait pas une bonne idée de lui demander de contrôler ses émotions.

C'était une bonne chose qu'elle et moi gérions les choses de façon différente. Elle portait son cœur en écharpe, alors que le mien était bouclé par des chaînes métalliques tout au fond de mon âme.

Sans réfléchir, je la serrai un peu plus contre moi alors qu'elle continuait à trembler de tout son corps. La femme qui éprouvait toutes les émotions se serra contre l'homme qui ne ressentait rien du tout.

Pendant une fraction de seconde, je ressentis un peu de sa douleur alors qu'elle éprouvait ma froideur, mais ni l'un ni l'autre ne sembla s'en soucier.

* * *

– Vous ne pouvez pas rentrer chez vous, dis-je en jetant un coup d'œil à ma montre. Il est presque minuit. Il tombe des cordes et vous êtes venue à vélo.

– Ça va aller. Pas de problème, dit-elle en allant chercher son blouson dans le placard de l'entrée.

– Ce n'est pas prudent. Je vais vous raccompagner.

– Pas question. Talon est enrhumée. Il ne faut pas qu'elle sorte, surtout sous cette pluie battante. Et puis, vous êtes un peu malade, vous aussi.

– Un rhume, ce n'est rien.

– Pour vous, oui, mais pour votre fille, c'est différent. Il ne va rien m'arriver. En plus, chez moi il y a du whisky, plaisanta-t-elle, les yeux tout gonflés après sa crise de larmes causée par la défection de Dick.

Je secouai légèrement la tête pour montrer ma désapprobation

– Attendez-moi ici un instant.

Je me précipitai dans mon bureau, pris trois des cinq bouteilles de whisky qui étaient posées sur ma table de travail et les rapportai dans l'entrée où Lucy attendait.

– Ce n'est pas le choix qui manque. Vous pouvez boire tout le whisky que vous voulez, plus une des chambres d'amis pour la nuit.

Elle plissa les yeux.

– Vous voulez vraiment m'empêcher de rentrer chez moi à vélo ce soir, c'est ça ?

– Absolument.

Elle se mordilla la lèvre inférieure et plissa les yeux.

– Très bien, mais vous ne pourrez pas me juger à propos de la romance torride que je vais vivre avec Johnnie, dit-elle en me prenant la bouteille de Johnnie Walker des mains.

– Affaire conclue. Si vous avez besoin de quoi que ce soit, n'hésitez pas à venir frapper à la porte de mon bureau. Je ne serai pas couché, je pourrai vous venir en aide.

– Merci Graham.

– De quoi ?

– De m'avoir rattrapée avant que j'atteigne le sol.

***

Toc, toc, toc.

Je levai les yeux vers la porte fermée de mon bureau et haussai un sourcil en tapant les dernières phrases du chapitre vingt de mon manuscrit. Ma table de travail était couverte de mouchoirs en papier roulés en boule, et une bouteille de sirop pour la toux à demi vide était posée à côté de moi. J'avais les yeux qui brûlaient de fatigue, mais je savais qu'il me fallait encore écrire cinq mille mots avant de fermer boutique pour la nuit. De toute manière, Talon se réveillerait dans quelques heures pour réclamer son biberon, par conséquent ce n'était même pas la peine d'envisager d'aller me coucher.

Toc, toc, toc.

Je me levai en m'étirant avant d'aller ouvrir la porte. Lucy se tenait là, un verre de whisky à la main et un sourire particulièrement large sur les lèvres.

– Salut, Graham Cracker, dit-elle en se balançant d'avant en arrière en titubant.

– Vous avez besoin de quelque chose ? Vous allez bien ?

– Vous êtes médium ? demanda-t-elle en portant son verre à ses lèvres pour boire une petite gorgée. Ou sorcier ?

Je haussai un sourcil.

– Je vous demande pardon ?

– Je veux dire, c'est obligatoirement l'un ou l'autre, dit-elle en parcourant le couloir en dansant, aller et retour, en tournoyant sur elle-même tout en fredonnant. Sinon, comment auriez-vous pu savoir que ce Richard – euh, ce connard – allait rompre ? J'ai réfléchi à ça toute la soirée avec Johnnie, et je suis arrivée à la conclusion que pour le savoir, il fallait que vous soyez médium.

Elle se rapprocha de moi et me tapota le bout du nez de la pointe de son index.

– Ou sorcier.

– Vous êtes saoule.

– Je suis heureuse.

– Non, vous êtes saoule. Vous n'avez fait que recouvrir votre tristesse sous une couverture de whisky.

– *Che sera, sera.*

Elle se mit à glousser avant d'essayer de jeter un coup d'œil dans mon bureau.

– Alors, comme ça, c'est dans ce lieu que la magie opère ?

Elle gloussa une fois de plus, puis posa la main sur sa bouche un instant avant de se pencher vers moi en murmurant.

– Je veux dire la magie de vos romans, pas celle de votre vie sexuelle.

– Oui, j'avais bien compris, Lucille.

Je refermai la porte de mon bureau, et nous nous retrouvâmes tous les deux dans le couloir.

– Voulez-vous un verre d'eau ?

– S'il vous plaît, oui, mais de celle qui a le goût du vin.

Nous allâmes dans le salon et je lui dis d'attendre sur le canapé, le temps que j'aille lui chercher à boire.

– Au fait, Graham Cracker, cria-t-elle, c'est quoi votre plus grande espérance ?

– Je vous l'ai déjà dit, criai-je en retour, je n'ai pas d'espérances.

Lorsque je revins, elle était assise bien droite sur le canapé, tout sourires.

– Tenez, dis-je en lui tendant le verre.

Elle but une gorgée d'eau et ouvrit de grands yeux stupéfaits.

– Oh, purée, je sais qui vous êtes maintenant. Vous n'êtes pas un médium, vous n'êtes pas un sorcier, vous êtes Jésus Inversé ! s'écria-t-elle, en écarquillant ses yeux de biche émerveillés.

– Jésus Inversé ?

Elle hocha brièvement la tête.

– Vous changez le vin en eau.

Malgré moi, je ne pus m'empêcher de sourire à cette blague, et elle ne manqua pas de le remarquer immédiatement.

– Vous l'avez fait, Graham Cracker. Vous avez souri.

– C'était une erreur.

Elle inclina la tête et scruta mon visage.

– Mon erreur préférée jusqu'ici. Est-ce que je peux vous confier un secret ?

– Bien sûr.

– Vous n'êtes peut-être pas médium, mais parfois je pense que moi, je le suis, et j'ai le sentiment qu'un jour vous finirez par m'apprécier.

– Oh, cela m'étonnerait. Vous êtes plutôt agaçante, plaisantai-je, ce qui la fit rire.

– Oui, mais quand même. Je suis comme un ongle incarné. Une fois qu'on me laisse m'installer, je m'accroche.

Je fis la grimace.

– C'est une comparaison dégoûtante. Je veux dire, c'est certainement la pire comparaison que j'aie jamais entendue.

Elle me planta son index dans la poitrine.

– Si jamais vous l'utilisez dans un de vos romans, je veux des royalties.

– Je demanderai à mon avocat de se mettre en rapport avec le vôtre, dis-je en souriant.

– Oh, vous avez recommencé, dit-elle en se penchant vers moi d'un air admiratif. Cela vous va bien de sourire. Je me demande pourquoi vous ne le faites pas plus souvent.

– Vous ne pensez cela que parce que vous avez trop bu.

– Je n'ai pas trop bu, insista-t-elle d'une voix pâteuse. Je suis tout à fait sobre.

– Vous ne pourriez pas marcher droit même si votre vie en dépendait.

Elle prit cela pour un défi et, se levant d'un bond, elle se mit à marcher en écartant les bras comme sur une corde raide invisible.

– Vous voyez, dit-elle juste avant de trébucher en avant, m'obligeant à plonger pour la rattraper.

Elle se retrouva dans mes bras, me regarda dans les yeux et sourit.

– J'y suis carrément arrivée.

– Je sais.

– C'est la deuxième fois aujourd'hui que vous me rattrapez.

– Jamais deux sans trois.

Elle posa la main sur ma joue en me regardant fixement dans les yeux, et mon cœur arrêta de battre quelques instants.

– Parfois vous me faites peur, dit-elle avec candeur. Mais la plupart du temps, vos yeux me rendent seulement triste.

– Je suis désolé si j'ai fait quoi que ce soit qui vous a fait peur. Ce n'est pas du tout mon intention.

– Ce n'est pas grave. Chaque fois que je vous surprends à jouer à cache-cache avec Talon, je vois votre véritable aura.

– Mon aura ?

Elle fit oui de la tête.

– Pour le reste du monde, vous êtes sombre et morose, mais quand vous regardez votre fille, tout change. Toute votre énergie se modifie. Vous devenez plus léger.

– Vous êtes ivre.

– J'arrive à marcher droit ! dit-elle à nouveau en essayant de se mettre debout sans y parvenir. Oh, attendez, je n'y arrive pas, si ?

Je secouai la tête.

– Non, absolument pas.

Elle continuait à me caresser le visage, passant la main sur ma barbe.

– Talon a beaucoup de chance de vous avoir comme père. Comme être humain, on peut dire que vous êtes merdique, mais comme père, vous êtes plutôt génial.

Sa voix débordait de gentillesse et de confiance candide, ce qui fit battre mon cœur d'une manière qui allait me tuer, j'en étais sûr.

– Merci de me dire tout ça, lui dis-je en acceptant ces deux remarques.

– De rien.

Elle se mit à glousser avant de s'éclaircir la voix.

– Graham Cracker ?

– Oui, Lucille ?

– Je vais vomir.

Je la soulevai dans mes bras et l'emportai précipitamment dans la salle de bains. Dès que je la posai sur le sol, elle entoura la cuvette des toilettes de ses bras et je ramassai ses cheveux dans mes mains pour les soulever tandis que Lucy semblait rendre tout ce qu'elle avait avalé dans sa vie.

– Ça va mieux ? demandai-je quand elle eut fini.

Elle s'assit en se redressant un peu et fit non de la tête.

– Non. Johnnie Walker était censé me faire aller mieux, mais il a menti. Je me sens encore plus mal à cause de lui. Je déteste les garçons qui mentent comme ça et qui brisent les cœurs.

– Je ferais mieux de vous emmener au lit.

Elle acquiesça et essaya de se mettre debout, mais elle manqua tomber en avant.

– Je vous tiens, lui dis-je, et elle hocha la tête avant de me laisser la soulever dans mes bras.

– Jamais deux sans trois, murmura-t-elle.

Elle ferma les yeux en posant la tête contre ma poitrine, et les garda fermés tout le temps où je repoussais les draps, l'allongeais dans le lit et rabattais la couverture sur son corps frêle.

– Merci, murmura-t-elle quand j'éteignis la lampe.

Je doutais qu'elle se souvienne des événements de la soirée quand elle se réveillerait, ce qui était probablement pour le mieux.

– De rien.

– Je suis navrée que ma sœur vous ait quitté, dit-elle en bâillant sans rouvrir les yeux. Parce que bien que vous soyez froid, vous êtes quand même très chaleureux.

– Je suis désolé que Dick vous ait quittée, répliquai-je. Parce que même lorsque vous êtes contrariée, vous êtes toujours très gentille.

– Ça fait mal, murmura-t-elle en entourant un oreiller de ses bras et en le serrant contre elle.

Elle gardait les yeux fermés, mais je vis quelques larmes en sortir.

– Ça fait mal d'être quitté.

Oui.

En effet.

Je restai immobile quelques instants, incapable de la laisser. Comme quelqu'un qui sait ce qu'être abandonné veut dire, je ne voulais pas qu'elle s'endorme en étant seule. Peut-être demain matin ne se souviendrait-elle pas que j'étais là, et peut-être même qu'elle s'en ficherait. Mais je savais ce que cela faisait d'aller se coucher seul. Je connaissais le courant d'air froid que la solitude fait passer dans une chambre plongée dans l'obscurité et je ne voulais pas qu'elle éprouve cette sensation. Alors, je restai. Il ne lui fallut pas longtemps pour s'endormir. Son souffle devint régulier, ses larmes se tarirent, et je fermai la porte. Je n'arrivais pas à comprendre comment on pouvait abandonner une personne aussi gentille qu'elle, avec ou sans ses lubies de bâton de sauge et de cristaux de roche.

14

LUCY

Aïe, aïe, aïe.

Je me redressai lentement dans mon lit et me rendis compte immédiatement que ce n'était pas mon lit du tout.

Je parcourus la pièce du regard et m'agitai entre les draps. Je me pris le front dans les mains.

Aïe !

Ma tête se mit à tourner quand j'essayai de me rappeler ce qui s'était passé la veille au soir, mais tout me semblait très confus. L'élément le plus important me revint pourtant avec force, Richard avait choisi New York plutôt que moi.

Je me retournai vers la gauche et trouvai un petit plateau posé sur la table de nuit, sur lequel il y avait un verre de jus d'orange, deux toasts, un bol de fruits, un flacon d'Ibuprofen et un petit mot.

Pardon de vous avoir déçue hier soir.

Je suis un abruti. Voici des médicaments et un petit déjeuner pour me faire pardonner au cas où vous vous sentiriez mal à cause de moi, ce matin.

Johnnie Walker

Je mis quelques baies dans ma bouche avant d'avaler l'Ibuprofen. Je me ressaisis et allai dans la salle de bains pour me laver le visage – mon mascara avait coulé et j'avais une tête de raton laveur. Ensuite, j'utilisai le dentifrice trouvé dans le tiroir du haut et mon doigt en guise de brosse pour éliminer de mon souffle l'odeur affreuse des lendemains de soirées arrosées au whisky.

Alors que je finissais ma toilette, j'entendis Talon qui pleurait et je me précipitai pour aller la voir. J'entrai dans la nurserie et m'arrêtai net en voyant une dame d'un certain âge, penchée sur elle en train de la changer.

– Bonjour ?

La femme se retourna un instant, puis reprit sa tâche.

– Oh bonjour, vous devez être Lucy, s'écria la femme en soulevant Talon et en faisant sauter dans ses bras la petite fille qui souriait.

Elle se tourna vers moi avec un large sourire.

– Je suis Mary, la femme d'Ollie.

– Oh, bonjour ! Ravie de vous rencontrer.

– De même pour moi, ma chère. Ollie m'a tellement parlé de vous. Ce qui n'est pas vrai pour Graham, mais, bon, vous connaissez Graham.

Elle me fit un clin d'œil.

– Pas trop mal à la tête ?

– Curieusement, elle est toujours à sa place, dis-je pour plaisanter. La soirée a été rude.

– Vous, les jeunes, et vos mécanismes d'adaptation. J'espère que cela va aller.

– Merci, dis-je en souriant. Euh... où est Graham ?

– Dans le jardin derrière la maison. Il m'a appelée de bonne heure pour me demander de venir garder Talon pendant qu'il allait faire une course. Comme vous le savez, c'est toute une histoire pour Graham de demander de l'aide à quelqu'un, alors je suis accourue pour la garder pendant qu'il s'absentait et que vous vous reposiez.

– C'est à vous que je dois le plateau du petit déjeuner ? Et le petit mot ?

Son sourire s'élargit jusqu'aux oreilles, mais elle secoua la tête.

– Non, M'dame. Tout ça, c'est Graham. Je sais, je suis aussi étonnée que vous. J'ignorais qu'il était capable de faire ça.

– Qu'est-ce qu'il fait dans le jardin ? dis-je en me dirigeant de ce côté.

Mary me suivit en faisant sauter Talon dans ses bras tout du long. Une fois dans le solarium, nous vîmes par les baies vitrées Graham qui coupait l'herbe. Des sacs de terreau et des pelles étaient appuyés contre le petit abri de jardin.

– Ça alors, on dirait qu'il jardine.

Mon cœur se serra à cette idée, et je ne sus quoi dire.

Mary hocha la tête.

– Je lui ai dit d'attendre avant de couper l'herbe, à cause de toute la pluie qui est tombée hier, mais il avait l'air impatient de s'y mettre.

– C'est incroyable.

Elle hocha la tête.

– C'est aussi ce que je me suis dit.

– Je peux prendre Talon, si vous devez partir.

– Seulement si ça vous convient. Il faut effectivement que je parte si je veux assister à l'office de l'après-midi à l'église. Tenez.

Elle me tendit Talon et lui posa un baiser sur le front.

– C'est incroyable, vous ne trouvez pas, de penser qu'il y a seulement quelques mois, nous ne savions pas si elle allait s'en sortir, et maintenant elle est là, plus vivante que jamais.

– Oui, c'est vraiment fantastique.

Elle posa une main sur mon avant-bras, avec douceur, et me fit un sourire chaleureux, tout comme son mari.

– Je suis heureuse d'avoir enfin fait votre connaissance.

– Moi aussi, Mary. Moi aussi.

Elle s'en alla quelques minutes plus tard. Je restai dans le solarium avec Talon, à regarder Graham travailler dur à l'extérieur, tournant la tête de temps en temps pour tousser. Il devait faire un froid de loup dehors après la pluie froide de la veille, ce qui n'était pas très bon pour son rhume.

J'allai jusqu'à la porte de derrière qui ouvrait sur le jardin et lorsque je l'ouvris, un courant d'air froid entra dans la pièce.

– Graham, qu'est-ce que vous faites ?

– J'arrange le jardin, c'est tout.

– Mais il fait un froid de canard, vous allez aggraver votre rhume. Rentrez.

– J'ai presque fini, Lucille. Je n'en ai plus que pour quelques minutes.

Je haussai un sourcil, me demandant pourquoi il était si déterminé.

– Mais pourquoi ? Que faites-vous ?

– Vous m'avez demandé de vous faire un jardin, dit-il en s'essuyant le front du revers de la main. Alors, je vous fais un jardin.

Mon cœur.

Il explosa.

– Vous faites un jardin ? Pour moi ?

– Vous avez beaucoup fait pour moi, répondit-il. Et encore plus pour Talon. Le moins que je puisse faire, c'est de vous construire un jardin pour que vous puissiez avoir un autre lieu de méditation. J'ai acheté une tonne d'engrais biologique, ils m'ont dit que c'était ce qu'il y avait de mieux, et je me suis dit qu'une baba cool comme vous apprécierait le côté bio.

Il n'avait pas tort.

– Maintenant, fermez cette porte, s'il vous plaît, avant que ma fille ne soit gelée.

Je fis ce qu'il me disait, mais je ne le quittai pas des yeux une seconde pour autant. Quand il eut fini, il était couvert de terre et de sueur. Le jardin derrière la maison était complètement nettoyé, et il ne manquait plus que les plantes.

– J'ai pensé que vous pourriez choisir les fleurs, ou les graines, ou je ne sais quoi, ce que les jardiniers jardinent, dit-il en s'essuyant le front. Moi, je n'y connais rien.

– Oui, bien sûr. Waouh, c'est juste...

Je souris en admirant le jardin.

– Waouh !

– Je peux embaucher quelqu'un pour planter ce que vous aurez choisi.

– Oh, non, je vous en prie, laissez-moi faire. C'est ce que je préfère dans le printemps, enfouir mes mains dans la terre et me sentir me reconnecter avec le monde. C'est excellent pour se ressourcer.

– Une fois de plus, votre bizarrerie ressort, dit-il avec un petit éclat dans les yeux, comme s'il... me faisait marcher. Si cela ne vous dérange pas, j'aimerais prendre une douche. Ensuite, je pourrai prendre Talon pour que vous puissiez démarrer votre journée.

– Oui, bien sûr. Rien ne presse.

– Merci.

Il commença à s'éloigner, mais je le rappelai.

– Pourquoi avoir fait ça ? Le jardin ?

Il baissa la tête et haussa les épaules avant de me regarder dans les yeux.

– Une femme futée m'a dit une fois que j'étais merdique en tant qu'être humain, et je fais de mon mieux pour devenir un petit peu moins merdique.

– Oh, non !

Je me couvris le visage de mon t-shirt et fronçai le nez.

– J'ai dit ça hier soir, c'est ça ?

– C'est vrai, mais ne vous en faites pas. Parfois il est bon de dire la vérité à voix haute. C'était beaucoup moins difficile à entendre venant de quelqu'un d'aussi rieur, ivre et gentil que vous l'étiez à ce moment-là.

* * *

– Excuse-moi, tu peux répéter ça ? me demanda Mari l'après-midi alors que nous poussions nos vélos jusqu'à la piste de randonnée.

Le printemps était une saison excitante parce que nous pouvions faire beaucoup plus de vélo et explorer la nature. Il est vrai que c'était surtout moi qui adorais cela, plus que ma sœur, mais j'étais sûre que quelque part au plus profond d'elle-même, *tout au fond* de son âme, elle m'était reconnaissante d'être là pour l'aider à se maintenir en bonne santé.

– Je sais. C'est bizarre.

– C'est plus que bizarre. Je n'arrive pas à croire que Richard ait pu rompre par téléphone.

Elle fit une grimace.

– Enfin, en y réfléchissant, je suis étonnée que vous ayez mis si longtemps à vous séparer.

– Quoi ?

– Ce que je veux dire, au début vous étiez si semblables. C'était même un peu agaçant de voir à quel point vous étiez fusionnels sur votre nuage, mais avec le temps, il m'a semblé que vous changiez tous les deux.

– De quoi tu parles ?

Elle haussa les épaules.

– Avant, tu riais tout le temps avec Richard, mais ces derniers temps... je ne me rappelle même pas la dernière fois qu'il t'a fait marrer. En plus, dis-moi quand il t'a demandé comment tu allais pour la dernière fois. Chaque fois que je l'ai vu, il ne parlait que de lui.

Ce que Mari me disait ne m'aidait pas à accepter le fait que Richard m'ait larguée. Je savais qu'elle avait raison. Le fait était que Richard n'était plus l'homme qui était tombé amoureux de moi, il y a déjà plusieurs années. Moi-même, j'étais loin d'être encore la jeune fille qu'il avait connue.

– *Maktub*, murmurai-je, en regardant mon poignet.

Mari me sourit et enfourcha son vélo.

– *Maktub*, comme tu dis. Tu peux venir habiter chez moi, si tu ne veux pas squatter son appartement. Ce sera parfait. J'ai besoin de passer plus de temps avec ma sœur. Vois les choses du bon côté, au moins maintenant tu n'auras plus à supporter une moustache qui se balade sur toi.

Je me mis à rire.

– Richard n'a pas baladé sa moustache sur moi depuis un temps fou.

Elle resta bouche bée, incrédule.

– Alors là, c'est toi qui aurais dû le larguer depuis des années, sœurette. Un mec qui ne te broute pas le minou n'a plus droit à tes faveurs quand sa queue se dresse.

Ma sœur était dépositaire d'une sagesse irréfutable.

– Tu n'as pas l'air si triste que ça, remarqua Mari. Ça m'étonne un peu.

– Ouais, eh bien, après avoir avalé l'équivalent de mon poids en whisky hier soir et passé le reste de la matinée à méditer, aujourd'hui, je me sens bien. Et puis, Graham m'a fait un jardin ce matin.

– Un jardin ? demanda-t-elle, étonnée. C'est sa façon de s'excuser ?

– Je crois. Il a acheté une tonne d'engrais bio, en plus.

– Il a tout bon là-dessus. Tout le monde sait que le moyen de se faire pardonner par Lucy passe par la terre et l'engrais biologique.

Amen, ma sœur.

– Sinon, on est toujours d'accord pour aller rendre visite à l'arbre de maman dans le Nord pour Pâques ? demandai-je, alors que nous commencions à pédaler sur la piste.

Chaque année, Mari et moi faisions tout notre possible pour aller là-bas rendre visite à maman. Une de ses vieilles amies possédait un chalet dans le Nord qu'elle n'utilisait pas souvent, et c'est là que nous avions planté l'arbre du souvenir de maman, toutes ces années auparavant, entourées de personnes venues de tout le pays et qui constituaient sa famille.

Si j'avais appris une chose de mes voyages avec maman, c'était que cette famille n'était pas liée par le sang, elle était liée par l'amour.

– Tu vas m'en vouloir, mais j'ai prévu d'aller rendre visite à une amie ce week-end, dit Mari.

– Ah bon ? Qui ?

– Je pensais prendre le train pour Chicago pour aller voir Sarah. Elle est revenue aux États-Unis pour voir ses parents, et je m'étais dit que j'y ferais un saut, étant donné que je ne l'ai pas vue depuis que je vais mieux. Cela fait des années.

Sarah était une des meilleures amies de Mari, qui passait sa vie à voyager à travers le monde. Il était pratiquement impossible de savoir précisément où serait Sarah d'un mois sur l'autre, alors je comprenais parfaitement. Mais ça craignait parce que, Richard n'étant plus là, ce serait la première fois que je passerais ce week-end seule.

Hélas, *maktub.*

15

GRAHAM

Le Professeur Oliver, assis en face de moi à mon bureau, parcourait des yeux la première mouture des chapitres dix-sept à vingt de mon roman. Je rongeais mon frein pendant qu'il tournait les pages avec lenteur, les yeux plissés, profondément concentré.

De temps en temps, il jetait un coup d'œil dans ma direction, grognait d'un air pensif, puis retournait à sa lecture. Quand il eut enfin terminé, il reposa les feuillets sur mon bureau sans rien dire.

J'attendis, haussai un sourcil, mais toujours rien.

– Alors ?

Le Professeur Oliver retira ses lunettes et croisa les jambes. Finalement, il se mit à parler d'une voix très calme.

– C'est un peu comme si un singe avait pondu une grosse merde et essayait d'écrire son nom dedans avec sa queue. Sauf que le singe s'appelle John et qu'il écrit Maria.

– Ce n'est pas si mauvais que ça, quand même.

– Oh non, dit-il en secouant la tête. C'est pire.

– Qu'est-ce qui ne va pas ?

Il haussa les épaules.

– C'est tout boursouflé. Que du gras, pas de muscle.

– C'est un premier jet. C'est normal que ce soit merdique.

– Oui, mais c'est censé être de la merde humaine, pas de la merde de singe. Graham, tu figures sur la liste de best-sellers du *New York Times*. Et aussi sur celle du *Wall Street Journal*. Tu as des millions de dollars sur ton compte en banque grâce à ton talent pour créer des histoires. De nombreux fans dans le monde entier se font tatouer des citations extraites de tes livres. Alors, je trouve dommage que tu aies le culot de me présenter un truc aussi totalement merdique.

Il se leva, lissa son complet de velours et secoua la tête.

– Talon elle-même pourrait faire mieux.

– Arrêtez ! Vous avez lu le passage avec le lion ?

Il leva les yeux au ciel si ostensiblement que j'eus peur que ses yeux ne se collent au plafond.

– Qu'est-ce qu'un lion en liberté vient foutre à Tampa Bay, bon sang ? Non. Vraiment, non. Trouve un moyen de te détendre, ok ? Il faut que tu te laisses aller, que tu te libères un peu. On a l'impression que tu écris avec un balai dans le cul, et que le balai ne produit même pas son effet.

Je me raclai la gorge.

– C'est une façon pour le moins spéciale de présenter les choses.

– Oui, eh bien, moi au moins je n'écris pas de la merde de singe.

– Non, dis-je en souriant. Vous vous contentez d'en dire.

– Écoute-moi bien. En tant que parrain de Talon, je suis fier de toi, Graham.

– Depuis quand êtes-vous son parrain ?

– C'est un titre autoproclamé, et ne me sape pas le moral, fiston. Comme je disais, je suis fier de toi parce que tu es un père formidable pour ta fille. Tu passes des journées entières à t'occuper d'elle, ce qui est super, mais en tant que ton mentor en écriture, j'exige que tu prennes un peu de temps pour toi. Va fumer du crack, saute une inconnue, mange des champignons hallucinogènes. Mais lâche-toi un peu. Ça fera le plus grand bien à tes histoires.

– Je n'ai jamais eu besoin de ça, avant.

– Tu t'envoyais en l'air, avant ? rétorqua-t-il en haussant un sourcil.

Carrément, putain !

– Au revoir, Graham, et s'il te plaît, ne m'appelle que si tu es défoncé ou que tu es en pleine action.

– Je ne risque pas de vous appeler pendant que je m'envoie en l'air.

– Ça ne fait rien, dit-il en ramassant son chapeau sur mon bureau pour se le poser sur la tête. Cela ne durerait probablement pas assez longtemps pour que tu aies le temps de composer mon numéro, de toute manière, dit-il en rigolant.

Bon sang, je détestais cet homme.

Dommage qu'il soit mon meilleur ami.

* * *

– Salut. Talon fait une sieste. Je voulais juste savoir si vous vouliez que je commande des piz...

Lucy s'interrompit en entrant dans mon bureau.

– Qu'est-ce que vous faites ? demanda-t-elle d'un air méfiant.

Je reposai mon téléphone sur mon bureau et m'éclaircis la voix.

– Rien.

Elle sourit en secouant la tête.

– Vous faisiez des selfies ?

– Pas du tout. Des pizzas, c'est bien. Aux quatre fromages pour moi.

– Non, non, non, ne changez pas de conversation. Pourquoi faites-vous des selfies en costume-cravate ?

Je resserrai le nœud de ma cravate et retournai à mon bureau.

– Si vous voulez tout savoir, j'ai besoin d'une photo de moi pour la télécharger sur un site.

– Quel site ? Vous ouvrez un compte sur Facebook ?

– Non.

– Alors lequel ?

Elle se mit à glousser.

– Laissez-moi deviner. Vous connaissant, je dirais n'importe quoi sauf Tinder.

Je serrai les dents et elle arrêta de rire.

– *Oh purée,* vous vous abonnez à Tinder ?

– Redites-le un peu plus fort, Lucille. Je ne suis pas sûr que les voisins vous aient entendue.

– Excusez-moi, c'est juste...

Elle entra dans la pièce et vint s'asseoir sur le bord de mon bureau.

– G.M. Russell qui rejoint l'univers de Tinder... je me disais bien qu'il faisait un peu froid dans la maison.

– Hein ?

– Je veux dire, la première fois que je vous ai vu, j'ai pensé que vous étiez le diable et que par conséquent vous habitiez en enfer, et donc si votre maison est devenue froide, c'est...

– Que l'enfer a fini par geler. C'est futé ça, Lucille.

Elle attrapa mon téléphone et entreprit de le déverrouiller.

– Je peux voir vos photos ?

– Quoi ? Non.

– Pourquoi pas ? Vous savez que Tinder est... un site de rencontre, oui ?

– Je sais très bien ce qu'est Tinder.

Elle rougit et se mordit la lèvre inférieure.

– Vous avec l'intention de vous envoyer en l'air, c'est ça ?

– Le Professeur Oliver est persuadé que mon travail souffre du fait que je n'ai pas eu de relations sexuelles pour me détendre depuis longtemps. Il trouve que je suis coincé.

– Quoi ? Vous ? Coincé ! Jamais de la vie !

– Bref, il a complètement tort au sujet du manuscrit. Moi, je trouve que c'est bon.

Elle se frotta les mains, tout excitée.

– C'est vrai ? Je peux le lire ?

J'hésitai, elle leva les yeux au ciel.

– Je suis votre plus grande fan, ne l'oubliez pas. Si je n'adore pas, vous saurez qu'Ollie a raison. Et si j'adore, vous saurez que c'est vous qui avez raison.

Eh bien, moi, j'adorais avoir raison.

Je lui tendis les feuillets, et elle s'assit pour lire, parcourant des yeux les pages à toute vitesse. De temps en temps, elle me lançait un regard inquiet. Quand elle eut enfin terminé, elle se racla la gorge.

– Un lion ?

Merde.

Je levai les yeux au ciel.

– Bon, j'ai besoin de m'envoyer en l'air.

– Enlevez votre cravate, Graham.

– Je vous demande pardon ?

– Je voudrais que vous déverrouilliez votre téléphone et que vous enleviez votre cravate et votre veston. Aucune fille qui cherche à se faire sauter n'a envie d'un mec avec un putain de costume et une cravate. Et, en plus, vous avez fermé le premier bouton de votre chemise.

– C'est plus classe.

– Ça vous fait un bourrelet dans le cou.

– Vous êtes ridicule. C'est un costume de couturier fait sur-mesure.

– Ah vous les riches, avec vos marques ! Tout ce que je sais, c'est que ce n'est pas un attribut sexuel et que, par conséquent, cela élimine vos chances de vous envoyer en l'air. Maintenant, déverrouillez votre téléphone et enlevez-moi cette cravate.

Agacé, j'obéis.

– C'est mieux ? demandai-je en croisant les bras.

Elle fit une grimace.

– Mouais... Attendez, défaites les trois premiers boutons de votre chemise.

Je fis ce qu'elle disait et elle acquiesça en prenant des photos.

– Oui ! Des poils, les femmes qui ont envie d'une aventure adorent qu'il y ait un peu de poil. C'est comme pour les trois petits cochons, il faut qu'il y ait la bonne mesure. Ni trop ni trop peu. Vous avez juste ce qu'il faut.

Elle sourit malicieusement.

– Vous avez encore bu ?

Elle se mit à rire.

– Non. Je suis comme ça naturellement.

– C'est bien ce que je craignais.

Après avoir pris quelques clichés, elle les étudia en plissant le front.

– Bof. Non. Il faut que vous enleviez votre chemise.

– Quoi ? Ne soyez pas ridicule. Je ne vais pas enlever ma chemise devant vous.

– Graham, gémit Lucy en levant les yeux au ciel. Un jour sur deux, je vous trouve torse nu en train de faire ce truc du kangourou avec Talon. Maintenant, taisez-vous et enlevez votre chemise.

Je discutai encore un peu puis finis par céder. Elle m'envoya même passer un jean noir, pour « faire plus viril ». Puis elle se mit à me prendre en photo, en me disant de tourner à droite, à gauche, de sourire avec les yeux – Dieu sait ce qu'elle entendait par là ! – et d'avoir l'air maussade, mais sexy.

– Ok, encore une. Mettez-vous de profil, baissez un peu la tête et glissez les mains dans vos poches arrière. Faites la gueule, comme si vous aviez horreur des séances de photos.

Ça, c'était facile.

– Et voilà, dit-elle en souriant jusqu'aux oreilles. Vos photos sont téléchargées. Maintenant, il ne nous reste plus qu'à mettre au point votre profil.

– Inutile, lui dis-je en tendant la main pour reprendre mon téléphone. C'est déjà fait.

Elle haussa un sourcil, l'air dubitatif, et se mit à lire à voix haute.

– *Écrivain à succès, père d'un enfant de six mois. Marié, mais largué par sa femme. Cherche aventure. Au fait, je mesure un mètre quatre-vingts.*

– Tout le monde précise sa taille. Je pense que c'est un truc.

– C'est nul. Attendez, je vais arranger ça.

Je me ruai derrière elle pour regarder ce qu'elle tapait.

Cherche plan cul. Je suis un gros connard.

– Je crois que vous voulez dire un gros *queutard,* lui fis-je remarquer.

Elle répondit malicieusement

– Non, c'est bien ce que je voulais écrire.

En grognant, je tentai de récupérer mon téléphone.

– Ok, ok, je recommence !

Cherche l'aventure, sans attaches.

Sauf si vous aimez être attachée.

Je vous regarde, Anastasia.

– Qui est Anastasia ?

Lucy me lança mon téléphone et rit toute seule.

– Faites-moi confiance, les femmes, elles, comprendront[10]. Maintenant, il ne vous reste plus qu'à faire glisser l'image vers la droite si vous les trouvez attirantes, à gauche dans le cas contraire. Puis vous attendez que la magie opère.

– Merci pour votre aide.

– Vous m'avez offert un jardin, alors, le moins que je puisse faire, c'est de vous aider à vous faire sauter. Je vais commander les pizzas maintenant. Je suis épuisée après tout ça.

– Au fromage seulement pour moi ! Au fait, Lucille ?

– Oui.

– C'est quoi, « Snapchat » ?

Elle plissa les yeux et secoua résolument la tête.

– Non, oubliez. Pas plus d'une rencontre sur les réseaux sociaux à la fois. Celui-là, on va le garder pour une autre fois.

---

10. Anastasia : référence à *Cinquante nuances de grey*.

16

LUCY

Le premier rencard de Graham par l'intermédiaire de Tinder devait avoir lieu le samedi, et avant qu'il ne s'y rende, je l'obligeai à abandonner son costume et sa cravate au profit d'un simple t-shirt blanc avec un jean foncé.

– Ce n'est pas un peu trop décontracté ?

– Hum, de toute manière ce n'est pas comme si vous alliez les garder sur vous. Maintenant, du balai. Allez écarter des jambes, allez donner quelques poussées de pelvis, et ensuite rentrez chez vous et écrivez-nous des histoires d'horreur et de monstres grandioses.

Il sortit à vingt heures trente. À vingt et une heures, il était rentré. Je haussai un sourcil.

– Heu, je ne voudrais pas paraître irrespectueuse vis-à-vis de votre virilité et tout ça mais... c'est sans conteste l'histoire de cul la plus rapide de toute l'histoire des histoires de cul.

– Je n'ai pas couché avec elle, répliqua Graham en laissant tomber ses clés sur la table de l'entrée.

– Quoi ? Mais pourquoi ?

– J'ai découvert que c'était une menteuse.

– Oh non !

Je fronçai les sourcils, ressentant un pincement au cœur pour lui.

– Mariée ? Des enfants ? Cent cinquante kilos de plus que sur la photo ? C'était un travelo ? Elle s'appelait Georges ?

– Non, dit-il d'un ton cinglant en se laissant tomber sur le canapé du salon.

– Ben alors, c'était quoi ?

– Ses cheveux.

– Hein ?

– Ses cheveux. Sur la photo du site, elle était brune, mais quand je suis arrivé, j'ai trouvé une blonde.

Je clignai des yeux à plusieurs reprises.

– Vous pouvez répéter ?

– Ce que je veux dire, c'est qu'il est évident que quelqu'un qui ment sur un sujet comme ça ne risque pas de dire la vérité au sujet d'une gonorrhée ou de chlamydia.

La façon dont il dit ça, avec autant de sérieux, me fit éclater de rire.

– Oui, Graham, c'est exactement comme ça que ça marche.

J'avais mal au ventre tellement je riais.

– Ce n'est pas drôle, Lucille. Il est clair que je ne suis pas du genre à coucher avec n'importe qui, rencontré au hasard. Mais j'ai un délai à respecter, et je ne vois pas du tout comment je vais réussir à me détendre suffisamment pour envoyer à temps le roman à mon éditeur. Je devais le rendre au moment de la naissance de Talon. C'était il y a plus de six mois.

Je fis un large sourire et me mordillai la lèvre inférieure.

– Vous savez quoi ? Je crois que j'ai une idée, et je suis absolument certaine que vous allez la détester.

– Dites toujours.

– Vous avez déjà entendu parler de hot yoga ?

* * *

– Je suis le seul homme ici, murmura Graham en me suivant dans la salle de yoga ce dimanche matin là.

Il portait un débardeur blanc et un pantalon de jogging gris, et il avait l'air terrorisé.

– Ne soyez pas idiot, Graham Cracker. Toby, le moniteur, c'est un mec. Vous serez tout à fait à votre place.

Je mentais.

Il n'était pas du tout à sa place, mais au moins, le spectacle d'un homme adulte aussi musclé que lui essayant de faire la salutation au soleil fut un grand moment pour moi, et pour toutes les femmes qui participèrent au cours ce matin-là.

– Maintenant, passez du cobra au chien tête en bas puis au pigeon, en contrôlant vos mouvements, dit Toby.

Graham gémit, exécutant les mouvements mais en se plaignant tout le temps.

– Cobra, pigeon, chameau, pourquoi chacune de ces postures porte-t-elle le nom d'une position sexuelle ? demanda-t-il.

Je rigolai.

– Vous savez, la plupart des gens diraient que ce sont des noms d'animaux, Graham Cracker, pas de positions sexuelles.

Il se tourna vers moi et, au bout d'un instant, prit conscience que c'était vrai. Il esquissa un petit sourire.

– Touché.

– Vous êtes super-tendu, fit remarquer le moniteur en s'approchant de Graham pour l'aider.

– Oh non, ce n'est pas la peine de... commença Graham.

Mais c'était trop tard. Toby l'aidait à bien positionner ses hanches.

– Détendez-vous, dit Toby de sa voix apaisante. Détendez-vous.

– Pas si facile de se détendre quand un inconnu vous touche le...

Soudain, Graham ouvrit de grands yeux.

– Hé, ça, c'est mon pénis. Vous êtes en train de toucher mon pénis, marmonna Graham alors que le moniteur l'aidait à réaliser une des postures.

Impossible de me retenir de rigoler en voyant un Graham si ridicule et mal à l'aise qui gardait un visage tellement grave. Quand Toby lui fit ressortir le postérieur, j'en pleurai de rire.

– Ok, tout le monde, une dernière respiration. On laisse entrer les bonnes énergies, on rejette les mauvaises. *Namasté.*

Toby nous salua, et Graham resta là, allongé sur le sol, tout couvert de sueur, de larmes, et drapé dans sa virilité.

Je continuais à rigoler toute seule.

– Allons, debout !

Je lui tendis une main qu'il prit et je l'aidai à se relever. En se redressant, il secoua sa chevelure pour m'éclabousser de sa sueur.

– Beurk ! C'est dégoûtant.

Avec un sourire narquois, il me dit :

– À cause de vous j'ai été touché devant tout le monde, alors vous méritez bien de recevoir ma sueur.

– Croyez-moi, vous pouvez vous estimer heureux que ce soit Toby qui vous ait touché plutôt que les femmes qui vous dévorent des yeux là-bas, dans le coin, en ce moment.

Il se retourna pour voir ces femmes qui le fixaient intensément, en faisant des signes de la main.

– Vous les femmes, de vraies obsédées sexuelles, plaisanta-t-il.

– Et c'est vous, qui prétendez que le chameau est une position sexuelle, qui dites ça. Comment faites-vous exactement ? Est-ce que vous vous mettez à genoux et, genre (je poussai mes hanches vers l'avant) vous faites ça de façon répétée ?

Je continuai à imiter l'acte, et Graham rougit jusqu'aux oreilles, plus encore que pendant le cours.

– Lucille.

– Oui ?

– Arrêtez de baiser dans le vide.

– J'aimerais bien, mais c'est trop jouissif de vous voir si gêné, là, tout de suite.

Je me mis à rire. Il était si prompt à se sentir humilié, cela devait être horrible pour lui d'être vu en public avec moi. Moi qui ne ratais pas une occasion de passer pour une idiote.

– Ok, à l'évidence, le hot yoga, ce n'est pas votre truc.

– Non, en effet. Au bout du compte, je me sens encore plus stressé qu'avant, et même un peu violé, plaisanta-t-il.

– Bon, j'ai en tête deux ou trois autres trucs qu'on peut essayer pour voir si ça vous aide.

Il haussa un sourcil comme s'il pouvait lire dans mes pensées.

– Vous allez brûler des bâtonnets de sauge chez moi, c'est ça ? Ou poser des cristaux de roche sur le rebord de mes fenêtres ?

– Oh oui.

Je hochai la tête.

– Je vais faire des trucs bizarres de baba cool pour faire sortir toutes les mauvaises énergies de votre maison, et ensuite vous m'aiderez dans le jardin.

* * *

Je passai les semaines suivantes dans le jardin derrière la maison pour enseigner à Graham les rudiments du jardinage. Nous plantâmes des fruits, des légumes et de belles fleurs. Je semai des rangées de tournesols qui deviendraient magnifiques en grandissant. Dans un coin, il y avait un banc de pierre qui serait parfait pour mes méditations du matin et offrirait un super-coin de lecture pour l'après-midi. Je l'entourai de fleurs qui égayeraient toute la zone, des alstroemerias, des cataires, des coreopsis, des myosotis et des rudbeckias. Les couleurs se marieraient magnifiquement. À n'en pas douter, les roses, les bleus, les jaunes et les violets mettraient une touche de couleur dans la vie de Graham.

Soudain le babyphone se mit à grésiller. Graham se leva.

– Je m'en occupe.

À peine une minute plus tard, je l'entendis hurler.

– LUCILLE !

Je m'assis dans la terre, alarmée par le ton pressant du cri de Graham.

– LUCILLE, VITE !

Je me levai d'un bond, le cœur battant, de la terre plein la figure, et courus jusqu'à la maison.

– Qu'est-ce qu'il y a ?

– Dans le salon ! Dépêchez-vous !

Je courus, terrorisée à l'idée de ce que j'allais trouver, et quand j'entrai dans la pièce, mon cœur se serra. Je portai mes mains à ma bouche.

– Oh mon Dieu, dis-je les larmes aux yeux, en regardant Talon.

– Vous avez vu ça ? dit Graham en souriant à sa fille.

Pendant longtemps il avait fait tout son possible pour se retenir de sourire, mais dernièrement il n'y arrivait plus. Plus Talon riait et souriait, plus elle faisait craquer Graham.

Il la tenait dans ses bras pour lui donner le biberon.

Mais ce n'était pas lui qui donnait le biberon, elle se le donnait elle-même en le tenant dans ses mains pour la première fois.

Mon cœur explosa de joie.

– Je lui donnais le biberon et elle l'a pris dans ses mains et s'est mise à le tenir toute seule, dit-il, les yeux emplis de fierté.

Comme nous la félicitions, Talon se mit à rire en crachant du lait dans le visage de Graham, ce qui nous fit rire à notre tour. J'attrapai un chiffon et lui essuyai la joue.

– Elle m'épate tous les jours, dit-il en la regardant avec de grands yeux. C'est dommage que Jane... que *Lyric* manque ça. Elle n'a pas idée de ce qu'elle a laissé derrière elle.

J'acquiesçai.

– Elle passe à côté de tout. C'est vraiment triste.

– C'était comment de grandir avec elle ?

Sa question me surprit. Cela faisait des mois que nous nous côtoyions et pas une seule fois il ne m'avait interrogée sur ma sœur. Je m'assis sur le divan à côté de lui en haussant les épaules.

– On déménageait tout le temps. Notre mère était plutôt instable, et quand mon père ne l'a plus supporté, il nous a quittées. Lyric était la plus âgée et elle était plus consciente des problèmes que Mari et moi. Avec ma mère, chaque jour devenait une nouvelle aventure. L'absence d'un vrai foyer ne m'a jamais inquiétée parce que nous étions ensemble, et chaque fois que nous avions besoin de quelque chose, les problèmes se réglaient comme par miracle. Mais Lyric ne voyait pas les choses comme ça. Elle était beaucoup plus comme notre père, elle avait les pieds sur terre. Elle détestait ne pas savoir comment notre prochain repas arriverait sur la table. Elle détestait que ma mère donne le peu d'argent dont nous disposions à une amie dans le besoin. Elle détestait l'instabilité de la vie que nous menions, alors quand elle en a eu assez, elle a fait exactement la même chose que notre père, elle est partie.

– Elle a toujours eu tendance à prendre la fuite.

– Oui, et quelque part j'aimerais la détester d'être devenue si distante et si froide, mais en même temps je la comprends. Elle a été forcée de grandir vite, et d'une certaine façon, elle n'avait pas tort, notre mère était une sorte d'enfant elle-même. Ce qui revient à dire que Lyric n'a pas été très épaulée en grandissant. Elle avait le sentiment qu'elle devait assumer le rôle de parent et être la mère de sa mère.

– Ce qui explique probablement qu'elle n'ait jamais voulu avoir d'enfant. Elle avait déjà assumé ce rôle.

– Oui. Bien sûr, cela ne l'excuse pas, mais cela aide à comprendre son comportement.

– Je crois que dès que je l'ai rencontrée, j'ai eu l'intuition qu'elle était du genre à fuir. Et je suis certain qu'elle a toujours su que j'étais froid et que je ne lui demanderais jamais de rester.

– Est-ce qu'elle vous manque ? demandai-je à voix basse.

– Non, répondit-il du tac au tac, sans la moindre hésitation. Nous n'avons jamais été amoureux, elle et moi. Nous avions un accord tacite, si l'un d'entre nous devait éprouver le désir de partir, il était libre de le faire. Nous ne nous étions mariés que parce qu'elle estimait que cela l'aiderait dans sa carrière. En fait, nous étions comme des colocs à qui il arrivait parfois de coucher ensemble. Avant la venue de Talon, cela n'aurait pas posé de problème qu'elle s'en aille. Cela aurait été tout à fait acceptable. Bon sang, j'ai même été étonné qu'elle soit restée aussi longtemps. Cela m'aurait été égal, mais à présent...

Il sourit à Talon quand elle fit son rot, puis il la posa sur la couverture étalée sur le sol.

– À présent, je l'appelle tous les soirs pour lui demander de revenir, pas pour moi mais pour notre fille. Je sais ce que c'est que de grandir sans mère, et pour rien au monde je ne veux de cela pour Talon.

– Je suis désolée.

Il haussa les épaules.

– Vous n'y êtes pour rien. Bon, passons. Que pensez-vous du jardin ?

– Parfait. Il est parfait. Encore merci pour ce cadeau. Cela représente beaucoup plus pour moi que vous ne pouvez l'imaginer.

Il hocha la tête.

– Ce n'est rien. Je suppose que vous partez ce week-end ?

Il glissa en bas du canapé et s'assit par terre pour jouer avec Talon. Mon cœur se mit à faire des bonds.

– Je devais, mais il se trouve que je vais passer ce week-end toute seule.

– Ah bon ? Pourquoi ?

Je lui expliquai que, habituellement, Mari et moi allions dans le Nord à cette occasion, mais cette fois Mari partait de son côté et je n'avais pas envie de faire le trajet en voiture toute seule.

– Talon et moi allons chez le Professeur Oliver, vous devriez venir avec nous, proposa Graham.

– Quoi ? Non. Non, vraiment, ça va aller.

Il sortit son téléphone et composa un numéro.

– Allô ? Professeur Oliver, comment allez-vous ?

– Graham, non ! murmurai-je en faisant de grands gestes pour l'arrêter, mais il se leva pour que je ne puisse pas attraper son téléphone.

– Bien, je vais bien.

Pause.

– Non, non, je n'appelle pas pour me décommander. Je vous appelle pour savoir si vous pourriez ajouter un couvert. Il semble que Lucille s'apprête à fêter Pâques toute seule dans son appartement en pleurant dans un pot de glace Ben & Jerry's, et, bien que je considère cette occupation comme tout à fait normale, je me suis dit que peut-être vous voudriez bien l'accueillir chez vous.

Autre pause, plus longue.

Graham sourit.

– Très bien. Merci, Professeur Oliver. À très bientôt, donc.

Il raccrocha et se tourna vers moi.

– Ils font un brunch à treize heures. Nous serons avec le Professeur Oliver et Mary, et leur fille Karla avec sa fiancée, Susie. Il faut que vous apportiez un plat.

– Je n'en reviens pas que vous ayez fait ça ! hurlai-je en saisissant un coussin sur le canapé pour le lui envoyer à la figure.

Son sourire s'élargit.

Purée, ce sourire !

S'il avait souri plus souvent à l'époque, je suis sûre que Lyric n'aurait jamais eu la force de le quitter.

Il ramassa le coussin et me le renvoya à la tête, ce qui me fit tomber en arrière dans le canapé.

– On peut faire le trajet ensemble, si vous voulez. Je passerai vous chercher.

– Parfait.

J'attrapai le coussin et le lui renvoyai.

– Dress code ?

Il me le renvoya une dernière fois et se mordit la lèvre, ce qui fit apparaître une petite fossette dans sa joue droite.

– Quoi que vous portiez, je trouverai ça bien.

17

GRAHAM

Je passai chercher Lucy chez elle pour le brunch de Pâques. Assis au volant de ma voiture, je la vis descendre les escaliers. Talon babilla et j'acquiesçai.

– Tu as tout à fait raison.

Lucy était très belle dans une robe jaune qui s'évasait en corolle grâce à un jupon de tulle. Elle ne portait qu'un léger maquillage, rehaussé par un rouge à lèvres éclatant, assorti à ses talons hauts. Ses cheveux étaient relevés en une tresse ornée tout du long de marguerites, qui lui faisait comme une couronne.

Je sortis de la voiture et me précipitai pour lui ouvrir la portière du côté passager. Elle me regarda en souriant, tenant un bouquet de fleurs d'une main et un plat de l'autre.

– Vous êtes très élégant, dites-moi, dit-elle d'un air narquois.

– Un costume et une cravate, sans plus, dis-je en lui prenant le plat des mains.

Je fis le tour de la voiture, ouvris la portière et posai le plat sur le siège.

En reprenant ma place au volant, je lançai un coup d'œil à Lucy.

– Vous êtes très belle.

Elle rit en se tapotant les cheveux avant de lisser sa robe.

– Vous n'avez pas tort, Monsieur.

Lorsque nous arrivâmes chez le Professeur Oliver, je présentai Lucy à Karla, la fille d'Ollie, et à sa fiancée, Susie.

– Je suis ravie de faire votre connaissance, Lucy, dit Karla en nous faisant entrer dans la maison. J'aimerais dire que j'ai beaucoup entendu parler de vous, mais vous connaissez Graham, ce type ne dit jamais rien, plaisanta-t-elle.

– Ah bon ? dit Lucy sur un ton sarcastique. Moi, je n'arrive jamais à en placer une avec lui !

Karla éclata de rire et me prit Talon des bras pour l'embrasser sur le front.

– Oui, c'est une grande gueule, celui-là.

Karla était comme une sœur pour moi, et nous nous chamaillions comme frère et sœur. Quand elle était enfant, elle était passée de famille d'accueil en famille d'accueil, puis avait eu beaucoup de problèmes de drogue et d'alcool. Mais c'était avant que je la connaisse. Quand je l'avais rencontrée, elle savait déjà tout à fait ce qu'elle allait faire de sa vie. Elle était devenue cette belle Afro-Américaine très impliquée dans le combat pour la défense des enfants sans foyer.

Le Professeur Oliver et sa femme Mary ne l'avaient pas rejetée quand elle était adolescente, et Karla disait toujours que grâce à ça, quelque chose avait changé dans son cœur. Il n'est pas fréquent qu'on fasse une demande d'adoption quand l'enfant est âgé de dix-sept ans, mais Oliver et Mary ne voulaient pas la lâcher. Ils possédaient ce talent qui leur permettait de voir les stigmates des gens et de les trouver beaux.

– Donnez, je vais prendre votre plat, dit Susie en attrapant le plateau que tenait Lucy.

Susie était, elle aussi, une personne formidable. C'était une belle Asiatique qui luttait pour les droits des femmes. S'il y avait jamais eu un couple aussi parfaitement fait pour une vraie histoire d'amour, c'était bien Karla et Susie.

Je n'ai jamais été un expert en relations humaines, mais je savais que ces femmes étaient de bonnes personnes.

Tout comme Lucy.

Des personnes au grand cœur qui ne demandaient rien de plus que de l'amour.

Lorsque nous pénétrâmes dans la cuisine, Mary lâcha ses fourneaux et se précipita pour m'embrasser sur la joue, avant d'embrasser Talon et Lucy.

– Graham, va immédiatement dans le bureau d'Ollie. Il t'attend pour lire les derniers chapitres de ton roman que tu devais lui apporter.

Je jetai un coup d'œil à Lucy, ce qui fit rire Mary.

– Ne t'inquiète pas pour elle, elle ne sera pas perdue. Nous allons bien nous occuper d'elle.

Lucy sourit, ce qui fit battre mon cœur, puis je me dirigeai vers le bureau du Professeur Oliver.

* * *

Assis à son bureau, il lisait les derniers chapitres que je lui avais apportés et j'attendais son verdict avec impatience, en suivant le mouvement de ses yeux sur les pages.

– J'ai supprimé le lion.

– Chut ! m'ordonna-t-il en poursuivant sa lecture.

De temps en temps, il faisait de petites grimaces en tournant les pages, mais rien de plus.

– Eh bien, dit-il en reposant les feuillets quand il eut terminé. Tu n'as pas eu de relation sexuelle ?

– Non.

– Ni pris de cocaïne ?

– Nan.

– Inouï !

Il se renfonça dans son siège, l'air incrédule.

– C'est très étonnant, j'ignore ce qui t'a permis de relever le niveau comme ça, mais c'est hallucinant. C'est...

Il secoua la tête, médusé.

– C'est ce que tu as écrit de meilleur jusqu'ici.

– Vous vous foutez de moi ? demandai-je, l'estomac noué.

– Pas du tout. Je n'ai rien lu d'aussi bon depuis des années. Qu'est-ce qui a changé ?

Je haussai les épaules et me levai de mon siège.

– Je me suis mis au jardinage.

– Ah, dit-il en souriant d'un air entendu, Lucy Palmer est passée par là.

***

– Karla, je te dois cinquante dollars, dit Oliver en approchant de la table de la salle à manger pour le brunch après que nous eûmes fini de parler boulot dans son bureau.

Il ajusta sa cravate et s'assit au bout de la table.

– Tu avais raison au sujet de Graham, il sait encore écrire. Apparemment, il ne fait pas partie des prodiges aux vingt-sept livres.

Lucy rigola, et son rire me ravit.

– Vous aviez parié contre Graham ?

Il haussa un sourcil.

– Vous avez lu son dernier brouillon ?

Elle fit une grimace.

– C'était quoi, cette histoire de lion ?

– Oui, je sais ! hurla-t-il en hochant la tête. Ce foutu lion !

– Ok, ok, on a compris. On peut parler d'autre chose ?

Lucy me donna un coup de coude.

– Quand même, le lion.

– C'était affligeant, acquiesça le Professeur Oliver.

– Mal écrit.

– Bizarre.

– Loufoque.

– Complètement raté, dirent-ils en chœur.

Je levai les yeux au ciel.

– Bon sang, Lucille, vous êtes comme une version féminine d'Oliver, mon pire cauchemar.

– Ou ton rêve préféré devenu réalité, ironisa le Professeur Oliver en remuant les sourcils d'un air entendu.

Ce qu'il entendait par là, Dieu seul le savait.

Il tendit la main par-dessus la table vers le bacon et Karla lui tapa sur la main.

– Papa, non.

Il grogna et je fus ravi qu'on change de sujet.

– Quelques tranches de bacon ne vont pas me tuer, chérie. Et puis, c'est un jour de fête.

– Peut-être, mais ton cœur ne sait pas que c'est un jour de fête, alors contente-toi du bacon de dinde que maman a fait pour toi.

Il grimaça.

– C'est tout, *sauf* du bacon.

Il fit un sourire à Lucy et haussa les épaules.

– Vous faites une mini-crise cardiaque une fois, vous subissez trois opérations du cœur bénignes, et tout le monde prend ça très au sérieux pour le restant de votre vie, dit-il en plaisantant.

Mary sourit à son époux en lui tapotant la main.

– Tu as le droit de penser que nous te surprotégeons, mais c'est seulement parce que nous voulons te garder près de nous pour toujours. Si cela implique que tu nous détestes parce que nous t'obligeons à manger du jambon de dinde – elle en posa trois tranches sur son assiette – eh bien, tant pis.

– Touché, touché.

Le professeur Oliver hocha la tête en mordant dans son faux bacon.

– Je ne peux pas vraiment vous en vouloir. Moi-même, j'aimerais me garder près de moi pour toujours.

Nous passâmes le reste du brunch à rire, à échanger des histoires embarrassantes et à partager des souvenirs. Lucy écoutait tout le monde avec beaucoup de grâce, posait des questions, demandait plus de détails, prenant part avec intérêt à toutes les conversations. C'est ce que j'adorais chez elle, cette sociabilité. Elle illuminait toutes les pièces dans lesquelles elle entrait.

– Lucy, nous sommes vraiment heureux que vous soyez parmi nous aujourd'hui. Votre sourire est contagieux, dit Mary quand l'après-midi touchait à sa fin.

Nous prîmes place à la table du dîner sans avoir faim mais pour faire durer le plaisir d'être en si bonne compagnie. Lucy arborait un large sourire en lissant sa robe.

– C'était vraiment génial. Quand je pense que j'ai failli passer la journée toute seule chez moi, dit-elle en riant.

– Tu ne passes pas les fêtes seule, d'habitude, rassure-moi ? dit Karla en fronçant les sourcils.

– Oh non. Je suis toujours avec ma sœur, mais cette année une de ses plus anciennes amies est de passage aux États Unis pour très peu de temps, alors elle est allée lui rendre visite. Habituellement, avec Mari, nous allons dans le Nord où une amie possède un chalet, et nous rendons visite à l'arbre de ma mère.

– Son arbre ? interrogea Susie.

– Oui. Après le décès de notre mère, il y a des années, nous avons planté un arbre pour honorer sa mémoire en plantant une vie et la faisant croître, même après la mort. Donc, pour les fêtes nous y allons, nous mangeons de la réglisse – la confiserie préférée de maman – et nous nous asseyons au pied de l'arbre pour écouter de la musique et respirer l'essence de la terre.

– C'est trop beau, soupira Karla.

Elle se tourna vers Susie et lui donna une tape sur le bras.

– Quand je mourrai, tu planteras un arbre à ma mémoire ?

– Je planterai une cannette de bière, cela me semble plus adapté !

Les yeux de Karla s'arrondirent et elle se pencha vers Susie pour l'embrasser.

– Toi, tu sais que je vais t'épouser dans trois mois, ma vieille.

Lucy ouvrit de grands yeux brillants de plaisir.

– Vous allez vous marier ? Quand ça ?

– Le week-end du 4-Juillet, c'est la date anniversaire de notre rencontre, dit Karla, tout excitée. C'était prévu pour l'année prochaine, mais je ne peux plus attendre.

Elle se tourna vers le Professeur Oliver avec un grand sourire.

– J'ai trop envie que mon papa me conduise à l'autel et accorde ma main à mon amour.

– Cela sera un jour merveilleux, répondit Oliver en prenant la main de sa fille pour l'embrasser. Presque aussi merveilleux que le jour où tu es devenue officiellement ma fille.

Mon cœur se dilata de bonheur.

– Eh bien, si jamais vous avez besoin d'une fleuriste, je me ferai un plaisir de m'en occuper, proposa Lucy.

Susie ouvrit de grands yeux.

– Sérieux ? Ce serait génial. Super-génial, même.

Sans les sentiments que je voyais exister entre le Professeur Oliver et Mary, et entre Karla et Susie, j'aurais vraiment cru que l'amour n'était qu'une légende urbaine, qu'on ne trouvait que dans les contes de fées.

Mais la façon dont ces gens se dévoraient des yeux, la façon dont ils l'exprimaient si librement et si ouvertement...

C'était vrai, l'amour existait dans la vraie vie.

Même si je ne l'avais jamais éprouvé moi-même.

– Au fait, Graham n'a toujours personne pour l'accompagner pour la cérémonie. Si vous voyez ce que je veux dire.

Susie fit un large sourire.

Je levai les yeux au ciel, l'estomac noué. Un changement de sujet s'imposait, et vite.

– Savez-vous que Susie et Karla chantent divinement ? dis-je à Lucy en me penchant vers elle. C'est comme ça qu'elles se sont rencontrées, à un spectacle musical pour le 4-Juillet. Vous devriez leur demander de nous chanter quelque chose.

– Graham raconte n'importe quoi, répliqua Karla en lui lançant un bout de pain.

– Pas du tout, dit Mary en souriant. Je manque peut-être un peu d'objectivité, mais c'est vrai qu'elles sont formidables. Allez, les filles, chantez-nous quelque chose.

Juste à ce moment-là, le babyphone s'alluma, nous informant que Talon était réveillée de sa sieste.

– Je vais la chercher, pendant ce temps-là choisissez une chanson, Mesdames, dit Mary d'autorité.

– Maman, s'il te plaît, ne nous mets pas la pression, ok ? dit Karla en levant les yeux au ciel, mais une lueur dans son regard disait qu'elle adorerait chanter. Bon, d'accord. Qu'est-ce que tu en dis, Susie ? Andra Day ?

– Parfait, acquiesça-t-elle en se levant. Mais je ne chante pas à table. La diva a besoin d'une scène.

Nous nous rendîmes tous dans le salon, et je m'assis à côté de Lucy sur le canapé. Mary entra avec ma fille dans les bras, et l'espace d'un instant, je me dis qu'elle était la grand-mère idéale. Heureuse. Resplendissante de santé. Débordante d'amour.

Talon ne savait pas la chance qu'elle avait d'avoir une Mary.

Je n'avais pas idée de la chance que j'avais d'avoir une Mary, moi aussi.

Karla s'assit au piano dans le coin, s'étira les doigts et se mit à jouer « Rise Up » d'Andra Day. La mélodie qui s'éleva du piano était déjà fantastique en elle-même, mais quand Susie commença à chanter, je me dis que tout le monde dans la pièce devait avoir des frissons. Les yeux de Lucy étaient rivés sur le spectacle, tandis que les miens étaient rivés sur elle. Tout son corps se mit à trembler, alors qu'elle regardait les filles. C'était comme si les paroles l'absorbaient tout entière, faisant rouler des larmes sur ses joues.

Ses larmes coulaient de plus en plus à mesure que les paroles de la chanson atteignaient son cœur et y plantaient leurs graines. Elle rougit violemment et essaya de les sécher, mais lorsqu'elle les essuyait, d'autres arrivaient aussitôt. J'attendis qu'elle recommence pour lui prendre la main et arrêter son geste. Elle se tourna vers moi, surprise, et je serrai sa main légèrement dans la mienne.

– Laissez, murmurai-je.

Elle ouvrit la bouche comme pour parler, mais se contenta de hocher la tête avant de reporter toute son attention sur les chanteuses en fermant les yeux. Ses larmes continuèrent à couler alors qu'elle écoutait le chant magnifique avec ferveur, en se balançant légèrement, sa main toujours dans la mienne.

Pour la première fois, je commençai à la comprendre vraiment.

La belle jeune femme qui ressentait tout.

Ses émotions ne la rendaient pas faible.

Elles faisaient sa force au contraire.

Lorsque la chanson s'acheva, Lucy se mit à applaudir sans cesser de pleurer.

– C'était absolument magnifique.

– Tu es sûre que ce n'est pas plutôt parce qu'on est absolument nulles que tu pleures ? dit Karla.

– Non, non, c'était formidable. Ma mère aurait...

Elle s'interrompit et prit une grande inspiration.

– Elle aurait vraiment adoré.

Je posai les yeux sur ma main qui serrait toujours la sienne et je relâchai mon étreinte, ainsi que la sensation d'oppression qui pesait sur ma poitrine.

Quand vint la nuit, nous nous préparâmes à repartir en remerciant tout le monde de nous avoir si bien accueillis.

– J'ai passé une super-journée, dit Lucy à Mary et Ollie en les serrant dans ses bras. Merci de m'avoir permis de ne pas rester à me morfondre sur mon canapé en mangeant une glace Ben & Jerry's.

– Revenez quand vous voulez, vous serez toujours la bienvenue, Lucy, dit Mary en l'embrassant sur la joue.

– Je vais aller installer Talon dans son siège, me dit Lucy en me prenant ma fille des bras avant de remercier tout le monde une dernière fois.

Mary me fit un petit sourire et me serra contre elle.

– Elle me plaît, murmura-t-elle en me tapotant dans le dos. Elle a bon cœur.

Elle avait raison.

Une fois qu'elle fut rentrée dans la maison, le Professeur Oliver qui se tenait sous le porche me regarda avec un large sourire.

– Quoi ? demandai-je les sourcils froncés.

– Oh, Monsieur Russell, dit-il d'une voix chantante en enfonçant les mains dans ses poches et en se balançant d'avant en arrière.

– *Quoi ?*

Il sifflota en secouant la tête.

– C'est juste que ça m'amuse de voir que c'est à toi que ça arrive, et que tu sembles totalement inconscient de ce qui se passe.

– De quoi est-ce que vous parlez ?

– J'imagine que c'est plus difficile de voir l'intrigue quand on en est le héros.

– Vous n'auriez pas oublié de prendre vos petites pilules pour la tête, par hasard ?

– Dans tous les récits, il y a un moment où les personnages passent de l'acte un, le vieux monde, à l'acte deux, le nouveau monde. Tu le sais bien.

– Oui... mais qu'est-ce que cela a à voir avec moi ?

Le professeur Oliver désigna Lucy d'un hochement de tête.

– Cela a tout à voir avec tout.

Je compris soudain ce qu'il voulait dire et je me raclai la gorge en me redressant.

– Non, c'est absurde. Elle m'aide pour Talon, c'est tout.

– Humm, dit-il sur un ton moqueur.

– Non, vraiment, et sans même entrer dans vos élucubrations de vieux fou, c'est la sœur de Jane.

– Humm, répéta-t-il, ce qui me tapa sur les nerfs. Le truc, c'est que le cœur se moque bien de ce que lui dicte la raison, Monsieur Russell.

Il me donna un coup de coude dans les côtes en poursuivant sur un ton entendu.

– Il se contente d'éprouver des sentiments.

– Vous commencez vraiment à m'énerver.

Il se mit à rire en hochant la tête.

– Mais c'est amusant, non ? La façon dont les personnages principaux ignorent tout de ce qui va leur arriver.

Ce qui m'ennuyait le plus dans ses propos, c'était qu'ils n'étaient pas dénués de vérité. J'étais conscient que mes sentiments envers Lucy avaient évolué et je savais à quel point il était dangereux de m'autoriser à les laisser se développer.

J'étais incapable de me rappeler quand j'avais éprouvé la même sensation que lorsque je lui tenais la main, ou que je la regardais s'occuper de Talon, ou même simplement que je la regardais vivre.

– Que penses-tu d'elle, Graham ?

– Ce que je pense de Lucille ?

– Oui. Si ce n'est pas possible d'*être* avec elle, tu as peut-être au moins un peu de place pour de l'amitié.

– Elle est tout le contraire de moi. Lucille est tellement excentrique, une bizarrerie de la nature. Elle est maladroite, et elle parle toujours à tort et à travers. Elle a toujours les cheveux en bataille, et parfois elle rit trop fort et c'est agaçant. Tout en elle est désastreux. C'est une vraie catastrophe ambulante.

– Et pourtant ? insista-t-il.

Et pourtant, j'aurais aimé être comme elle. J'aurais aimé être un personnage excentrique, une bizarrerie de la nature. J'aurais voulu trébucher et éclater de rire. J'aurais voulu m'emparer de cette beauté catastrophique et la mixer avec mon chaos personnel. J'aurais aimé disposer, moi aussi, de cette liberté dans laquelle elle semblait se sentir comme un poisson dans l'eau, et aussi de sa capacité à vivre sans crainte l'instant présent.

J'aurais aimé savoir ce que cela signifiait de faire partie de son univers.

D'être un homme qui ressent tout.

J'aurais aimé la tenir contre moi sans lui enlever sa liberté de mouvement. J'aurais aimé connaître le goût de ses lèvres et aspirer une partie de son âme tout en lui donnant un aperçu de la mienne.

Je n'avais pas envie d'être son ami, ça non.

Je voulais être tellement plus que cela.

Pourtant, je savais que c'était impossible. Elle était la seule qui soit vraiment inatteignable, tout en étant la seule que j'aie jamais aussi profondément désirée. C'était injuste, la façon dont cette histoire se déroulait pour moi, et pourtant ce n'était pas du tout surprenant. Aucune des histoires que j'avais écrites ne se terminait bien, et Lucy n'apparaîtrait jamais dans mon dernier chapitre.

– Le truc qui te prend la tête, là tout de suite, Graham, je te recommande de croire le contraire. Il y a bientôt un an que Jane est partie, et il ne faut pas se mentir, tu ne l'as jamais regardée de la façon dont tu regardes Lucy. Tes yeux n'ont jamais brillé avec le même éclat que quand elle entre dans une pièce. Tu as passé la plus grande partie de ta vie à faire en sorte d'éviter d'éprouver la moindre forme de bonheur, fiston. Quand finiras-tu par t'autoriser à te libérer des chaînes dans lesquelles tu t'es toi-même enferré ? La vie est courte, et on ne sait jamais combien de chapitres il reste dans son roman, Graham. Il faut vivre chaque jour comme s'il était la dernière page. Respirer chaque instant comme si c'était le dernier mot. Courage, fils. Courage.

Je levai les yeux au ciel en mettant le pied sur la première marche.

– Professeur Oliver ?

– Oui ?

– Fermez-la.

18

LUCY

– Je dois m'arrêter pour acheter des couches. J'espère que cela ne vous dérange pas, me dit Graham en se garant dans le parking d'une supérette ouverte vingt-quatre heures sur vingt-quatre.

– Pas de problème.

Il se précipita à l'intérieur et quand il ressortit, il lança quelques sacs dans le coffre et remonta rapidement dans la voiture.

– Ok, dit-il en démarrant. C'est de quel côté pour aller à ce chalet ?

– Quoi ?

– Je vous demande la direction. Pour rendre visite à l'arbre de votre mère ?

Mon cœur se serra et je secouai la tête. Ses paroles repassaient dans ma tête tandis que je le regardais fixement sans comprendre.

– Quoi ? Ça ne va pas, Graham, vous êtes déjà en retard pour votre bouquin, je ne peux pas accepter que vous fassiez tous ces kilomètres simplement pour…

– Lucille Hope Palmer.

– Oui, Graham Michael Russell ?

– Vous n'avez jamais manqué une seule fois de rendre visite à votre mère, si ?

Je me mordillai la lèvre inférieure en hochant la tête.

– Non.

– Alors, on est d'accord. Quelle direction ?

Je fermai les yeux, et mon cœur se mit à battre de plus en plus vite quand je compris que Graham n'allait pas céder sur ce sujet. Je n'avais pas fait la moindre allusion à la peine que cela me faisait de ne pas rendre visite à ma mère ce jour-là. Je n'avais rien dit de l'effet que cela me faisait d'observer l'amour qui passait entre Susie, Karla et sa mère ce soir-là. Une larme roula sur ma joue en même temps qu'un sourire se dessinait sur mes lèvres.

– Vous pouvez prendre l'autoroute 43 vers le nord pendant deux heures.

– Parfait, dit-il en sortant la voiture du parking.

Lorsque j'ouvris les yeux, je jetai un coup d'œil à Talon qui dormait dans son siège et je serrai dans mes doigts mon pendentif en forme de cœur. Lorsque nous arrivâmes, il faisait nuit noire et je branchai une rallonge électrique dans la prise à l'extérieur du chalet. Les ampoules blanches que nous avions accrochées en décembre, Mari et moi, lors de notre dernière visite pour Noël, éclairèrent toute la zone. L'arbre de maman s'illumina et je m'en approchai, puis m'immobilisai en regardant les lumières étinceler. Je m'assis par terre et croisai les doigts en levant les yeux vers l'arbre. J'éprouvais un sentiment doux-amer en fixant les branches superbes. Chaque jour qui passait le voyait grandir, mais c'était un jour de plus depuis que maman nous avait quittées. Toutefois, le printemps était la période où je préférais venir parce que c'était le moment où les feuilles commençaient à se déployer.

– Elle est belle, dit Graham en me rejoignant avec Talon tout emmitouflée dans ses bras.

– C'est vrai.

Il hocha la tête.

– Elle tient de sa fille.

Je souris.

– Et de sa petite-fille.

Il porta la main à sa poche et en sortit un paquet de réglisse. Mon cœur sauta un battement.

– Vous l'avez pris à la supérette ?

– Je voulais seulement que cette journée soit bonne pour vous.

– C'est réussi, répondis-je, submergée de gratitude devant tant de gentillesse. C'est une très bonne journée.

Alors que nous restions là, à respirer, à exister, Graham sortit son téléphone et passa « Rise Up » par Andra Day.

– Karla a dit que cela pourrait vous faire plaisir.

Une fois encore, je me mis à pleurer.

Et c'était beau.

– Somme-nous amis, Lucille ? demanda Graham.

Je me tournai vers lui, la poitrine serrée par l'émotion.

– Oui.

– Alors, je peux vous confier un secret ?

– Oui, bien sûr. Tout ce que vous voulez.

– Après que je vous l'ai dit, il faudra que vous fassiez comme si je n'en avais jamais parlé, d'accord ? Mais si je n'en parle pas maintenant, j'ai peur que ce sentiment ne fasse que grandir, et cela va semer encore plus de confusion dans ma tête. Alors, après, il faudra vraiment faire comme si je ne vous avais rien dit. Il faudra que vous redeveniez mon amie, parce que vous avoir comme amie me rend meilleur. Vous faites de moi un meilleur être humain.

– Graham...

Il se retourna et reposa Talon endormie dans son siège auto.

– Attendez, dites-moi, d'abord, est-ce que vous éprouvez quelque chose ? Quelque chose de plus fort que de l'amitié quand nous faisons cela ?

Il tendit le bras et prit ma main dans la sienne.

De la nervosité.

Il s'approcha, nos corps étaient plus près l'un de l'autre qu'ils n'avaient jamais été.

– Éprouvez-vous quelque chose lorsque je fais ça ? murmura-t-il en passant doucement le dos de sa main sur ma joue.

Je fermai les yeux.

Des frissons.

Il s'approcha encore plus près, sa respiration saccadée effleurait mes lèvres, son souffle devenait mon souffle. Je ne pouvais pas ouvrir les yeux, parce que je verrais ses lèvres. Je ne pouvais pas ouvrir les yeux, parce que je ne pourrais pas résister à mon désir d'être encore plus près. Je ne pouvais pas ouvrir les yeux, parce que je pouvais à peine respirer.

– Éprouvez-vous quelque chose quand nous sommes si près l'un de l'autre ? demanda-t-il doucement.

De l'excitation.

J'ouvris les yeux et clignai les paupières une fois.

– Oui.

Une vague de soulagement le traversa et il sortit deux morceaux de papier de sa poche arrière.

– J'ai fait deux listes hier, me dit-il. J'ai passé la journée, assis à mon bureau, à faire la liste des raisons pour lesquelles je ne devrais pas ressentir ce que je ressens pour vous, et cette liste est longue. Elle détaille tous les points importants qui expriment la moindre raison pour laquelle ceci – quoi qu'il existe entre nous – est une mauvaise idée.

– Je comprends, Graham. Vous n'avez pas à vous justifier. Je sais que nous ne pouvons pas...

– Non, attendez. Il y a l'autre liste. Elle est plus courte, beaucoup plus courte. Mais dans cette liste, j'ai essayé de ne pas faire preuve de tant de logique. Je m'efforce d'être plus comme vous.

– Comme moi ? Comment ça ?

– Je m'efforce de *ressentir*. J'ai imaginé comment ce serait d'être heureux, et je crois que vous êtes la définition du bonheur.

Ses yeux sombres se fixèrent sur les miens et il se racla la gorge, deux fois.

– J'ai essayé de faire la liste des choses que je trouve agréables, en dehors de Talon, bien sûr. La liste est courte, vraiment, elle ne comporte que deux choses jusqu'ici, et curieusement, elle commence par *vous* et se termine par *vous*.

Mon cœur battait la chamade, ma tête tournait, de plus en plus vite à chaque seconde qui passait.

– Moi et moi ?

Je sentais la chaleur de son corps. Je sentais ses mots frôler ma peau et s'insinuer dans la profondeur de mon âme.

Il passa les doigts lentement le long de mon cou.

– Vous et vous.

– Mais...

Lyric.

– ... on ne peut pas.

Il acquiesça.

– Je sais. C'est pour cela qu'une fois que je vous aurai dit cette dernière chose, il faudra que vous fassiez comme si nous étions seulement amis. Il faudra que vous oubliiez tout ce que je vous aurai dit ce soir, mais d'abord, il faut que je vous dise ceci.

– Qu'est-ce que c'est, Graham ?

Il se détourna lentement de moi et observa les lampes qui clignotaient sur l'arbre. Je ne quittai pas ses lèvres des yeux lorsqu'elles se mirent en mouvement, très lentement.

– Quand je suis près de vous, il se passe quelque chose d'étrange en moi, quelque chose qui ne m'est pas arrivé depuis très, très, longtemps.

– Qu'est-ce qui se passe ?

Il prit ma main dans la sienne et la porta à sa poitrine, et les mots qui suivirent sortirent dans un murmure.

– Mon cœur recommence à battre.

19

LUCY

– On est bien d'accord ? me demanda Graham quelques jours après Pâques, alors que je l'emmenais à l'aéroport prendre son avion.

Son éditeur l'attendait à New York pour des interviews et plusieurs séances de signatures. Depuis la naissance de Talon, il avait reporté tous ses déplacements, mais à présent il était obligé de participer à ces réunions. C'était la première fois qu'il allait passer tout un week-end loin de Talon et je voyais bien qu'il appréhendait cette séparation.

– Je veux dire, au sujet de notre discussion de l'autre soir ?

Je lui souris en acquiesçant d'un signe de tête.

– Tout va bien, vraiment.

Bien sûr, c'était faux.

Depuis qu'il avait évoqué les sentiments qu'il éprouvait pour moi, je n'avais pas réussi à penser à autre chose.

Mais puisqu'il avait été capable d'être plus comme moi en se laissant aller à ses sentiments ce soir-là, je m'obligeais à être plus comme lui en essayant d'ignorer un peu les miens.

Je me demandais si toute sa vie ressemblait à cela, une vie où les sentiments étaient maintenus dans l'ombre.

– Très bien.

En arrivant à l'aéroport, je descendis de voiture pour l'aider à sortir ses valises. Puis je sortis Talon de son siège et Graham la serra sur son cœur. Ses yeux s'embuèrent lorsqu'il regarda sa fille.

– C'est seulement pour trois jours, lui dis-je.

Il hocha la tête.

– Oui, je sais, c'est juste que...

Sa voix s'enroua et il embrassa Talon sur le front.

– Elle est tout pour moi.

Oh, Graham Cracker.

C'était vraiment difficile de ne pas craquer pour lui.

– Si vous avez besoin de quoi que ce soit, vous m'appelez, à n'importe quel moment, de jour comme de nuit. Je veux dire, je vous appellerai dès que j'aurai un moment libre.

Il se tut et se mordit la lèvre inférieure.

– Vous ne croyez pas que je devrais annuler et rester à la maison ? Elle était un peu fiévreuse ce matin.

Je me mis à rire.

– Graham, vous ne pouvez pas annuler. Partez travailler et revenez auprès de nous, après.

Je m'aperçus de ce que je venais de dire et lui fis un petit sourire.

– Auprès de votre fille.

Il hocha la tête et l'embrassa sur le front encore une fois.

– Merci pour tout, Lucille. Il y a très peu de gens en qui j'ai confiance, mais je vous confie ce qui compte le plus au monde pour moi.

Il me toucha légèrement le bras avant de me redonner Talon et de s'en aller.

Dès que je reposai Talon dans son siège, elle se mit à hurler et je fis tout mon possible pour la calmer.

– Je sais, ma petite chérie.

Je bouclai sa ceinture et l'embrassai sur le front.

– Il va me manquer, à moi aussi.

* * *

Le lendemain, Mari me proposa une balade à vélo, mais comme je gardais Talon, cela devint une balade à poussette.

– Elle est trop belle, dit Mari en faisant un sourire à Talon. Elle a les mêmes yeux que maman, exactement comme Lyric, tu ne trouves pas ?

– Oh si, et elle est aussi coquine que maman, dis-je en riant.

Nous nous dirigeâmes vers l'entrée de la piste cyclable.

– Je suis contente que nous ayons enfin trouvé un peu de temps à passer ensemble, Mari. J'ai l'impression que, tout en habitant dans le même appartement, on ne se voit jamais. Je n'ai même pas trouvé le temps de te demander si ça s'était bien passé avec Sarah.

– Je ne l'ai pas vue, balbutia-t-elle.

Je m'immobilisai.

– Quoi ?

– Elle n'était pas là, avoua-t-elle, en regardant autour d'elle nerveusement.

– Qu'est-ce que tu racontes, Mari ? Tu es partie tout le week-end. Tu étais où ?

– Avec Parker.

Mari prit un air dégagé, comme si ses paroles étaient tout à fait anodines.

Je plissai les yeux.

– Excuse-moi, tu peux répéter ?

– Il y a quelque temps il est repassé à la boutique, un jour où tu n'étais pas là, et j'ai accepté de le rencontrer. Cela fait quelques mois qu'on est en contact, maintenant.

Quelques mois ?

– Tu es fâchée.

Elle fit une grimace.

– Tu m'as menti. Depuis quand est-ce que nous nous mentons, toi et moi ?

– J'étais sûre que tu n'approuverais pas que je le voie, mais il voulait qu'on parle.

– Que vous parliez ? répétai-je, la colère s'emparant de moi. De quoi diable pourriez-vous parler ?

Elle baissa la tête et se mit à faire des dessins dans la terre du bout de sa chaussure.

– Oh, mon Dieu ! Il veut que vous vous remettiez ensemble, c'est ça ?

– C'est compliqué.

– Comment ça, compliqué ? Il t'a plaquée au pire moment de ton existence et maintenant que tu vas mieux, il s'est mis en tête de revenir.

– C'est mon mari.

– *Ex*-mari.

Elle baissa la tête à nouveau.

– Je n'ai jamais signé les papiers.

Mon cœur vola en éclats.

– Tu m'as dit...

– Je sais ! cria-t-elle en se passant les mains dans les cheveux tout en faisant les cent pas. Je sais que je t'ai dit que c'était fini, et c'était vrai. Dans ma tête, c'en était fini de mon mariage, mais dans la pratique... je n'ai jamais signé les papiers.

– Tu te fous de moi, Mari. Il t'a *abandonnée*, quand tu avais un *cancer*.

– Oui, mais...

– Il n'y a pas de mais. Il ne va pas s'en sortir comme ça, et en plus tu m'as menti en me disant que tu étais *divorcée* ! À *moi* ! Tu es censée être ma meilleure amie, ma biche. Nous sommes censées être capables de tout nous dire, et pendant tout ce temps, tu as vécu dans le mensonge avec moi. Tu sais ce que maman disait toujours à propos du mensonge ? Si tu dois mentir au sujet de quelque chose, c'est que tu ferais probablement mieux de ne pas le faire.

– S'il te plaît, ne cite pas maman en ce moment, Lucy.

– Il faut que tu le quittes, Mari. Physiquement, émotionnellement, mentalement. Il est toxique. Rien de bon ne peut sortir de cette histoire.

– Tu n'as pas la moindre idée de ce que c'est que d'être mariée, dit-elle en haussant la voix.

Mari n'élevait jamais la voix.

– Mais je sais très bien ce que signifie être respectée ! Seigneur, je ne peux pas croire que tu m'aies menti pendant tout ce temps.

– Je suis désolée d'avoir menti, mais pour être honnête, tu n'as pas été un modèle de franchise, toi non plus, ces derniers temps.

– Quoi ?

– Tout ça, dit-elle en désignant Talon d'un geste. Toute cette histoire avec Graham, c'est chelou. Pourquoi tu t'occupes de sa gamine ? Elle est assez grande maintenant pour qu'il s'en occupe lui-même, et au pire, il pourrait engager une nounou. Dis-moi la vérité, pourquoi vas-tu toujours là-bas ?

Mon estomac se noua.

– Mari, ce n'est pas la même chose...

– C'est exactement la même chose ! Tu dis que je ne veux pas m'extraire de ce mariage parce que je suis faible et tu es furax parce que je t'ai menti, mais toi, tu me mens et tu te mens à toi-même. Tu restes avec lui parce que tu es en train de tomber amoureuse de lui.

– N'importe quoi !

– Si, c'est vrai.

Je restai bouche bée.

– Mari... il... Pour l'instant, il ne s'agit pas de moi ni de Graham. Il s'agit de toi et de rien d'autre. Tu fais une grosse bêtise en lui parlant. Ce n'est pas sain et...

– Je vais retourner chez moi.

– Quoi ?

Je n'en revenais pas. Je me redressai.

– Mais ce n'est pas chez toi. C'est moi, ton foyer. Nous sommes le foyer l'une de l'autre.

– Parker pense que ça ne peut que nous faire du bien, de travailler sur notre couple.

Quel couple ?

– Mari, il ne t'a appelée qu'au bout de deux ans quand il a su que tu étais en rémission. Il a attendu pour voir si le cancer ne récidivait pas. C'est un serpent, ce mec.

– C'est bon ! cria-t-elle en secouant les mains, l'air exaspérée. Ça suffit, maintenant. C'est mon mari, Lucy, et je retourne habiter avec lui.

Elle baissa la tête et sa voix se brisa.

– Je ne veux pas finir comme elle.

– Comme qui ?

– Comme maman. Elle est morte seule parce qu'elle n'a jamais laissé aucun homme s'approcher assez pour l'aimer. Je ne veux pas mourir sans être aimée.

– Il ne t'aime pas, ma biche...

– Mais il pourrait. Je crois que si je fais un effort pour changer, si je deviens une meilleure épouse...

– Tu étais la meilleure épouse qui soit, Mari. Tu faisais tout pour lui.

De grosses larmes roulèrent sur ses joues.

– Alors, pourquoi est-ce que ça n'a pas suffi, à l'époque ? Il me donne une deuxième chance, et je peux faire mieux cette fois.

C'était fou, la rapidité avec laquelle cela se produisit, la rapidité avec laquelle ma colère se mua en pure tristesse pour ma sœur.

– Mari, dis-je doucement.

– *Maktub*, dit-elle en regardant le tatouage sur son poignet.

– Ne fais pas ça.

Je secouai la tête, plus triste qu'elle ne pourrait jamais l'imaginer.

– Ne te sers pas de notre mot pour lui donner une espèce de sens perverti.

– Cela veut dire que tout est écrit, Lucy. Cela veut dire que tout ce qui arrive devait arriver, pas seulement ce que tu crois être le destin. Tu ne peux pas n'accepter que le positif dans la vie. Tu dois l'accepter en totalité.

– Non. Ce n'est pas vrai. Si une balle arrive vers toi et que tu as le temps de bouger, tu ne restes pas plantée là en attendant qu'elle te percute. Tu fais un pas de côté, Mari. Tu évites la balle.

– Mon couple n'est pas une balle. Ce n'est pas ma mort. C'est ma vie.

– Tu fais une énorme bêtise.

Les larmes coulaient sur mes joues. Elle hocha la tête.

– C'est possible, mais ça me regarde, tout comme ce que tu fais avec Graham te regarde.

Elle croisa les bras et frissonna comme si un courant d'air glacé passait sur elle.

– Écoute, je ne voulais pas te le dire comme ça mais... je suis contente que tu saches. Mon bail touche à sa fin, alors il va falloir que tu te trouves un appart. En attendant... on peut toujours aller faire cette balade si tu veux, pour s'éclaircir les idées.

– Tu sais quoi, Mari ?

Je fis une grimace et secouai la tête.

– J'aime mieux pas.

Ce qu'il y a de plus dur dans la vie, c'est de voir une personne que vous chérissez marcher tout droit dans le feu alors que vous ne pouvez rien faire d'autre que rester planté là, à la regarder se consumer.

* * *

– Vous n'aurez qu'à venir habiter chez nous, dit Graham qui m'avait appelée en FaceTime depuis sa chambre d'hôtel à New York.

– Non, ne soyez pas ridicule. Je vais trouver quelque chose. Je commencerai mes recherches dès que vous serez de retour, dans deux jours.

– Jusque-là vous resterez avec nous, pas de si, pas de mais. Tout va bien. Ma maison est assez grande. Mais je suis navré pour Mari.

Je frissonnai en pensant à tout cela, à l'idée qu'elle retourne avec Parker.

– Je n'y comprends rien. Comment peut-elle lui pardonner comme ça ?

– La solitude est mauvaise conseillère, dit Graham, assis sur le bord de son lit. Elle est toxique et mortelle la plupart du temps. Elle pousse les gens à croire qu'ils sont mieux lotis avec le diable lui-même qu'en restant seuls, parce que, quelque part, être seul signifie qu'on a échoué. Quelque part, être seul signifie qu'on n'est pas assez bien. Alors, le plus souvent, le poison de la solitude s'insinue en vous et vous fait croire que le moindre geste d'attention équivaut à de l'amour. Un semblant d'amour qui est bâti sur un socle de solitude est voué à l'échec, je suis bien placé pour le savoir. J'ai été seul toute ma vie.

– Ce n'est pas bien de faire ça, soupirai-je. Je vous en veux, parce que vous avez fait disparaître le ressentiment que j'éprouvais pour ma sœur et vous m'avez donné envie d'aller la serrer dans mes bras.

Il rigola.

– Désolé. Je peux l'insulter si vous...

Il fronça les sourcils en regardant fixement son téléphone. Je remarquai immédiatement son regard paniqué.

– Lucille, je vous rappelle.

– Tout va bien ?

Il raccrocha sans répondre.

20

GRAHAM

Je suis expert en histoires.

Je sais comment faire vivre un bon roman.

Un bon roman ne se résume pas à un ensemble de mots jetés au petit bonheur, sans connexion entre eux. Dans un bon roman, chaque phrase a son importance, chaque mot participe à la signification de l'histoire dans sa globalité. Il y a toujours des signes précurseurs, des rebondissements de l'intrigue et des chemins divers que le roman pourrait emprunter. Si un lecteur est assez attentif, il peut toujours saisir ces signes avant-coureurs. Il peut sentir le goût de chacun des mots qui saigne sur la page, et à la fin son palais sera satisfait.

Un bon récit obéit toujours à une structure.

Mais la vie n'est pas un bon roman.

La vraie vie est un ensemble chaotique de mots, qui marche parfois, d'autres fois, non. La vraie vie est une palette d'émotions qui fait rarement sens. La vraie vie est comme le premier jet d'un roman, avec des griffonnages et des phrases raturées, tout cela écrit au crayon à papier.

Ce n'est pas beau. Cela arrive sans prévenir. Cela ne se fait pas dans la facilité.

Et quand le roman de la vraie vie vient vous bousiller, il ne manque pas de vous couper le souffle et de jeter votre cœur sanguinolent aux loups.

* * *

C'était un message de Karla.

Elle avait essayé de m'appeler, mais je n'avais pas répondu.

Je regardais Talon.

Elle avait laissé un message, mais je ne l'avais pas écouté.

Je regardais Lucille dans les yeux.

Alors, elle m'envoya un SMS qui m'anéantit.

Papa est à l'hôpital.

Il a fait une nouvelle attaque.

Je t'en prie, rentre.

* * *

Je pris le premier avion, les poings serrés pendant tout le vol, la poitrine comprimée par l'angoisse. Lorsque l'avion atterrit, je sautai dans le premier taxi qui passait et me précipitai à l'hôpital. J'entrai en courant, avec l'impression que ma poitrine était en feu. Secoué par cette sensation de brûlure, je tentai de passer outre à l'émotion qui courait dans mes veines.

Il va bien.

Il faut qu'il aille bien...

Si le Professeur Oliver ne s'en sortait pas cette fois-ci, je n'étais pas sûr de survivre moi-même. Je n'étais pas certain de pouvoir continuer à vivre s'il n'était plus là pour moi. En pénétrant dans la salle d'attente, Mary et Karla m'apparurent tout d'abord. Puis je remarquai Lucy, assise avec Talon qui dormait sur ses genoux. Depuis combien de temps était-elle là ? Comment avait-elle appris ? Je ne l'avais pas avertie de mon retour. À chaque tentative de taper les mots, je les avais immédiatement effacés. Si j'écrivais que le Professeur Oliver avait fait une crise cardiaque, cela deviendrait réel. Si j'avais pensé que c'était réel, je serais sûrement mort pendant le vol.

Cela ne pouvait pas être réel.

Il ne pouvait pas mourir.

Talon ne se souviendrait même pas de lui.

Il fallait qu'elle se souvienne de l'homme le plus génial qui soit.

Il fallait qu'elle connaisse mon père.

– Comment avez-vous su ? demandai-je à Lucy en m'approchant pour embrasser Talon sur le front.

Lucy désigna Karla d'un signe de la tête.

– Elle m'a appelée. Je suis venue immédiatement.

– Vous allez bien ?

– Ça va.

Lucy fit une grimace, prit ma main dans la sienne et la serra légèrement.

– Et vous ?

Je plissai les yeux et déglutis avec difficulté.

– Non.

J'avais parlé si bas que je n'étais même pas certain que le mot ait réellement franchi mes lèvres.

Je jetai un coup d'œil en direction de Mary et dis à Lucy de m'excuser. Elle me dit de prendre tout mon temps. Je lui fus reconnaissant, de cela et aussi de s'occuper de Talon, d'être là pour ma fille et pour moi quand je devais être là pour les autres.

– Mary.

Elle leva les yeux vers moi et mon cœur se brisa en voyant la douleur dans son regard. Il se brisa de nouveau quand je découvris le regard éploré de Karla.

– Graham, s'écria Mary en venant précipitamment vers moi.

Je la pris dans mes bras et la serrai contre moi. Elle ouvrit la bouche pour parler, mais aucun son n'en sortit. Elle se mit à sangloter de façon incontrôlable, tout comme sa fille, que j'attirai aussi contre moi. Je les tenais toutes les deux dans mes bras, m'efforçant de leur assurer que tout irait bien.

Je me tenais droit, solide comme un roc, sans trembler, parce qu'elles avaient besoin de s'appuyer sur moi. Elles avaient besoin de ma force, et je prétendis en avoir.

Parce que c'est ce qu'il aurait voulu.

Il aurait voulu que je sois *courageux*.

– Que s'est-il passé ? demandai-je à Mary quand elle fut plus calme.

Je l'entraînai vers la rangée de sièges et nous nous assîmes.

Le dos voûté, les mains crispées, elle continuait à trembler légèrement.

– Il lisait dans son bureau et quand je suis entrée pour voir si tout allait bien...

Sa lèvre inférieure se mit à trembler.

– Je ne sais pas depuis combien de temps il était tombé. Si j'étais venue plus tôt... si...

– Vous vous faites du mal. Vous avez fait tout ce que vous pouviez. Vous n'avez rien à vous reprocher, Mary.

Elle hocha la tête.

– Je sais, je sais. Nous savions que cela arriverait un jour, mais je ne croyais pas que ce serait si tôt. Je pensais que nous avions encore du temps devant nous.

– Vous le saviez ? demandai-je, surpris.

Elle grimaça en tentant d'essuyer ses larmes, mais d'autres continuaient à couler.

– Il ne voulait pas que je te le dise...

– Que vous me disiez quoi ?

– Cela faisait un moment qu'il n'allait pas bien, Graham. Il y a quelques mois, on lui a dit qu'à moins de se faire opérer, son cœur ne tiendrait pas longtemps. L'opération était très risquée et il n'a pas voulu la faire. Pas après toutes celles qu'il avait déjà subies. J'ai tout fait pour essayer de le convaincre, mais il avait trop peur de ne pas en réchapper et il a préféré vivre les jours qui lui restaient, entouré de l'amour de ses proches.

Il savait ?

– Pourquoi ne m'a-t-il rien dit ? demandai-je avec un brin de colère.

Elle me prit les mains et baissa la voix.

– Il craignait que tu ne le repousses. Il pensait que si tu apprenais qu'il était malade, tu t'éloignerais pour te protéger de tes propres émotions. Il savait que tu te replierais sur toi-même et cette idée lui brisait le cœur, Graham. Il était terrorisé à l'idée de te perdre, parce qu'il te considérait comme son fils. Tu es notre fils, et si tu t'éloignais à la fin de sa vie... il aurait quitté ce monde le cœur brisé.

La poitrine serrée, je fis tout mon possible pour retenir mes larmes. Je baissai la tête et la secouai.

– Il est mon meilleur ami.

– Et tu es le sien.

Nous attendîmes des heures que les médecins viennent nous renseigner sur son état. Finalement, l'un d'eux apparut, il se racla la gorge.

– Madame Evans ?

Nous nous levâmes tous d'un bond, les nerfs à fleur de peau.

– Oui, c'est moi, répondit Mary, et je pris sa main qui tremblait dans la mienne.

Courage.

– Votre mari a fait un arrêt cardiaque. Il est en soins intensifs, sous assistance respiratoire, et je ne vous cache pas que sans cela il y a de grands risques que son cœur ne tienne pas. Je suis profondément désolé. Je sais que c'est dur à entendre. Je peux faire venir un spécialiste qui vous aidera à prendre la meilleure décision pour la suite.

– Vous voulez dire que nous devons décider soit de le débrancher soit de le maintenir dans son état actuel ?

– Oui. Mais il faut que vous compreniez que son état n'est pas bon. Il n'y a pas grand-chose que nous puissions faire pour lui, si ce n'est l'empêcher de souffrir. Je suis désolé.

– Oh, mon Dieu, s'écria Karla en tombant dans les bras de Susie.

– Pouvons-nous le voir ? demanda Mary d'une voix tremblante.

– Oui, mais uniquement la famille, dit le médecin. Et une seule personne à la fois, de préférence.

– Toi d'abord, dit Mary en se tournant vers moi, comme si l'idée que je ne sois pas de la famille était tout simplement inconcevable.

Je secouai la tête.

– Non. C'est à toi, vraiment. Je peux attendre.

– Je ne peux pas. C'est au-dessus de mes forces. S'il te plaît, Graham ? Je t'en prie, vas-y d'abord. Comme ça, tu me diras comment il est. S'il te plaît.

– Très bien.

J'étais quand même un peu inquiet de ne pas rester là pour la soutenir. Mais avant que j'ajoute quelque chose, Lucy vint s'asseoir à côté d'elle et lui prit la main en me promettant du regard de ne pas la laisser tomber.

– Je vous accompagne, dit le médecin.

Alors que nous nous dirigions vers la chambre, je m'efforçai de ne pas craquer. Je ne voulais surtout pas montrer à quel point je souffrais, mais dès que je me retrouvai seul avec le Professeur Oliver dans la chambre, je m'effondrai.

Il était si pitoyable.

Avec toutes ces machines qui bipaient, tous ces tubes, toutes ces perfusions.

Je pris une profonde inspiration, approchai une chaise du lit et me raclai la gorge.

– Vous n'êtes qu'un vieux connard égoïste, affirmai-je, en colère. Vous n'êtes qu'un vieux connard égoïste pour faire ça à Mary. Vous n'êtes qu'un connard égoïste pour faire ça à Karla à quelques semaines de son mariage. Vous n'êtes qu'un connard égoïste pour me faire ça à moi. Je vous déteste d'avoir pensé que si j'étais au courant, je fuirais. Je vous déteste d'avoir eu raison de penser cela, mais je vous en prie, Professeur Oliver…

Ma voix se brisa et mes yeux s'emplirent de larmes qui me brûlaient, tout comme mon cœur brûlait de douleur.

– Ne partez pas. Vous n'avez pas le droit de partir, espèce de foutu connard de vieil égoïste, d'accord ? Vous n'avez pas le droit de laisser Mary ni de laisser Karla et vous n'avez absolument pas le droit, absolument pas, de me laisser, *moi*.

Je m'écroulai, en prenant sa main dans la mienne, et me mis à prier un dieu en qui je ne croyais pas, alors que mon cœur de pierre, qui n'avait que très récemment commencé à s'attendrir, se mit à voler en éclats.

– Je vous en conjure, Ollie. Ne partez pas. S'il vous plaît, je ferai n'importe quoi... mais... mais...

S'il vous plaît, ne me laissez pas.

21

JOUR DE NOËL

Il n'avait pas aimé le cadeau qu'elle lui avait fait, alors il s'autorisa un verre. Mais Kent ne prenait jamais un seul verre. Un verre menait à deux, deux à trois, et trois à un certain nombre qui libérait son côté obscur. Quand Kent regagnait son obscurité, rien ne pouvait l'en faire ressortir.

Même si Rebecca était belle.

Même si Rebecca était gentille.

Même si Rebecca faisait tout ce qu'elle pouvait pour le satisfaire.

Elle faisait bien plus que cela, pensait Graham.

Pour ses cinq derniers anniversaires, elle avait été là pour le regarder souffler ses bougies.

Elle était sa meilleure amie, la preuve vivante que le bien existait, mais cela ne durerait pas, parce que Kent avait bu un verre, ou dix.

– Espèce de merde ! lui cria-t-il en lançant son verre de whisky contre le mur, où il s'écrasa en mille morceaux.

Il n'était pas seulement un monstre, il était les ténèbres personnifiées, la pire espèce d'homme qui pouvait exister. Kent lui-même ne savait pas pourquoi il était si furieux, mais il reportait toute son aigreur sur Rebecca.

– Je t'en prie, murmura-t-elle en s'asseyant toute tremblante sur le canapé. Tu as besoin de te reposer, Kent. Tu n'as pas arrêté depuis que tu as commencé à écrire.

– Ne me dis pas ce que je dois faire. Tu as gâché ce Noël ! marmonna-t-il d'une voix pâteuse en trébuchant sur elle. Tu as tout gâché, parce que tu n'es qu'une merde.

Il leva la main pour passer sa colère, mais avant que sa main retombe sur elle, sa paume s'abattit sur le front de Graham qui s'était interposé pour protéger Rebecca.

– Dégage ! ordonna Kent en repoussant violemment son fils de l'autre côté de la pièce.

Les yeux de Graham s'emplirent de larmes quand son père la frappa.

Comment ?

Comment pouvait-il frapper quelqu'un de si bon ?

– Arrête ! cria Graham en se précipitant pour frapper son père sans s'arrêter.

À chaque fois, Kent le repoussait, mais Graham n'abandonnait pas. Il se relevait et revenait à la charge, sans craindre les coups de son père. Tout ce qu'il voyait, c'était que son père faisait du mal à Rebecca, et il savait qu'il devait la protéger.

Cela lui sembla durer des heures. La pièce tournait alors que Graham essuyait les coups de son père et que Rebecca se faisait battre, et ce n'est que lorsque l'un et l'autre se tinrent tranquilles, sans plus essayer de se défendre, que cela finit par s'arrêter. Ils subirent les coups et les claques sans réagir jusqu'à ce que Kent se fatigue. Alors, il se rendit tranquillement dans son bureau, claqua la porte et se remit probablement à boire du whisky.

Dès que Kent fut parti, Rebecca prit Graham dans ses bras et le laissa s'effondrer contre elle.

– Tout va bien, dit-elle.

Il ne risquait pas d'y croire.

Plus tard dans la soirée, Rebecca vint voir Graham dans sa chambre. Il ne dormait pas. Assis dans l'obscurité, il fixait le plafond.

Quand il se tourna vers elle, il vit qu'elle avait mis son manteau et ses bottes.

Derrière elle, il vit une valise.

– Non, dit-il en se redressant.

Il secoua la tête.

– Non.

Des larmes coulaient sur ses joues, toutes bleues des coups portés par les mains du monstre des ténèbres.

– Je suis terriblement désolée, Graham.

– S'il te plaît, cria-t-il en courant vers elle et en lui passant les bras autour de la taille. S'il te plaît, ne t'en va pas.

– Je ne peux plus rester ici, lui dit-elle d'une voix tremblante. Ma sœur m'attend dehors, et je tenais à te le dire, face à face.

– Emmène-moi avec toi ! supplia-t-il, les joues ruisselantes de larmes tandis que la panique s'installait en lui à l'idée de se retrouver seul avec le monstre des ténèbres. Je serai sage, je te le jure. Je serai gentil avec toi.

– Graham.

Elle inspira profondément.

– Je ne peux pas t'emmener… tu n'es pas mon fils.

Ces mots.

Ces simples mots, si douloureux, lui brisèrent le cœur en deux.

– S'il te plaît, Rebecca, s'il te plaît…

Il sanglotait dans son t-shirt.

Elle l'écarta un peu d'elle et se pencha pour le regarder dans les yeux.

– Il m'a dit que si je t'emmenais, il m'enverrait ses avocats. Il m'a dit qu'il se battrait. Je n'ai rien à moi, Graham. Il m'a obligée à quitter mon travail il y a des années. J'ai signé un contrat de mariage. Je n'ai aucune ressource.

– Tu m'as, moi.

À la façon dont elle cligna des paupières et se redressa, il comprit que ce n'était pas suffisant.

À cet instant, le cœur du jeune garçon commença à s'endurcir.

Elle partit ce soir-là sans se retourner. Ce soir-là, Graham resta assis à sa fenêtre, les yeux rivés sur l'endroit d'où la voiture qui emportait Rebecca était partie, et il se rendit malade à force d'essayer de comprendre. Comment une personne pouvait-elle résister si longtemps, puis tout à coup baisser les bras ?

Il fixait la rue enneigée. Les marques des pneus étaient toujours visibles sur la chaussée, et Graham ne pouvait pas en détacher les yeux.

Les mêmes mots tournaient continuellement dans sa tête.

« S'il te plaît, ne t'en va pas. »

22

LUCY

Il avait les yeux rouges et gonflés lorsqu'il revint dans la salle d'attente. Karla et Susie étaient parties chercher du café, et Graham fit à Mary un sourire forcé et la serra dans ses bras avant qu'elle aille retrouver Ollie.

Je me levai et me dirigeai vers lui.

– Ça va ?

Il fit une grimace. Il donnait le change, mais ses yeux trahissaient son chagrin.

– S'il lui arrive quelque chose...

Il avala sa salive avec difficulté et baissa la tête.

– Si je le perds...

Sans lui laisser le loisir d'achever sa phrase, je l'entourai de mes bras et il se mit à trembler. Pour la première fois il donnait libre cours à ses émotions, il se laissait aller à souffrir, et j'étais là pour le soutenir.

– Est-ce que je peux faire quelque chose ? Dites-moi ce que je peux faire.

Il posa son front contre le mien et ferma les yeux.

– Ne me lâchez pas. Si vous me lâchez, je vais m'enfuir. Je vais laisser le chagrin prendre le dessus. Je vous en prie, Lucille, ne me lâchez pas.

Je ne le tins dans mes bras que quelques minutes, mais cela me sembla des heures. Je lui parlai doucement.

– L'air au-dessus de moi, la terre sous mes pieds, le feu en moi, l'eau tout autour, l'esprit devient moi...

Alors que je lui répétais les mots en boucle, je sentis ses émotions le submerger. Chaque fois qu'il se sentait glisser, il s'accrochait à moi, et je faisais tout pour le retenir.

Peu après, Talon se réveilla et commença à s'agiter dans son siège auto. Lentement, Graham me lâcha et se dirigea vers sa fille. Quand elle le vit, elle cessa de s'agiter et son regard s'éclaira comme si elle venait de rencontrer l'homme le plus génial du monde. Ses yeux débordaient d'un amour inconditionnel et je vis le soulagement qu'elle transmettait à son père. Il la prit dans ses bras et la serra contre lui. L'enfant posa ses mains sur ses joues et se mit à gazouiller, avec ce sourire désarmant, si semblable à celui de son père.

Pendant cet instant unique, cette fraction de seconde, Graham cessa de souffrir. Talon lui emplissait le cœur d'amour, de ce même amour dont il avait toujours cru qu'il n'existait pas. Pendant ce moment furtif, il sembla aller bien.

* * *

Mary prit la décision d'attendre pour voir si l'état d'Ollie avait une chance de s'améliorer. Elle vécut ces quelques semaines l'estomac noué, et Graham resta à ses côtés pendant tout ce temps. Il arrivait chez elle avec le repas, l'obligeait à manger et l'obligeait à dormir alors que la seule chose qu'elle voulait, c'était rester dans la salle d'attente de l'hôpital.

À attendre une évolution.

Attendre un miracle.

Attendre que son mari lui revienne.

Karla m'appela quand vint le moment de prendre la décision la plus dure que sa famille ait jamais eu à prendre. Lorsque nous arrivâmes à l'hôpital, l'ampoule dans le couloir clignotait sans arrêt comme si elle allait mourir d'un instant à l'autre.

L'aumônier entra dans la chambre et nous entourâmes Ollie, en nous tenant par la main, pour nous préparer à lui faire nos adieux. Je ne savais pas comment nous allions nous remettre d'une perte comme celle-là. Il n'y avait pas longtemps que je connaissais Ollie, mais cela avait suffi pour qu'il rende ma vie meilleure.

Il avait un cœur toujours plein d'amour et de bienveillance, et il nous manquerait cruellement.

Après avoir terminé sa prière, l'aumônier nous demanda si quelqu'un voulait prononcer quelques mots. Les larmes qui ruisselaient sur ses joues empêchaient Mary de parler. Karla avait enfoui son visage dans le creux de l'épaule de Susie, et mes lèvres refusaient de bouger.

Graham nous tint à bout de bras. Il nous communiqua sa force. Quand les mots s'écoulèrent de ses lèvres, je ressentis un pincement au cœur.

– L'air au-dessus de moi, la terre sous mes pieds, le feu en moi, l'eau tout autour, l'esprit devient moi.

À ce moment-là, nous commençâmes tous à nous effondrer dans le néant.

À ce moment-là, une partie de chacun d'entre nous s'envola avec l'âme d'Ollie.

23

GRAHAM

Tout le monde était parti. Mary, Karla et Susie étaient parties s'occuper des formalités pour la suite, et je savais que j'aurais dû les accompagner, mais j'étais incapable de bouger. Je restai immobile dans le couloir de l'hôpital, sous l'ampoule qui clignotait. On avait vidé sa chambre, et il n'y avait rien de plus à faire. Il était parti. Mon professeur. Mon héros. Mon meilleur ami. Mon père.

Parti.

Je n'avais pas pleuré. Je n'avais toujours pas réalisé.

Comment était-il possible que ce soit la fin ? Comment avait-il pu disparaître si vite ? Comment se pouvait-il qu'il soit parti ?

Des pas se dirigeaient dans ma direction, des infirmières qui poursuivaient leur travail auprès des patients, des médecins qui s'occupaient de ceux dont le cœur battait encore, comme si le monde ne venait pas de s'arrêter de tourner.

– Graham.

Sa voix était grave, imprégnée de douleur et de chagrin. Je ne levai pas les yeux vers elle, ma tête refusant de se détourner de la chambre où je venais de lui faire mes adieux.

– Il avait raison, murmurai-je d'une voix tremblante. Il pensait que si j'avais été au courant de l'état de son cœur, si j'avais su qu'il pouvait mourir à chaque instant, je me serais enfui. J'aurais fait preuve d'égoïsme, et je l'aurais laissé parce que je me serais refermé sur moi-même. Je n'aurais pas eu la force mentale de supporter l'idée qu'il mourrait. J'aurais été lâche.

– Mais vous étiez là, dit-elle. Vous avez toujours été là. Il n'y a aucune lâcheté en vous, Graham.

– Pourtant, j'aurais pu le convaincre de se faire opérer. J'aurais pu le convaincre de se battre.

Je me tus. Un instant, j'eus l'impression de flotter, comme si j'étais dans le monde mais que je n'en faisais plus partie, que je flottais très haut dans l'incrédulité, le déni, la culpabilité.

Lucy ouvrit la bouche comme pour m'offrir un réconfort quelconque, mais aucun son ne sortit. Il était évident qu'il n'existait aucun mot capable de rendre les choses moins pénibles.

Nous restâmes immobiles, les yeux rivés sur cette chambre, alors que le monde continuait à tourner autour de nous.

Je me mis à trembler de tous mes membres. Mes mains qui pendaient le long de mon corps s'agitèrent de façon incontrôlable et mon cœur flancha dans ma poitrine.

Il est parti. Il est vraiment parti.

Lucy baissa la voix et me dit dans un murmure :

– Si vous avez besoin de vous écrouler, écroulez-vous contre moi.

En l'espace d'une seconde, la gravité me rattrapa. Toute sensation de flottement avait disparu, j'étais dépossédé de la moindre impression de force. Je me mis à tomber, de plus en plus vite, m'écroulant, dans l'attente de l'impact, mais elle était là.

Elle était juste à mes côtés.

Elle me rattrapa juste avant que je n'atteigne le sol.

Elle devint ma force au moment où mon courage m'abandonnait.

* * *

– Elle a fini par s'endormir, mais elle a lutté jusqu'au bout.

Les paupières de Lucy étaient lourdes comme si elle était épuisée mais qu'elle s'obligeait à garder les yeux ouverts.

– Comment ça va ? demanda-t-elle, appuyée dans l'encadrement de la porte de mon bureau.

Assis à mon bureau, depuis une heure j'avais les yeux rivés sur le curseur qui clignotait. Je voulais écrire, je voulais m'échapper, mais pour la première fois de ma vie, les mots ne venaient pas à mon secours. Elle s'approcha de moi et posa les mains sur mes épaules. Du bout des doigts, elle se mit à masser mes omoplates pour en supprimer la tension, et j'appréciai son contact.

– La journée a été longue, murmurai-je.

– Très, très longue.

Je tournai les yeux vers la fenêtre, regardant la pluie battante. Des rideaux de pluie tambourinaient sur les murs de ma maison. Le Professeur Oliver aurait levé les yeux au ciel devant une telle coïncidence, la pluie le jour où il nous avait quittés. *Quel cliché !*

Je refermai mon ordinateur.

Aucun mot ne me viendrait ce soir.

– Vous avez besoin de dormir, me dit Lucy.

Je n'essayai même pas de la contredire.

Elle tendit les mains vers moi et je la laissai prendre les miennes. Elle me fit lever et me conduisit à ma chambre pour que je tente de fermer les yeux, au moins de prendre un peu de repos.

– Voulez-vous de l'eau ? Quelque chose à manger ? N'importe quoi ? demanda-t-elle, le regard soucieux.

– Il y a une chose.

– Oui ? Qu'est-ce que je peux faire pour vous ?

– Restez avec moi. Ce soir, c'est juste que...

Ma voix se brisa, et je me mordis les joues pour contenir mon émotion.

– ... je ne crois pas que je pourrai rester tout seul ce soir. Je sais que cela peut paraître bizarre de vous demander ça, et je comprendrai si vous refusez bien sûr, mais...

Je pris une profonde inspiration en enfonçant les mains dans les poches de mon pantalon.

– Je ne crois pas pouvoir rester seul ce soir.

Elle ne dit rien.

Elle se contenta d'aller jusqu'au lit, de rabattre la couverture et de s'allonger. De la main, elle tapota le côté resté libre à côté d'elle, je la rejoignis et m'allongeai près d'elle. Lentement nos doigts se rapprochèrent. Je fermai les yeux, et des larmes roulèrent sur mes joues. Puis, tout à coup, nos doigts s'entremêlèrent, et la chaleur de Lucy se répandit lentement dans mon cœur glacé.

Ensuite, son corps se rapprocha petit à petit. Mes bras, comme mus par une volonté propre, trouvèrent leur place autour d'elle, et en la tenant comme ça contre moi, je me laissai aller au sommeil.

Oh, j'avais tellement besoin que quelqu'un reste cette nuit-là.

Et j'étais si reconnaissant que ce soit elle.

24

LUCY

Lors des obsèques d'Ollie, il n'y eut pas autant de monde qu'aux dernières funérailles auxquelles j'avais assisté. Rien à voir avec le service funéraire de Kent. Nous nous tenions dans un champ, en pleine nature, à l'endroit où il avait demandé Mary en mariage, des lustres auparavant. Elle dit que c'était le jour où sa vie avait commencé et qu'il lui semblait normal d'y retourner pour honorer cet amour qu'elle avait éprouvé des années auparavant.

Et, en effet, il y avait de l'amour. Tellement d'amour rassemblé là pour Ollie, des anciens étudiants, des collègues, des amis. Il n'y avait peut-être pas de journalistes, de fans ni de caméras mais il y avait la seule chose qui importe en ce monde : l'amour.

Toutes les personnes présentes faisaient tout leur possible pour réconforter Karla et Mary et ne jamais les laisser seules. Au cours du service, il y eut des larmes, des rires et des récits de souvenirs pleins de lumière et d'amour.

L'hommage parfait rendu à un homme parfait.

Lorsque le pasteur demanda si quelqu'un voulait prononcer quelques mots, Graham se leva immédiatement. Nos regards se croisèrent quand il me mit Talon dans les bras.

– Un éloge funèbre ? murmurai-je, le cœur battant.

Je savais l'effort que cela représentait pour Graham.

– Oui. Il risque de ne pas être très bon.

Je secouai la tête lentement et lui pris la main pour la serrer légèrement.

– Ce sera parfait.

Il s'avança vers l'estrade à pas lents et contrôlés. Tout chez Graham avait toujours été contrôlé. Il marchait toujours d'un pas déterminé, sans jamais d'hésitation. Je ne le quittais pas des yeux, et mon estomac se noua lorsque je le vis tituber légèrement. Il se raccrocha au pupitre et se ressaisit.

L'assemblée était silencieuse et tous les yeux étaient posés sur lui. Le parfum des lilas et du jasmin qui nous entouraient nous parvint, apporté par le vent. La terre était encore humide de la pluie de ces derniers jours et, à chaque souffle de vent, j'avais l'impression de sentir sa moiteur. Je ne quittai pas Graham du regard. Je scrutai le visage de l'homme que j'avais appris à aimer en silence et qui se préparait à dire adieu au premier homme qui m'ait appris à quoi l'amour devait ressembler.

Graham s'éclaircit la voix et desserra sa fine cravate noire. Il ouvrit la bouche, regarda les feuilles de papier posées devant lui, couvertes de son écriture des deux côtés. Il s'éclaircit la voix une fois encore, puis il essaya de parler.

– Le Professeur Oliver était...

Sa voix se brisa et il baissa la tête.

– Le Professeur Oliver...

Il serra les poings sur le pupitre.

– Non, ça ne va pas. Voyez-vous, j'ai écrit un long discours en hommage à Oliver. J'ai passé des heures et des heures à le rédiger, mais pour être franc, si je lui faisais lire ce papier, il dirait que c'est de la merde.

Tout le monde se mit à rire.

– Je suis sûr qu'un bon nombre de personnes qui sont ici ont été ses étudiants et il y a une chose que nous savons tous, c'est que le Professeur Oliver avait la dent dure quand il notait les copies. La première fois que j'ai obtenu un F à un devoir, c'était avec lui. Et quand je lui ai demandé des explications dans son bureau, il m'a regardé, a baissé la voix et m'a dit « du cœur ». Je ne voyais pas du tout ce qu'il voulait dire, mais il a esquissé un petit sourire et a répété « du cœur ». J'ai compris plus tard qu'il voulait dire que c'était ce qui manquait à mon devoir. Avant de suivre ses cours, je n'avais pas la moindre idée de la façon de mettre du cœur dans une histoire, mais il a pris le temps de m'enseigner ce que c'était – le cœur, la passion, l'amour. Il était le meilleur des professeurs sur ces trois sujets.

Graham ramassa ses feuilles et les déchira.

– Et s'il devait noter le discours que j'ai écrit, il me recalerait. Les mots que j'ai couchés sur le papier parlent de sa réussite professionnelle. Du fait qu'il était exceptionnellement érudit et qu'un grand nombre de récompenses attestent de ses talents, mais tout ça c'est du remplissage.

Graham eut un petit rire que partagèrent d'autres personnes qui avaient eu Ollie comme professeur.

– Nous savons tous qu'Ollie détestait que les gens fassent du remplissage dans leurs copies pour obtenir le nombre de mots demandés. « Ajoutez du muscle, pas du gras » disait-il à ses étudiants. Alors, maintenant, je vais ajouter le plus fort de tous les muscles, je vais ajouter le cœur. Je vais vous dire qui était réellement le Professeur Oliver. Oliver était un homme qui aimait sans réserves. Il aimait sa femme et sa fille. Il aimait son travail, ses étudiants et leur esprit. Oliver aimait le monde. Il aimait les failles du monde, il aimait les erreurs du monde, il aimait les stigmates du monde. Il croyait dans la beauté de la douleur et en la gloire des lendemains qui chantent. Il était l'amour personnifié, et il passait sa vie à essayer de répandre cet amour au plus grand nombre. Je me rappelle ma première année, je lui en voulais terriblement. Il m'avait donné mon deuxième F et j'étais carrément furieux. Je suis allé directement dans son bureau, je suis entré sans y être invité, et juste quand je m'apprêtais à lui hurler dessus en criant au scandale, je m'arrêtai net. Il était là, assis à son bureau, la tête dans les mains, il pleurait.

Mon estomac se noua en écoutant Graham raconter cette histoire. Ses épaules se voûtèrent, et il dut faire un effort pour se ressaisir et continuer à parler.

– Je suis complètement nul dans ce genre de situation. Je ne sais pas réconforter les gens. Je ne sais pas dire les choses qu'il faudrait, c'était lui qui faisait cela d'habitude. Alors, je me contentai de m'asseoir. Je m'assis en face de lui, le regardant sangloter éperdument. Je restai assis, le laissant voir son monde s'écrouler jusqu'à ce qu'il puisse exprimer ce qui le rendait si malheureux. Il venait d'apprendre que l'un de ses anciens étudiants s'était suicidé. Il ne l'avait pas vu depuis des années, mais il ne l'avait pas oublié – son sourire, sa tristesse, sa force – et quand il apprit que cet étudiant était mort, le cœur d'Ollie se brisa. Il me regarda et dit : « Le monde est un peu plus sombre ce soir, Graham. » Puis il essuya ses larmes et ajouta : « Pourtant, je dois croire que le soleil se lèvera demain matin. »

Les yeux de Graham s'emplirent de larmes et il marqua une pause pour reprendre son souffle avant de poursuivre en s'adressant directement à la famille d'Ollie.

– Mary, Karla, Susie, je gagne ma vie en racontant des histoires, mais je ne suis pas très à l'aise avec les mots, dit-il doucement. Je ne sais pas ce que je pourrais dire pour donner un sens à tout cela. Je ne sais pas quel est le sens de la vie ou pourquoi la mort vient l'interrompre. Je ne sais pas pourquoi il nous a été enlevé, et je ne saurais pas vous mentir en vous disant que rien n'arrive par hasard. Ce que je sais avec certitude, c'est que vous l'aimiez et qu'il vous aimait de tout son cœur, qui était si grand. Peut-être qu'un jour cette certitude suffira à vous aider à continuer à vivre. Peut-être qu'un jour elle vous apportera la paix, mais il est normal que ce jour ne soit pas aujourd'hui, et il ne l'est pas pour moi non plus. Je ne suis pas en paix. Je me sens frustré, triste, blessé et seul. De toute ma vie, je n'avais jamais connu un homme que je pouvais respecter. Je n'ai jamais su ce qu'être un homme véritable voulait dire, avant de faire la connaissance du Professeur Oliver. C'était le meilleur homme que j'ai jamais rencontré et le meilleur ami que j'ai jamais eu, et le monde est infiniment plus sombre ce soir parce qu'il n'est plus là. Ollie était mon père, dit Graham, les joues ruisselantes de larmes, en prenant une dernière inspiration. Et je resterai son fils à jamais.

* * *

Depuis plusieurs nuits, je dormais dans le même lit que Graham. Il semblait plus paisible lorsqu'il n'était pas seul, et tout ce que je voulais, c'était qu'il trouve un peu de paix. Le mois de mai nous avait apporté ses averses et nous nous endormions avec le bruit de la pluie battante comme musique de fond.

Un dimanche, je fus réveillée brusquement avant le lever du jour par le fracas du tonnerre et, en me retournant dans le lit, je constatai que la place de Graham était vide. Je me levai pour aller voir s'il était avec Talon, mais quand j'entrai dans la nurserie, elle dormait paisiblement. Je fis le tour de la maison à sa recherche et ce n'est qu'en pénétrant dans le solarium que j'aperçus sa silhouette dans le jardin. J'enfilai mes bottes à la hâte et, saisissant un parapluie au passage, je sortis pour aller le retrouver. Il était trempé de la tête aux pieds et tenait une pelle à la main.

– Graham !

Je me demandai ce qu'il pouvait bien faire, lorsque j'aperçus un grand arbre appuyé contre la remise, attendant d'être planté.

L'arbre d'Ollie.

Il ne se retourna pas vers moi. Je n'étais même pas sûre qu'il ait entendu ma voix. Il continua à creuser un trou assez grand pour y planter l'arbre. C'était poignant de le voir ainsi, trempé jusqu'aux os, creuser et creuser encore. Je le rejoignis, mon parapluie à la main, et lui tapai légèrement sur l'épaule.

Il se retourna, étonné de me voir là et, à cet instant, je vis ses yeux.

La vérité se lit dans ses yeux, m'avait dit Ollie.

Cette nuit-là je la vis, et je vis que Graham était en train de craquer. Son cœur se brisait un peu plus à chaque minute qui passait, à chaque seconde. Alors, je fis la seule chose qui me vint à l'esprit.

Je posai le parapluie sur le sol, pris une deuxième pelle et me mis à creuser à côté de lui.

Nous n'échangeâmes pas une parole, ce n'était pas nécessaire. À chaque pelletée de terre que nous rejetions sur le côté, nous prenions une inspiration pour honorer la vie d'Ollie. Une fois que le trou fut assez grand, je l'aidai à transporter l'arbre, puis à le positionner et à recouvrir la motte pour ensuite remplir le trou de nouveau.

Graham s'assit sur le sol dans la terre remuée, sous la pluie qui continuait à tomber sans répit. Je m'assis à côté de lui. Il plia les genoux et posa les mains dessus en croisant les doigts. Je m'assis en croisant les jambes, les mains posées sur mes cuisses.

– Lucille ? murmura-t-il.

– Oui ?

– Merci.

– De rien.

25

GRAHAM

– Lucille ?

J'étais dans mon bureau en cette fin d'après-midi. Depuis quelques semaines, je m'astreignais à rester assis à ma table de travail pour écrire. Je savais que c'était ce que le Professeur Oliver aurait attendu de moi. Il aurait voulu que je ne laisse pas tomber.

– Oui ? répondit-elle en entrant dans la pièce.

Mon cœur s'arrêta de battre. Elle avait l'air épuisée, pas maquillée, les cheveux en bataille, elle incarnait tout ce que j'avais toujours désiré.

– Je... euh... je dois envoyer quelques chapitres à mon éditeur, et normalement, le Professeur Oliver les aurait lus, mais... (je fis une grimace) cela vous embêterait de le faire ?

Elle ouvrit de grands yeux et me fit un large sourire.

– Vous voulez rire ? Bien sûr que non. Faites voir.

Je lui tendis les feuillets et elle s'assit en face de moi. Les jambes croisées, elle commença sa lecture avec application. Ses yeux étaient rivés sur le papier qu'elle tenait à la main, et moi je l'observais. Certains soirs, je me demandais ce qui se serait passé si elle n'avait pas été là. Je me demandais comment j'aurais survécu sans cette baba cool excentrique dans ma vie.

Je me demandais comment j'avais pu tenir si longtemps sans lui dire qu'elle était l'une des personnes qui m'étaient les plus chères au monde.

Lucy Palmer m'avait sauvé des ténèbres, et je ne pourrais jamais assez la remercier.

Au bout d'un moment, ses yeux s'embuèrent et elle se mordit la lèvre inférieure.

– Waouh, murmura-t-elle pour elle-même en continuant à tourner les pages. (Elle prenait son temps, profondément concentrée sur ma prose.) Waouh.

Lorsqu'elle eut achevé sa lecture, elle posa tous les feuillets sur ses genoux et secoua légèrement la tête avant de lever les yeux vers moi, puis elle redit :

– Waouh.

– Vous détestez ? dis-je en croisant les bras.

– C'est parfait. Absolument parfait.

– Vous changeriez quelque chose ?

– Pas le moindre mot. Ollie serait fier de vous.

Un petit soupir s'échappa de mes lèvres.

– Très bien. Merci.

Elle se leva et se dirigea vers la porte. Je la rappelai.

– Accepteriez-vous d'être ma cavalière au mariage de Karla et Susie ?

Un doux sourire éclaira son visage et elle haussa une épaule.

– J'espérais que vous alliez me le demander.

– Je n'étais pas sûr que vous voudriez venir. Je veux dire… cela peut sembler bizarre d'aller à un mariage avec une amie.

Elle baissa la voix, et un voile de tristesse assombrit ses yeux couleur chocolat.

– Oh, Graham Cracker, dit-elle doucement. Qu'est-ce que je ne donnerais pas pour être plus que votre amie, ajouta-t-elle d'une voix si basse que, l'espace d'un instant, je me demandai si je n'avais pas imaginé ses paroles.

* * *

Le jour du mariage, j'attendais la poitrine serrée, dans le salon, que Lucy achève de se préparer dans sa chambre. Lorsqu'elle sortit, c'était mieux que tout ce que j'avais imaginé. Elle m'apparut comme un éclair de perfection. Elle portait une longue robe bleu ciel et avait tressé des gypsophiles dans ses cheveux. Son rouge à lèvres rose rehaussait sa beauté, plus éclatante que jamais.

Chaque fois que je la voyais, j'étais un peu plus épris.

En outre, elle tenait Talon dans ses bras, et la façon dont ma fille, mon amour, se blottissait contre cette femme me faisait encore plus craquer.

Nous n'étions pas censés ressentir cela.

Nous n'avions pas le droit de craquer l'un pour l'autre, elle et moi.

Et pourtant, on aurait dit que la loi de la gravitation nous attirait sans cesse l'un vers l'autre.

– Vous êtes très belle, lui dis-je en me levant, tout en lissant mon costume.

– Vous n'êtes pas mal non plus.

Elle vint vers moi en souriant.

– Papa, dit Talon en me tendant les bras.

Chaque fois qu'elle parlait, mon cœur explosait de joie.

– Pa-pa-pa-pa.

Je n'aurais jamais cru que l'amour puisse être si concret. Je la pris dans mes bras et l'embrassai sur le front, et elle m'embrassa aussi. Lucy avança vers moi pour ajuster mon nœud papillon. C'était elle qui l'avait choisi. Elle avait choisi l'ensemble de ma tenue. Elle trouvait qu'il y avait trop de noir dans ma garde-robe, alors elle m'avait forcé à sortir de ma zone de confort en portant un costume gris clair et un nœud papillon bleu ciel à pois.

Nous prîmes la voiture pour aller chez Chrissy, son employée, avant de nous rendre à la cérémonie. Chrissy avait accepté de garder Talon pour la soirée, et j'étais un peu inquiet. Talon n'était jamais restée avec une autre personne que Lucy ou moi, mais Lucy m'avait dit qu'elle avait une totale confiance en Chrissy et, pour ma part, je faisais confiance à Lucy.

– S'il y a la moindre chose, vous avez nos numéros, dis-je à Chrissy en lui confiant Talon, qui semblait un peu intimidée.

– Ne vous en faites pas, nous allons bien nous amuser toutes les deux. La seule chose qui doit vous occuper l'esprit, c'est d'en faire autant. Profitez pleinement de chaque instant.

J'esquissai un sourire crispé avant de me pencher pour embrasser Talon une dernière fois.

– Oh, Graham ? Je suis désolée pour votre père. Apparemment, le Professeur était une personne géniale.

Je la remerciai, et Lucy me prit la main et lui donna une légère pression. Alors que nous nous dirigions vers la voiture, je me tournai vers elle.

– Vous lui avez dit que le Professeur Oliver était mon père ?

– Bien sûr. Il était votre père et vous étiez son fils.

La gorge serrée, je lui ouvris la portière. Pendant qu'elle s'installait, j'attendis une seconde avant de la refermer.

– Lucille ?

– Oui ?

– Grâce à vous, le monde est beaucoup moins sombre.

* * *

Nous arrivâmes à la cérémonie environ dix minutes avant le début et nous prîmes place sur un des bancs du milieu, au bord de la travée centrale. Le lieu était décoré de fleurs magnifiques que Lucy elle-même avait arrangées pour l'événement et installées plus tôt dans la matinée. Elle avait un talent incomparable pour embellir chaque instant.

Lorsque le moment arriva, toute l'assistance se leva pour voir Susie remonter l'allée centrale au bras de son père. Un large sourire illuminait son visage et elle était superbe dans sa robe blanche. Une fois qu'elle fut arrivée en haut de la travée, son père l'embrassa sur la joue avant d'aller s'asseoir. Puis la musique changea et ce fut le tour de Karla. Elle avait l'air d'un ange et tenait à la main un splendide bouquet de roses blanches et roses. Pourtant, malgré la fluidité de sa robe, sa démarche semblait empruntée. À chacun de ses pas, je devinai ce qui pesait sur son cœur – son père lui manquait, l'homme qui aurait dû la conduire à l'autel pour le plus beau jour de sa vie.

À mi-chemin, elle s'immobilisa et, une main sur la bouche, elle se mit à sangloter, submergée par le chagrin.

Je m'empressai de la rejoindre, passai mon bras autour de ses épaules et murmurai :

– Je suis là, Karla. Tu n'es pas seule.

Elle tourna vers moi un regard qui laissait voir les éclats de son âme brisée, puis, passant les bras autour de ma taille, elle posa la tête sur ma poitrine. Là, elle se laissa aller pendant quelques secondes et je la soutins le temps qu'il fallut. Lorsqu'elle se sentit assez forte, je gardai son bras sous le mien et la conduisis jusqu'au haut de la travée. Le célébrant souriait quand nous arrivâmes à l'autel. Lorsque mon regard croisa celui de Susie, elle me remercia silencieusement. Je hochai simplement la tête.

– Accordez-vous la main de cette belle mariée ? demanda le célébrant.

Je me redressai et regardai Karla droit dans les yeux.

– Oui.

J'essuyai les quelques larmes qui demeuraient au coin de ses yeux et souris.

– De tout mon être, oui.

Karla se tourna vers moi et me serra fort contre elle, et lorsque je lui rendis son étreinte, elle dit d'une voix douce,

– Merci, petit frère.

– Avec plaisir, petite sœur.

Je retournai à ma place et me rassis à côté de Lucy, dont le visage était inondé de larmes. Elle se tourna vers moi et me fit le plus grand sourire que j'aie jamais vu. Elle entrouvrit les lèvres et murmura :

– Je suis amoureuse de vous.

Puis elle se retourna et reporta son attention sur la cérémonie.

En un instant, mon cœur se gonfla d'un amour que je n'aurais pas cru possible.

Parce que c'était ça, le truc avec les cœurs, quand on pensait qu'ils étaient totalement pleins, on s'apercevait qu'il y avait encore de la place pour un peu plus d'amour.

Aimer Lucy Hope Palmer n'était pas un choix, c'était mon destin.

* * *

La suite de la cérémonie se déroula harmonieusement. La soirée fut emplie d'amour, de rires et de lumière, et de danse. Beaucoup de danse.

Quand vint le moment du slow, Mary vint vers moi et me tendit la main pour m'inviter à danser. Je me levai et la conduisis sur la piste de danse. Elle posa la main sur mon épaule et nous nous mîmes à nous balancer.

– Ce que tu as fait pour Karla... je ne pourrai jamais assez te remercier, dit-elle en laissant échapper une larme.

Je me penchai et absorbai cette larme dans un baiser.

– Pour tout ce dont vous avez besoin, Mesdames, vous pouvez compter sur moi. Toujours, Mary. Toujours.

Elle sourit et hocha la tête.

– J'ai toujours voulu avoir un fils.

– Et moi, j'ai toujours voulu avoir une mère.

Nous continuâmes à danser et elle posa la tête sur mon épaule en se laissant guider.

– La façon dont tu la regardes, dit-elle en parlant de Lucy. La façon dont elle te regarde...

– Je sais.

– Laisse-la venir à toi, mon petit. Elle a sur toi l'effet qu'Ollie avait sur moi, elle te complète. Et personne ne devrait laisser échapper un amour comme celui-là. Il y a sûrement un million de raisons pour lesquelles tu penses que ça ne pourrait pas marcher, mais une seule raison suffit pour que ça marche. Cette raison, c'est l'amour.

Je savais qu'elle ne se trompait pas en ce qui concernait Lucy et l'amour.

Si l'amour était une personne, ce serait elle.

Lorsque notre danse s'acheva, Mary m'embrassa sur la joue et dit :

– Parle-lui. Dis-lui tout ce qui te fait peur, tout ce qui t'enthousiasme, tout ce qui t'émeut. Dis-lui tout ça et laisse-la venir à toi. Je te jure que chaque instant en vaudra la peine.

Je la remerciai et pris une inspiration en me retournant pour voir Lucy qui finissait une danse avec un des messieurs âgés de l'assistance. J'entendis le Professeur Ollie dans ma tête et je le sentis dans les battements de mon cœur.

Courage, Graham.

Je la rejoignis à notre table, où elle s'assit, irradiant de bonheur. C'était comme si le bonheur était son mode de fonctionnement.

– Merci de m'avoir amenée, Graham. C'est tellement...

Je ne la laissai pas finir sa phrase. Il m'était devenu impossible d'attendre une minute de plus. Je ne pouvais pas perdre une seconde de plus sans que mes lèvres soient sur les siennes. J'écrasai sa bouche sous la mienne, et à ce contact, ma tête se mit à tourner. Je sentais son être tout entier envelopper mon âme, m'absorber totalement, faisant de moi un homme bien meilleur que je n'aurais jamais cru pouvoir devenir. J'avais connu mille morts avant de donner sa chance à la vie, et mon premier souffle de vie, je le prenais sur ses lèvres.

Je m'écartai légèrement tout en laissant mes mains autour de son cou que je massai doucement.

– C'est toi, murmurai-je alors que nos lèvres se touchaient toujours. Ma plus grande espérance c'est, et ce sera toujours toi.

Alors, elle me rendit mon baiser.

26

LUCY

Nous ne savions pas comment nous comporter après notre premier baiser. Notre situation ne correspondait pas à la norme en ce qui concernait la construction d'une relation. Nous avions tout fait à l'envers. J'étais tombé amoureuse d'un garçon avant notre premier baiser, et il s'était épris d'une fille qui lui était interdite. Notre connexion, les battements de nos cœurs, tout s'accordait parfaitement dans notre monde de contes de fées, mais dans la vraie vie, pour la société, notre histoire n'était qu'un horrible accident.

Peut-être étions-nous un accident de parcours, une erreur.

Peut-être nos chemins n'auraient-ils jamais dû se croiser.

Peut-être aurais-je dû le considérer comme une leçon temporaire dans ma vie et non comme une constante destinée à durer.

Et pourtant, la façon dont il m'avait embrassée...

C'était comme si le paradis et l'enfer étaient entrés en collision, et que, quel que fût le choix, c'était bien et mal à la fois. Nous nous étions embrassés comme si nous commettions une erreur et, en même temps, comme si c'était la meilleure décision à prendre. Ses lèvres sur les miennes m'avaient fait flotter très haut tout en me faisant chuter. D'une certaine manière, son souffle avait fait battre mon cœur plus vite en même temps qu'il le faisait s'arrêter.

Notre amour était le bien et le mal réunis, enveloppés dans un baiser.

Une partie de moi-même savait que j'aurais dû le regretter, mais la façon dont ses lèvres réchauffaient les ténèbres glacées de mon âme... la façon dont il imprimait sa marque sur moi...

Je ne regretterais jamais de l'avoir trouvé, de l'avoir tenu dans mes bras, même si ces quelques secondes étaient les seules que nous aurions jamais.

Il en vaudrait toujours la peine, même pour quelques infimes secondes.

Cela vaudrait toujours la peine d'avoir partagé avec lui ce sentiment de connexion de nos âmes, que le contact de nos lèvres avait créé.

Ce serait toujours auprès de lui que je rêverais d'être.

Pour moi, ce serait toujours lui.

Parfois, quand votre cœur rêve d'un long roman, les mots dont vous disposez ne vous permettent d'écrire qu'une simple nouvelle, et parfois, quand vous désirez l'éternité, vous devez vous contenter d'un présent qui ne dure que quelques secondes.

Et tout ce que je pouvais faire, tout ce que quiconque pouvait faire, c'était de faire de chaque instant un moment qui compte.

Après être rentrés ce soir-là, nous n'en parlâmes pas du tout. Pas plus que dans la semaine qui suivit. Je me concentrai sur Talon. Graham travaillait à son roman. Je me disais que nous attendions chacun de notre côté que le bon moment se présente pour en parler, mais c'était le problème avec le timing : ce n'était jamais le bon moment.

Parfois il faut seulement se lancer en espérant ne pas tomber.

Heureusement, dans la chaleur d'un après-midi, Graham se lança.

– C'était bien, non ?

Il était arrivé derrière moi par surprise alors que je changeais Talon dans la nurserie.

Je me tournai légèrement vers lui. Debout dans l'encadrement de la porte, il me regardait.

– Qu'est-ce qui était bien ?

Je finis d'attacher la couche.

– Le baiser. Tu as trouvé que c'était bien ?

Je soulevai Talon dans mes bras, la poitrine serrée. Je me raclai la gorge.

– Oui, c'était bien. C'était super.

Il hocha la tête en pénétrant plus avant dans la pièce. À chaque pas qu'il faisait vers moi, mon cœur se serrait d'impatience.

– C'est tout ? C'est tout ce que tu en as pensé ?

– Tu veux la vérité ?

– Oui.

– Je pensais avoir été amoureuse auparavant. Je pensais que je savais ce que c'était que l'amour. Je pensais que je connaissais ses courbes, ses angles, sa forme. Mais à ce moment-là, je t'ai embrassé.

– Et ?

Je déglutis avec difficulté.

– Et j'ai pris conscience que tu étais la première et la seule chose qui ait jamais réellement fait battre mon cœur.

Il scruta mon visage, perplexe.

– Mais ?

Il s'approcha de moi et glissa les mains dans ses poches en se mordant la lèvre inférieure avant de poursuivre.

– Parce qu'il y a un « mais ». Je le vois dans tes yeux.

– Mais... c'est ma sœur.

Il grimaça d'un air entendu.

– Jane.

J'acquiesçai.

– Lyric.

– Alors, tu penses que jamais... toi et moi ?

La peine que son regard exprima en posant cette question me brisa le cœur.

– Je crois que la société aurait beaucoup à redire à cela. C'est ce qui m'inquiète le plus.

Il s'était encore rapproché de moi, assez pour m'embrasser encore une fois.

– Et depuis quand nous inquiétons-nous de ce que pense la société, ma baba cool excentrique ?

Je rougis, et il coinça une mèche de mes cheveux derrière mon oreille.

– Les choses ne vont pas être faciles. Cela pourrait même être très dur, et étrange, et hors-norme, mais si tu me donnes ma chance, si tu nous accordes quelques moments, je te promets que cela en vaudra la peine. Dis-moi que tu es d'accord ?

Sans plus me préoccuper des conséquences, je répondis :

– D'accord.

– Je veux que nous sortions tous les deux, en amoureux. Demain. Je veux que tu portes ta tenue préférée et que tu me permettes de t'inviter.

Je me mis à rire.

– Tu es sûr ? Ma tenue préférée suppose des rayures, des pois et un million de couleurs différentes.

– Je ne m'attendrais pas à autre chose.

Il sourit.

Seigneur. Ce sourire. Irrésistible. Je posai Talon par terre pour qu'elle puisse marcher à quatre pattes pendant que Graham continuait à parler.

– Et... Lucille ?

– Oui ?

– Tu as du caca sur la joue.

J'ouvris de grands yeux horrifiés et allai me regarder dans la glace en prenant une lingette pour me nettoyer la figure. En lui jetant un coup d'œil, je vis Graham qui ricanait dans son coin et je devins écarlate. Je croisai les bras et plissai les yeux.

– Tu viens de m'inviter à sortir avec toi alors que j'avais du caca sur la figure ?

Il acquiesça sans l'ombre d'une hésitation.

– Évidemment. C'est juste un peu de caca. Cela ne change rien au fait que je suis amoureux de toi et que je veux t'inviter à sortir avec moi.

– Quoi ? Attends ? *Quoi ?* Peux-tu répéter...

Mon cœur battait la chamade et j'avais le tournis.

– Je veux t'inviter à sortir avec moi.

– Non. Avant ça.

– Que c'est juste un peu de caca ?

J'agitai les mains.

– Non, non. Ce que tu as dit juste avant. Quand tu as dit...

– ... que j'étais amoureux de toi ?

C'était reparti. Mon cœur qui s'affolait, et le tournis dans ma tête.

– Tu m'aimes ?

– De toute mon âme.

Avant que je puisse répondre, avant que le moindre mot quitte mes lèvres, une petite fille passa devant moi en marchant. J'ouvris de grands yeux, exactement au moment où Graham regardait sa fille, éberlué.

– Elle a… ? demanda-t-il.

– Je crois bien…

Graham souleva Talon dans ses bras, et sa joie illumina toute la maison.

– Elle a marché ! s'exclama-t-il en faisant tourner Talon dans ses bras et en la couvrant de baisers, ce qui la fit glousser de rire.

– Tu marches !

Nous nous mîmes à sauter sur place en félicitant Talon qui continuait à rire en battant des mains. Nous passâmes le reste de la soirée par terre, à essayer de lui faire faire d'autres pas. Chaque fois qu'elle se lançait, nous applaudissions comme si elle avait remporté une médaille olympique. À nos yeux, c'était exactement ce qu'elle avait fait.

Je passai la meilleure soirée de ma vie, à regarder l'homme qui m'aimait aimer sa petite fille si librement. Lorsque Talon finit par s'endormir ce soir-là, Graham et moi nous rendîmes dans sa chambre et nous serrâmes l'un contre l'autre jusqu'à ce que le sommeil nous emporte.

– Lucille ? murmura-t-il dans mon cou tandis que je me blottissais tout contre lui.

– Oui ?

– Je préférerais que cela ne se produise pas, mais je tiens à te préparer. Il arrivera un moment où je te décevrai. Je ne le veux pas, mais je crois que quand deux personnes s'aiment, il leur arrive de se décevoir.

– Oui, acquiesçai-je. Mais je suis assez forte pour me relever. Il viendra un jour où je te décevrai, moi aussi.

– Oui.

Il bâilla avant de m'attirer plus près de lui.

– Mais je suis convaincu que, d'une certaine façon, ces jours-là je t'aimerai davantage encore.

* * *

Le lendemain matin, j'étais toujours sur mon petit nuage grâce à Graham et à Talon.

Enfin, jusqu'à ce que j'arrive au travail.

Mari était installée dans le bureau des *Jardins de Monet*, les doigts croisés, elle examinait les classeurs de la comptabilité. Généralement, c'était elle qui s'occupait de la paperasse, tandis que moi je gérais la boutique. Elle était douée pour les chiffres, mais quand j'entrai dans le bureau cet après-midi-là, un nuage lourd semblait peser au-dessus de sa tête.

Je savais exactement ce que maman aurait dit si elle avait vu sa petite fille à ce moment-là.

Encore en train de te prendre la tête, ma petite Mari Joy ?

– Qu'est-ce qu'il y a ? demandai-je en m'appuyant contre l'encadrement de la porte.

Elle leva les yeux vers moi, le front plissé, et s'enfonça dans son siège.

– C'est la première fois que tu me parles depuis que je suis...

– Retournée vivre avec ton ex ?

– Mon mari, corrigea-t-elle.

Nous ne nous étions pratiquement pas parlé depuis l'histoire avec Parker et qu'elle était retournée vivre avec lui. J'avais évité le sujet parce que je savais qu'elle avait fait son choix. C'était toujours comme ça avec Mari : elle se prenait toujours la tête, mais une fois qu'elle avait pris sa décision, elle allait jusqu'au bout. Rien de ce que j'aurais pu lui dire ne l'aurait fait quitter le monstre dont elle partageait de nouveau le lit.

Tout ce que je pouvais faire, c'était attendre patiemment de recoller les morceaux quand il la détruirait, encore une fois.

– Qu'est-ce qu'il y a ? répétai-je en faisant un signe de tête vers la paperasse.

Elle secoua la tête.

– Rien. J'essaie simplement de faire les comptes.

– Il y a autre chose.

Je m'approchai du bureau et m'assis en face d'elle.

– Je le vois à ton air.

– Quel air ?

– Tu sais bien, ton air inquiet.

– De quoi tu parles ? Je n'ai pas l'air inquiet.

Je lui lançai un regard qui disait « ce n'est pas la peine d'essayer de me la faire, à moi ».

Elle soupira.

– Je ne pense pas que nous allons pouvoir garder Chrissy.

– Quoi ? Mais elle est super. En fait, elle est même *trop* bien, meilleure que nous deux. Nous avons besoin d'elle. J'avais même l'intention de te suggérer de lui donner une augmentation.

– C'est bien le problème, Lucy, nous n'avons pas les moyens de l'augmenter. C'est tout juste si nous pouvons nous permettre de la garder. Je pense que ce serait mieux de nous séparer d'elle.

Je plissai les yeux, étonnée qu'elle dise cela et persuadée que l'idée ne venait pas d'elle.

– C'est toi ou c'est Parker qui dit ça ?

– Je suis assez grande pour savoir ce que je dis, Lucy. J'ai un diplôme. C'est mon idée.

– Elle adore ce travail.

Mari haussa les épaules.

– Moi aussi je l'aime bien, mais les affaires sont les affaires. Cela n'a rien de personnel.

– J'ai l'impression d'entendre Lyric. Le sens des affaires, mais pas de cœur.

– Elle a du cœur, Lucy. C'est juste que vous fonctionnez différemment, elle et toi.

Je haussai un sourcil, sidérée d'entendre Mari soutenir Lyric.

– Elle a abandonné son enfant, Mari.

– On commet tous des erreurs.

– Certes.

Je hochai la tête lentement, sans comprendre.

– Renverser du lait, c'est une bêtise, faire brûler une pizza, oublier un anniversaire. Mais partir en abandonnant ton enfant nouveau-né qui est en soins intensifs depuis des semaines ? Ne pas revenir quand l'enfant est complètement rétabli ? Ce n'est pas une erreur, c'est un choix.

Elle fit une grimace.

– Je trouve simplement plutôt étrange que tu sois autant impliquée dans cette histoire. Je veux dire, tu ne connaissais même pas Graham, et il est clair que Lyric et toi vous avez vos problèmes. Pourquoi rendre les choses plus difficiles ? Ça n'a pas de sens. Ce n'est pas normal.

– Toi aussi tu pourrais t'impliquer davantage, tu sais. C'est ta nièce, notre nièce. On va faire une fête pour son premier anniversaire, le week-end prochain... peut-être que si tu viens, tu comprendras.

– *On* va faire une fête ? On ? Tu ne vois pas à quel point c'est bizarre ? Lucy, ce n'est pas ta fille.

– Je sais. Je le fais pour aider Graham...

– Tu habites avec lui.

– Tu m'as fichue à la porte !

Elle secoua la tête.

– Je ne t'ai pas vraiment fichue dehors, et en tout cas, je ne t'ai pas poussée chez lui. Tu as suivi ton cœur.

– Stop, dis-je d'une voix grave.

Un nœud se formait déjà dans mon estomac. Mari me lança un regard entendu.

– Lucy, je sais que tu es amoureuse de lui.

Je battis des paupières pour retenir mes larmes.

– Tu ne sais pas de quoi tu parles. Tu racontes n'importe quoi.

– Tu commets une erreur. Il était avec Lyric. C'est ta sœur, enfin ! s'exclama Mari. Je sais bien que tu te laisses guider par tes émotions, mais ce n'est pas bien.

Je me mordis la lèvre, sentant la colère monter en moi.

– Ah d'accord, parce que toi tu es la mieux placée pour dire ce qu'une relation devrait être.

– Une *relation* ? siffla-t-elle. Mais Lucy, tu n'es pas dans une relation avec Graham Russell. Je sais que cela ne va pas te plaire, mais je comprends Lyric en ce qui te concerne. Tu ressembles trop à maman. Tu es trop libre, et la liberté peut être étouffante. Si tu décides de te caser, ne le fais pas avec lui. Tu n'as pas le droit de l'aimer.

J'étais interloquée. La douleur qui me brûlait la poitrine était insupportable. J'ouvris la bouche pour parler, mais aucun son ne sortit. Incapable de trouver les mots, je tournai les talons et m'en allai.

Il ne me fallut pas longtemps pour me retrouver en pleine nature. Je me dirigeai vers ma piste de course préférée, pris une profonde inspiration, exhalai à fond avant de commencer à courir. Je courus à travers les arbres, sentant l'air me fouetter le visage alors que j'accélérais le rythme pour essayer de me débarrasser de ma douleur et de ma confusion.

Une partie de moi détestait Mari pour ce qu'elle avait dit, mais une autre partie se demandait dans quelle mesure elle n'avait pas vu juste.

Dans ma tête, j'imaginais le conte de fées que Graham et moi pourrions vivre. Égoïstement, je me représentais comment ce serait si un jour notre amour devenait éternel. Égoïstement, je me laissais aller à ressentir pleinement.

J'étais une rêveuse, comme ma mère, et alors que j'avais toujours adoré cette idée, je commençais lentement à en voir les défauts. Elle planait plus qu'elle ne marchait, trébuchait plus qu'elle ne tenait debout, et en tout cas, elle n'affrontait jamais la réalité.

Alors, chaque fois que la réalité la rattrapait, elle était toujours seule.

L'idée d'être seule me terrorisait.

Mais l'idée de ne plus être avec Graham et Talon me terrorisait plus que tout.

* * *

En arrivant chez Graham, je n'eus pas le courage d'entrer dans la maison. Courir ne m'avait pas aidée à avoir les idées plus claires, alors à la place, j'allai m'asseoir dans le jardin derrière la maison, à côté de l'arbre d'Ollie. Je m'assis les jambes croisées et je regardai ce petit arbre qui avait tant d'années devant lui pour devenir grand. Je restai là, laissant filer les secondes, les minutes, les heures. Ce n'est qu'au soleil couchant que Graham me rejoignit. Il portait un costume parfaitement coupé et était extraordinairement séduisant. Je m'en voulais d'avoir manqué notre rendez-vous, mais je savais que dans l'état dans lequel j'étais, je n'aurais pas pu sortir avec lui. Mari avait instillé plus de doute et de culpabilité dans mon cœur que je ne pouvais le supporter. Peut-être que j'étais naïve par rapport à mes sentiments pour Graham... peut-être que j'étais idiote.

– Salut, dit-il.

– Salut.

Il s'assit.

Il me regarda fixement.

Il parla.

– Tu es triste.

J'acquiesçai.

– Oui.

– Cela fait des heures que tu es là.

– Je sais.

– J'ai préféré te laisser tranquille.

– Merci.

Il hocha la tête.

– Mais maintenant, je pense que tu as eu assez de tranquillité. Si on reste seul trop longtemps, on finit par se persuader qu'on n'a que ce qu'on mérite – crois-moi, je sais de quoi je parle – et toi, Lucille Hope Palmer, tu ne mérites pas d'être seule.

Nous ne dîmes rien de plus, mais le sentiment de complétude que nous partagions était indéniable. Si seulement le monde pouvait entendre la façon dont nos cœurs battaient à l'unisson, peut-être ne jugerait-il pas si sévèrement le lien qui nous unissait.

– C'est affreusement raté comme premier rendez-vous.

Je me mis à rire nerveusement.

Il plongea la main dans la poche de son veston et en sortit un paquet de réglisses qu'il me tendit.

– Ça va mieux ?

Je hochai la tête en soupirant avant d'ouvrir le paquet.

– Oui.

Je me sentais toujours bien quand j'étais à côté de lui. J'étais comme chez moi.

J'étais différente de maman dans ce domaine. Alors qu'elle avait toujours préféré partir à la dérive, mon cœur désirait plus que tout rester aux côtés de Graham Russell.

Pour la première fois de ma vie, j'avais terriblement envie de me poser sur la terre ferme.

27

GRAHAM

– Tu devrais l'appeler, dis-je à Lucy alors qu'elle tournait en rond dans la maison en s'inventant des raisons de penser à autre chose.

Cela faisait des mois que sa sœur Mari et elle n'avaient pas abordé autre chose que des questions de boulot, mais apparemment, elles avaient eu un important désaccord quelques jours plus tôt. Je voyais bien que ces problèmes la rongeaient, mais qu'elle faisait tout son possible pour ne pas en parler.

– Ce n'est rien. Tout va bien.

– Menteuse.

Elle se tourna vers moi et haussa un sourcil.

– Tu n'as pas un livre à finir, ou quelque chose ?

Son impertinence me fit sourire.

J'adorais ce côté chez elle.

J'adorais tout chez elle.

– Je veux simplement dire qu'elle te manque.

– Ce n'est pas vrai, dit-elle, mais l'impassibilité de son visage indiquait exactement le contraire.

Elle se mordilla la lèvre.

– Tu crois qu'elle est heureuse ? Moi, je ne crois pas.

– Laisse tomber. Je n'ai pas envie d'en parler.

– Lucil...

– Je veux dire, il l'a littéralement laissée tomber au moment où elle allait le plus mal. Qui peut faire une chose pareille ? Mais après tout, c'est sa vie. Je ne veux plus parler de ça.

– D'accord.

– Enfin, ce type n'est qu'un monstre ! Et même pas mignon avec ça ! Je le déteste et je lui en veux tellement de l'avoir préféré à moi, à nous. Et maintenant, cet après-midi, nous fêtons le premier anniversaire de Talon, et Mari ne sera même pas là ! Je n'arrive pas à croire, eh merde ! cria-t-elle en se précipitant dans la cuisine.

Je la suivis juste à temps pour la voir sortir du four le gâteau au chocolat de Talon. Il était sérieusement brûlé.

– Non, non, non, dit-elle en le posant sur le plan de travail.

Je vins derrière elle et posai mes mains sur ses épaules. Elle avait les yeux pleins de larmes, et je me mis à rire.

– Respire. Ce n'est qu'un gâteau, Lucille. Ce n'est pas grave.

– Mais si, c'est grave, dit-elle en se tournant vers moi. Nous avions prévu de faire un tour d'Europe avec nos sacs à dos. Nous avons commencé à mettre de l'argent de côté quand elle est tombée malade. Nous avons fait un pot de « Pensées Négatives » dans lequel nous devions mettre une pièce chaque fois que nous avions une mauvaise pensée au sujet de son diagnostic ou que la peur prenait le dessus. Au bout de la première semaine, le pot était plein à ras bord, et nous avons dû prendre un autre pot. Dès qu'elle a su qu'elle était en rémission, elle voulait que nous partions tout de suite, mais j'avais trop peur. J'avais peur qu'elle ne soit pas assez forte, que ce soit trop tôt, alors je l'ai gardée à la maison. Je la gardais enfermée, parce que je n'étais pas assez forte pour prendre l'avion avec elle. Et maintenant, elle ne me parle plus et je ne lui parle plus. C'est ma meilleure amie.

– Elle reviendra.

– Je l'ai invitée pour l'anniversaire de Talon. C'est ce qui a provoqué notre dispute.

– Et pourquoi était-ce un problème ?

– Elle...

La voix de Lucy se brisa et elle prit une profonde inspiration. Nous n'étions qu'à quelques centimètres l'un de l'autre.

– Elle pense que ce n'est pas bien, toi, moi et Talon. Elle trouve que c'est bizarre.

– C'est bizarre, lui dis-je. Mais ça ne veut pas dire que c'est mal.

– Elle m'a dit que tu n'étais pas à moi. Elle dit que je n'ai pas le droit de t'aimer.

Avant que je puisse répondre, on entendit la sonnette de la porte d'entrée, et elle s'écarta de moi, plaquant un sourire sur son visage.

– Tout va bien, je te jure. Je suis seulement contrariée parce que j'ai fait brûler le gâteau. Je vais ouvrir la porte.

Je restai planté là, les yeux rivés sur le gâteau, puis je pris un couteau pour voir si je ne pouvais pas sauver les meubles en grattant ce qui n'était pas mangeable. Lucy avait besoin d'un élément positif ce jour-là. Elle avait besoin de quelque chose qui la fasse sourire.

– Oh mon Dieu, entendis-je dans la pièce d'à côté.

Lucy avait l'air terrifiée, et lorsque j'entrai dans le salon, je compris pourquoi.

– Jane, bredouillai-je en la voyant debout dans l'encadrement de la porte avec un ours en peluche dans une main et un paquet-cadeau dans l'autre. Qu'est-ce que tu fous là, bon sang ?

Elle ouvrit la bouche pour parler, mais elle tourna les yeux vers Lucy.

– Qu'est-ce que tu fais là ? demanda-t-elle d'une voix cinglante. Qu'est-ce que tu peux bien faire ici ?

– Je...

Je vis que Lucy était trop secouée pour pouvoir terminer sa phrase.

– Jane, qu'est-ce que tu viens faire ici ? répétai-je.

– Je...

Sa voix était aussi mal assurée que celle de Lucy un instant auparavant.

– Je voulais voir ma fille.

– Ta fille ?

J'étais sidéré qu'elle ait le culot de venir chez moi pour dire ça.

– Je... est-ce que je peux te parler, Graham ?

Jane regarda Lucy en plissant les yeux.

– En privé.

– Je n'ai rien à cacher à Lucille.

Le cœur de Lucy, déjà meurtri, prenait de nouveau des coups.

– Non, ça va, dit-elle. Je m'en vais. J'ai du travail qui m'attend à la boutique, de toute façon. Je vais prendre mon manteau.

Lorsqu'elle passa devant moi, je lui saisis le bras et murmurai.

– Tu n'es pas obligée de partir.

Elle hocha lentement la tête.

– Je pense que c'est mieux que vous vous parliez tous les deux. Je ne voudrais pas causer plus de problèmes.

Elle me serra légèrement la main avant de la lâcher. Elle prit son manteau et sortit directement de la maison sans ajouter un mot, et quelque part la pièce s'assombrit.

– Qu'est-ce que tu veux exactement, Jane ?

– Cela fait un an, Graham. Je veux seulement la voir.

– Qu'est-ce qui te fait croire que tu as le droit de la voir ? Tu l'as abandonnée.

– J'ai eu peur.

– Tu as été égoïste.

Elle grimaça en dansant d'un pied sur l'autre.

– En tout cas, tu dois me laisser la voir. Je suis sa mère, c'est mon droit.

– Sa mère ?

J'étais dégoûté. Être une mère ne se réduit pas à mettre un enfant au monde. Être une mère, cela veut dire les biberons la nuit. Être une mère, cela veut dire passer la nuit à côté du berceau parce que votre enfant est malade et que vous voulez vous assurer qu'il respire. Être une mère, cela veut dire savoir que Talon déteste les ours en peluche. Être une mère, cela veut dire qu'on ne se barre pas.

Jane n'était pas une mère, elle ne l'avait jamais été.

Elle était une étrangère pour mon enfant. Une étrangère dans ma maison.

Une étrangère pour moi.

– Il faut que tu partes.

J'étais troublé par le fait qu'apparemment elle croyait pouvoir revenir dans nos vies après tout ce temps.

– Est-ce que tu couches avec Lucy ? demanda-t-elle soudain, me prenant complètement au dépourvu.

– Je te demande pardon ?

Je la sentis se former dans mes tripes et monter jusque dans ma gorge, ma colère.

– Tu as abandonné ta fille il y a des mois. Tu es partie sans autre explication qu'un mot griffonné sur un bout de papier. Sans même te retourner. Et pourtant, maintenant, tu t'imagines que tu as le droit de me demander une chose pareille ? Non, Jane. Tu n'as pas de questions à me poser, et je n'ai pas de compte à te rendre.

Elle rejeta les épaules en arrière. Mais elle eut beau se redresser sur ses hauts talons, lorsqu'elle parla sa voix, n'était pas très assurée.

– Je ne veux pas qu'elle s'approche de ma fille.

Je me dirigeai vers la porte d'entrée et l'ouvris.

– Au revoir, Jane.

– Je suis ta femme, Graham. Ce n'est pas bon pour Talon d'être en contact avec quelqu'un comme Lucy. Elle est toxique. J'ai le droit...

– *Rien du tout !* hurlai-je d'une voix exacerbée par la colère, la panique et le dégoût. Tu n'as aucun droit.

Elle était allée trop loin en disant être ma femme. Elle était allée encore plus loin en disant du mal de Lucy qui avait toujours été là, elle. Mais elle avait vraiment dépassé les bornes en disant comment je devrais élever Talon.

– *Sors de chez moi !*

À ce moment-là, Talon se mit à pleurer, et ma gorge se serra. J'avais grandi dans une maison où on criait, et c'était bien la dernière chose que je voulais pour ma fille. Je baissai immédiatement le ton.

– Je t'en prie, Jane. Va-t'en.

Elle sortit en gardant la tête haute.

– Réfléchis bien à ce que tu vas faire, Graham. Si tu claques cette porte, cela revient à dire que nous allons nous battre. Si tu claques cette porte, c'est une déclaration de guerre.

Je n'eus pas besoin de réfléchir pour répondre.

– Mes avocats prendront contact avec les tiens.

Sur ces mots, je claquai la porte.

28

LUCY

– Lucy est revenue, dis-je en entrant précipitamment aux *Jardins de Monet.*

Mari était en train de refaire la vitrine. Elle me jeta un coup d'œil avec un bref hochement de tête.

– Ouais, je sais.

– Quoi ? Depuis quand tu es au courant ?

– Je l'ai vue il y a deux jours. Elle est passée chez Parker, elle voulait qu'on parle.

La façon dont elle dit cela, si naturellement et sans effort, me stupéfia. Où était passée ma sœur, la personne que j'aimais le plus au monde ? Qui l'avait changée ? Qu'était-il arrivé à ma Mari ?

Ma poitrine me fit mal quand mon cœur commença à se fêler.

– Pourquoi tu ne m'as rien dit ? On s'est vues hier.

– J'avais l'intention de t'en parler, mais la conversation a pris un autre tour et tu es partie en trombe, me dit-elle en déplaçant un vase dans la vitrine. Et d'ailleurs, où est le problème ? Elle est revenue, et alors ? Sa famille est ici, Lucy.

– Cela fait des mois qu'elle les a abandonnés. Elle a laissé son nouveau-né en soins intensifs par pur égoïsme. Tu ne trouves pas ça horrible qu'elle ressurgisse comme ça dans la vie de Graham ? Dans la vie de Talon ?

– On n'a rien à redire à ça, Lucy. Cela ne nous regarde pas.

D'autres morceaux de mon cœur volèrent en éclats, et Mari fit comme si elle s'en fichait complètement.

– Mais...

Mari prit une grande inspiration et croisa les bras en tournant les yeux vers moi.

– Il faut qu'on parle affaires. Je pensais pouvoir garder ça pour moi encore un peu, mais puisque nous sommes là, autant en profiter pour parler.

– Parler de quoi ? demandai-je sans comprendre.

– Lyric est un peu inquiète à propos de ce qui se passe dans les comptes, et à vrai dire, je crois qu'elle n'a pas tort. On a été un peu optimistes en embauchant Chrissy. On ne fait pas assez de bénéfices.

– Qu'est-ce qui t'a pris de parler de la boutique avec Lyric ?

Mari fit une grimace, et je haussai les sourcils.

– Qu'est-ce que tu ne me dis pas ?

– C'est pas la peine de flipper, dit-elle, ce qui bien sûr me fit flipper encore plus. Tu te souviens, quand nous avons débuté, nous avons eu besoin d'un prêt supplémentaire ?

– Mari... à l'époque tu m'as dit que tu avais obtenu un deuxième prêt de la banque. Tu as dit qu'après des mois de négociations, tu avais finalement réussi.

Elle détourna le regard.

– Je ne savais plus quoi faire. Tu étais si heureuse, si emballée à l'idée d'avancer après ma maladie, je n'ai pas eu le courage de te dire la vérité. Tu avais sacrifié tellement de ta vie pour moi, tout ce que je voulais, c'était t'offrir cette boutique.

Ma poitrine se serra.

– Tu m'as menti au sujet du prêt ? Tu as emprunté de l'argent à Lyric ?

– Je suis désolée, Lucy, sincèrement désolée. Avec les factures des médecins et tout ça, qui s'entassaient, je savais que je ne pourrais jamais obtenir d'aide auprès des banques.

– Alors, tu es allée demander l'argent à Lyric, derrière mon dos.

– Tu ne m'aurais jamais laissée faire si je t'en avais parlé.

– Évidemment que je n'aurais pas voulu ! Tu crois vraiment que c'est par bonté d'âme qu'elle te l'a donné ? Mari, pour Lyric, tout est un moyen de chantage. Elle ne fait que ce qui peut lui rapporter quelque chose.

– Non, je te jure. Elle a fait ça pour nous, pour nous aider à nous remettre en selle. Elle n'a posé aucune condition.

– Jusqu'à maintenant. Si tu n'avais pas accepté son argent, il n'y aurait pas de problème, Mari. Mais tu lui as donné un moyen de pression sur nous. Maintenant, elle vient nous dire comment faire tourner notre affaire. On aurait pu travailler davantage pour obtenir un prêt sans son aide. On aurait pu le faire, mais maintenant, elle veut détruire tout ce que nous avons bâti, tout ça parce que tu as fait confiance à ce serpent. Il faut qu'on annule cet accord.

– Pas moi, dit-elle d'une voix ferme. J'ai parlé de tout ça avec Parker et il pense...

– Qu'est-ce qu'on en a à faire de ce qu'il pense ? Ça ne le regarde pas.

– C'est mon mari. Son opinion compte pour moi.

– Je ne comprends pas pourquoi. Il t'a abandonnée au moment où tu avais le plus besoin de lui. Moi, j'étais là, tu te souviens ? C'est moi qui ai ramassé les morceaux après qu'il t'avait démolie.

– Et alors ?

– Et *alors* ? répétai-je, abasourdie. Cela veut dire que tu pourrais au moins te fier plus à mon opinion qu'à la sienne.

Elle hocha lentement la tête.

– Il a dit que tu allais dire ça.

– Je te demande pardon ?

– Il a dit que tu allais me jouer la carte du cancer et me rappeler que tu étais là pour moi quand il n'y avait plus personne d'autre. Parker a fait une erreur, d'accord ? Et si on en juge par ces derniers mois, tu t'y connais en erreurs.

– Tu es injuste, Mari.

– Non, tu sais ce qui est injuste ? C'est de me jeter à la figure, tous les jours, que toi, tu es restée. Me rappeler, chaque fois que j'éprouve quelque chose, que c'est toi qui es restée pour m'aider quand j'étais malade. Alors, quoi ? Je te serai éternellement redevable, c'est ça ? Je n'ai pas le droit de tourner la page et de vivre ma vie ?

– Parce que tu crois que travailler sous les ordres de Lyric, c'est vivre ta vie ? Tout ça arrive à cause de Lyric et de son besoin de tout contrôler.

– Non ! Tout ça arrive parce que tu as couché avec le mari de ta sœur.

– Quoi ? murmurai-je choquée par ce que ma sœur venait de dire, par la façon dont ces mots étaient sortis de sa bouche, si facilement, et je restai figée quelques secondes, interloquée, attendant qu'elle s'excuse, attendant que son regard si dur s'adoucisse, attendant que ma sœur, ma meilleure amie, ma biche, me revienne.

– Retire ce que tu viens de dire, dis-je doucement.

Mais c'était inutile, elle avait été empoisonnée par l'amour, le même amour qui l'avait déjà détruite une fois.

J'étais stupéfaite de voir à quel point l'amour pouvait faire souffrir.

– Écoute, Parker pense...

Elle s'interrompit et avala sa salive avec difficulté.

– Parker et moi, nous pensons que ça ne peut pas faire de mal que Lyric nous aide. C'est une femme d'affaires. Elle connaît les lois et elle saurait comment nous aider à faire tourner la boutique. Elle ne nous veut que du bien. C'est notre sœur.

– C'est *ta* sœur. C'est ta sœur et, à partir de maintenant, ce magasin vous appartient à toutes les deux. Je ne veux plus avoir affaire avec tout ça. Je ne veux plus avoir affaire avec elle ni avec toi. Tu n'auras même pas besoin de virer Chrissy. Je démissionne.

J'allai au fond de la boutique, je ramassai mes affaires et les mis dans un carton. En retournant vers l'entrée du magasin, j'enlevai les clés de la boutique de mon porte-clés et les posai sur le comptoir.

Le regard de Mari n'avait rien perdu de sa froideur et je voyais qu'elle ne changerait pas d'avis. Je savais que je ne changerais pas d'avis non plus, mais avant de partir, je tenais à lui dire ma vérité, même si je savais qu'elle ne me croirait pas.

– Ils vont te laisser tomber, Mari. Ils vont se servir de toi, puis te laisser tomber et te faire du mal. Mais, cette fois, c'est ton choix. Tu es libre de traiter avec le diable ou pas, mais ne viens pas pleurer auprès de moi quand tu te brûleras les ailes.

– Je sais ce que je fais, Lucy. Je ne suis pas stupide.

– Non, j'en conviens. Tu n'es pas stupide. Mais tu es trop confiante, ce qui est mille fois pire.

La gorge serrée, je retins les larmes qui menaçaient de m'échapper.

– Pour info, je n'ai jamais couché avec lui. Je l'aime de toute mon âme. J'aime sa façon de m'aimer silencieusement, mais nous n'avons jamais couché ensemble, pas une fois, parce que je ne pouvais pas supporter l'idée de faire ça à ma sœur. Maintenant, cependant, je vois la vérité, être une sœur ce n'est pas seulement une question de sang. C'est une question d'amour inconditionnel. Lyric n'a jamais été ma sœur et elle ne le sera jamais.

Je retirai la chaîne avec mon pendentif en forme de cœur de mon cou et le déposai dans les mains de Mari.

– Mais toi, tu es mon cœur, Mari, et je sais que je suis le tien. Alors, quand ils te feront du mal, viens me voir. Viens me voir et je recollerai les morceaux de ton cœur, et alors, peut-être que tu pourras m'aider à réparer les fêlures du mien.

***

– Hé, où étais-tu ? Je n'ai pas arrêté de t'appeler mais je suis tombé directement sur ta boîte vocale, dit Graham en me voyant plantée sur son porche, épuisée.

Il tenait Talon dans les bras et me regardait avec inquiétude et une bonne dose de culpabilité.

– Tout va bien ?

Je hochai lentement la tête en entrant dans la maison.

– Ouais. Je suis passée aux *Jardins de Monet* et je me suis encore disputée sérieusement avec Mari. Alors, pour me changer les idées, je suis allée courir et quand j'ai vu que je n'avais plus de batterie, j'ai réalisé que j'avais laissé mon chargeur ici, donc je suis venue le chercher. J'espère que ça va.

Je passai devant lui en clignant des yeux pour essayer de cacher mon émotion.

– Bien sûr que ça va, j'étais inquiet, c'est tout.

Il ne me quittait pas des yeux, visiblement toujours inquiet, mais je m'efforçai de ne pas en tenir compte en allant dans la chambre de Talon pour récupérer mon chargeur.

Mon cœur battait à se rompre et je faisais tout mon possible pour ne pas m'effondrer. Je n'arrêtais pas de penser à tout ce qui venait de se passer avec Mari dans la boutique. C'était comme si la personne qui m'était la plus chère au monde avait été droguée et était manipulée par la haine et la confusion, tout en croyant ce qu'on lui disait, que c'était l'amour qui lui dictait ses décisions

Cela me faisait de la peine de voir ma meilleure amie se jeter tête la première dans d'une situation qui lui briserait le cœur.

– Lucille, dit Graham en me suivant.

Je battis des paupières.

Oh, Graham...

Sa douce voix réconfortante m'alla droit au cœur.

– Ça va, lui dis-je en passant devant lui, mon chargeur à la main.

J'évitai son regard parce que je savais que le regarder dans les yeux me ferait fondre, et je ne pouvais pas me le permettre. Mari avait peut-être raison après tout, peut-être que les sentiments que j'éprouvais pour cet homme étaient une erreur.

Si seulement l'amour arrivait selon un calendrier et accompagné d'un mode d'emploi.

Si cela avait été le cas, je serais tombée amoureuse de lui au bon moment. Si l'amour suivait un calendrier, Graham Russell aurait toujours été maître de mon cœur.

– Je pense que je vais aller à l'hôtel pour quelques jours. Je pense que c'est trop compliqué d'habiter ici maintenant que Lyric est revenue. Je vais prendre quelques affaires.

– C'est ridicule. Tu restes ici. Tu es chez toi.

Chez moi.

S'il me connaissait, il saurait que toute ma vie, *chez moi* changeait tout le temps. Je ne m'étais jamais enracinée nulle part, et quand il était temps de partir, il était temps de partir.

Même si cela impliquait de laisser mon cœur derrière moi.

– Non, je te jure, ça va, dis-je en continuant à éviter son regard.

Je ne voulais pas m'effondrer, pas devant Graham. J'attendrais d'être à l'hôtel pour ça. *Blinde-toi Lucy. Blinde-toi.*

Mais cela devint pratiquement impossible lorsque je sentis une toute petite main agripper mon t-shirt.

– Lulu, dit Talon, et je me retournai vers elle.

Elle posa sur moi ses yeux magnifiques et son sourire éclatant. Un sourire qui faisait battre mon cœur.

– Lulu, répéta-t-elle en tendant les bras vers moi.

Cela me fendit le cœur en dépit de mes efforts pour le garder intact.

– Hé, ma chérie, dis-je en la prenant dans mes bras.

Je savais que ce n'était pas bien. Je savais que je n'avais aucun droit sur elle, mais cette petite fille m'avait transformée, de bien plus de façons que je l'aurais jamais imaginé. Elle ne portait jamais aucun jugement sur mes erreurs. Elle ne me tournait jamais le dos. Elle aimait tout simplement. Inconditionnellement, totalement, sincèrement.

En la serrant contre moi, je me mis à trembler. L'idée que je n'entendrais plus le son de sa voix tous les matins en me réveillant pesait sur mon âme. L'idée que l'année passée avec Talon et Graham serait la dernière que nous passerions ensemble, tous les trois, me dévastait.

Certes, Talon n'était pas à moi, mais j'étais à elle. J'aimais cette enfant de tout mon être. Je donnerais tout pour elle et pour son père, sans restriction.

Je ne parvenais pas à m'arrêter de trembler ni à retenir les larmes qui me montaient aux yeux. Je ne pouvais pas changer la personne que j'avais toujours été.

J'étais celle qui ressentait tout, et à ce moment précis, tout mon univers s'écroulait.

Je tenais Talon contre moi en pleurant dans son t-shirt alors qu'elle continuait son babillage. Je serrai les paupières en sanglotant contre cette belle âme.

C'était ici que je l'avais éprouvé pour la première fois.

Le sentiment d'être heureuse.

Le sentiment d'être aimée.

Le sentiment de faire partie de quelque chose de plus grand que moi.

Et maintenant, j'étais obligée de partir.

Une main se posa sur mes reins et je ployai sous la caresse de Graham. Il se tenait derrière moi, solide comme les chênes de la forêt, et il approcha ses lèvres de mon oreille. Alors que les mots sortaient en dansant de sa bouche pour pénétrer mon esprit, je me souvins exactement pourquoi il était l'homme que j'avais choisi d'aimer sans réserves.

Lorsqu'il parla, ses mots marquèrent à jamais mon âme de son sceau.

– Si tu dois tomber, tombe dans mes bras.

29

GRAHAM

Jane revint le lendemain comme si elle était en droit de passer quand elle le souhaitait. Je ne savais pas ce qu'elle avait en tête, et cela me déplaisait. Tout comme cela me déplaisait d'être mal à l'aise de la savoir revenue.

Je savais qu'elle était capable de tout, mais ma plus grande peur était qu'elle essaie de m'enlever Talon. Il y avait une chose que je savais au sujet de Jane, c'était qu'elle était intelligente et sournoise. On ne savait jamais vraiment quelles étaient ses intentions, et cela me faisait frémir.

– Est-ce qu'elle est là ? demanda Jane en entrant dans la maison.

Elle parcourut la pièce du regard et je levai les yeux au ciel en guise de réponse.

– Non.

– Parfait.

– Elle a emmené Talon pour une promenade.

– Quoi ?! Je t'ai dit que je ne voulais pas qu'elle s'approche d'elle.

– Et moi je t'ai dit que tu n'avais pas la parole à ce sujet. Pourquoi es-tu revenue, exactement, Jane ? Que veux-tu ?

À un moment, nos regards se croisèrent. Elle ne ressemblait pas du tout à sa sœur. Il n'y avait pas d'éclat dans ses yeux, seulement des iris sombres qui ne révélaient pas de cœur, mais sa voix contenait beaucoup plus de douceur que dans mon souvenir.

– Je veux récupérer ma famille, murmura-t-elle. Je veux que Talon et toi vous repreniez votre place dans ma vie.

J'étais abasourdi par un tel aplomb, qu'elle puisse penser qu'elle pouvait revenir dans nos vies comme si elle n'avait pas pris une longue année de vacances !

– Cela ne risque pas d'arriver.

Elle serra les poings.

– Bien sûr que si. Je sais que j'ai eu tort de partir, mais je veux me racheter. Je veux être présente pour le reste de sa vie. C'est mon droit.

– Tu n'as aucun droit. *Aucun.* J'espérais que nous éviterions d'aller au tribunal, mais si nous devons en passer par là, nous en passerons par là. Je n'ai pas peur de me battre pour ma fille.

– Ne fais pas ça, Graham. Tu vas le regretter. N'oublie pas que je suis avocate.

Ses menaces ne m'impressionnaient pas.

– Je me battrai.

– Je gagnerai, me dit-elle. Et je te la prendrai. Je l'emmènerai loin d'ici s'il le faut pour que Lucy ne puisse plus l'approcher.

– Mais pourquoi la détestes-tu autant ? C'est la meilleure personne que j'ai jamais rencontrée.

– Alors, tu devrais sortir plus souvent.

Je suffoquai à l'idée que ce monstre puisse m'enlever ma fille.

– Tu ne peux pas revenir comme ça et décider que tu es prête à être une mère. Ce n'est pas comme ça que ça marche, et je ne te laisserai jamais faire. Tu n'as aucun droit sur elle, Jane. Tu n'es rien pour cette enfant. Tu ne représentes rien pour elle. Tu n'as pas les moyens de m'enlever mon enfant, tout avocate que tu sois.

– Bien sûr que si, je peux, dit-elle d'un ton assuré, mais une veine qui saillait sur sa tempe trahissait sa colère. Je ne vais pas rester là à regarder ma fille devenir quelqu'un comme Lucy.

Ses paroles me donnaient la chair de poule. Je détestais la façon dont elle parlait de Lucy, comme si c'était elle le monstre. Comme si Lucy ne m'avait pas sauvé de moi-même. Comme si Lucy n'était pas un miracle en elle-même.

– Et tu te prends pour qui de venir dire qui peut ou ne peut pas approcher Talon ?

Mon cœur battait si fort que ma poitrine me faisait mal.

– Je suis sa mère !

– Et moi, je suis son père !

– *Justement non!* hurla-t-elle, hors d'elle.

Ses mots rebondirent sur les murs pour venir s'écraser sur mon âme.

Ce fut comme si une bombe avait explosé dans le salon, faisant trembler les fondations de ma vie.

Je plissai les yeux.

– Quoi ? Qu'est-ce que tu viens de dire ?

– *Quoi?* demanda une voix derrière nous.

Lucy se tenait là avec Talon dans sa poussette, frappée de stupeur.

Tout le corps de Jane semblait figé, à l'exception de ses mains agitées de tremblements. Quand son regard croisa celui de Talon, ses épaules s'affaissèrent et je vis que son cœur se brisait, mais je m'en fichais. Son expression peinée ne m'apitoyait pas une seconde. Elle voulait m'arracher ma famille, rien d'autre n'avait d'importance à mes yeux.

– J'ai dit que tu...

Elle avala sa salive avec difficulté en baissant les yeux.

– Regarde-moi, ordonnai-je d'une voix ferme.

Elle releva la tête et battit des paupières avant de pousser un profond soupir.

– Maintenant, répète ce que tu as dit.

– Tu n'es pas son père.

Elle mentait.

Elle était le mal.

Elle était sale.

Elle était le monstre que j'avais toujours pensé devenir.

– Comment oses-tu venir ici proférer tes sales mensonges pour essayer de me la prendre, murmurai-je en faisant tout mon possible pour ne pas les laisser me rattraper, mes ombres, mes fantômes, mes frayeurs.

– Ce n'est pas...

Elle fit une grimace et secoua la tête.

– Je, heu...

– Il est temps que tu partes.

J'avais l'air fort, mais je dissimulais ma peur. Quelque part, je la croyais. Quelque part, j'avais la sensation que j'avais toujours eu cette intuition au fond de moi et j'avais fait tout mon possible pour l'ignorer, mais la plus grande partie de mon être regardait Talon et voyait des morceaux de moi dans son regard. Je me reconnaissais dans son sourire. Je voyais le meilleur de moi-même dans son âme. Elle était à moi, et j'étais à elle.

– Tu étais parti pour une tournée promotionnelle, murmura-t-elle d'une voix mal assurée. Je... euh... j'ai été malade pendant des semaines à cette époque, et je me souviens que je t'en voulais de rester une semaine sans prendre de mes nouvelles alors que tu étais en tournée.

J'essayai de me remémorer la période et de rassembler mes souvenirs pour retrouver le fil des événements. Talon était arrivée en avance. Alors que je pensais que Jane en était à trente et une semaines, elle n'en était qu'à vingt-huit, mais je ne m'étais pas attardé sur cette idée. Talon était ma fille. Mon bébé. Mon cœur. Je ne pouvais pas imaginer qu'il puisse en être autrement.

– Tu avais la grippe et tu n'arrêtais pas de m'appeler.

– Je voulais seulement...

Elle s'interrompit, ne sachant pas trop comment poursuivre.

– Il passait pour prendre de mes nouvelles.

– Qui, il ? demanda Lucy d'une voix sombre.

Jane ne répondit pas, mais je savais exactement de qui elle parlait. Elle m'avait raconté cette histoire à maintes reprises. À quel point il était attentionné, alors que moi, j'étais froid. Comme il était gentil avec tout le monde. Comment il était toujours là pour des inconnus, et réellement là pour ceux qu'il aimait.

– Mon père, dis-je d'une voix qui se brisa.

Kent Theodore Russell, un homme, un père, un héros.

Mon enfer personnel.

C'était vrai que je voyais des éléments venant de moi dans les yeux de Talon, mais pour la plus grande part, quand je regardais Talon, c'étaient des reflets de lui que je voyais dans son regard. Je le voyais dans son sourire. Je voyais certains éléments de lui dans son âme à elle, et pourtant, elle n'était pas à lui et il n'était pas à elle.

Malgré cela, c'était assez pour me briser le cœur.

– Tu ferais mieux de t'en aller, dit Lucy à Jane.

Jane se redressa et secoua la tête.

– S'il y a quelqu'un qui doit s'en aller, c'est toi.

– Non, grondai-je, sans savoir comment mon cœur continuait à battre. S'il y a une personne qui doit partir, c'est toi. Sur-le-champ.

Jane allait répondre, mais elle vit le feu qui brûlait en moi. Elle sut que si elle faisait un pas de plus, je l'anéantirais sur place. Elle ramassa ses affaires et sortit, non sans affirmer qu'elle reviendrait.

Une fois qu'elle fut partie, je me jetai sur Talon et la pris dans mes bras. Comment pouvait-elle ne pas être mon univers ?

Elle était à moi, et j'étais à elle.

J'étais à elle, et elle était à moi.

Elle m'avait sauvé.

Elle m'avait donné une raison de vivre, et maintenant Jane était revenue pour essayer de l'arracher à moi.

– Peux-tu t'en occuper ? demandai-je à Lucy, alors que le monde s'écroulait autour de moi.

Lucy vint près de moi et la prit dans ses bras. Puis elle posa une main sur la mienne, mais je me dégageai doucement.

– Parle-moi, dit-elle.

Je secouai la tête et m'éloignai sans un mot. Je me rendis dans mon bureau, fermai la porte et m'assis en regardant fixement le curseur qui clignotait sur l'écran de mon ordinateur.

Je le haïssais. Je haïssais sa façon de me contrôler. Et par-dessus tout je le haïssais pour, même après sa mort, avoir encore les moyens de détruire ma vie.

30

THANKSGIVING

– Voici donc la femme qui inspire mon fils dans son travail, dit Kent en entrant chez Graham au moment où celui-ci sortait, accompagné de Jane qu'il allait présenter au Professeur Oliver pour la première fois.

– Qu'est-ce que tu fais là ? demanda Graham à son père d'une voix glaçante, en le regardant avec dureté.

– C'est Thanksgiving, fils. J'espérais que nous pourrions rattraper le temps perdu. J'ai vu que ton dernier livre est numéro un des ventes, et nous n'avons pas encore eu l'occasion de fêter ce succès.

Kent sourit à Jane qui le regardait, les yeux écarquillés, comme si c'était une légende qui se tenait devant elle et non pas le monstre qu'il était en réalité.

– Il tient de son père, dit-il.

– Je ne te ressemble pas du tout, aboya Graham.

Kent ricana.

– C'est vrai, tu es un peu plus grognon.

Jane gloussa, ce qui mit Graham hors de lui. Il méprisait les gens qui riaient systématiquement quand ils étaient en présence de Kent.

– Nous sommes invités à dîner, dit Graham à Kent, n'attendant qu'une seule chose, qu'il s'en aille.

– Alors, je vais être bref. Écoute, mon éditeur se demandait si tu accepterais de donner une interview à ABC News avec moi. Il pense que ce serait super pour ta carrière comme pour la mienne.

– Je ne donne pas d'interview, et encore moins avec toi.

Kent eut un petit tressaillement de la bouche et se mordit la lèvre. C'était un signe qu'il allait se mettre en colère, mais au fil des années, il avait appris à se contrôler devant les étrangers. Cependant, Graham connaissait ce regard chez son père et il savait que la colère bouillait sous la surface.

– Tu peux quand même y réfléchir, dit-il avec un soupçon de violence dans la voix qui échappa à Jane.

Puis il se tourna vers elle avec ce sourire qui faisait craquer tout le monde.

– Comment vous appelez-vous, belle enfant ?

– Jane, et je dois vous dire que je suis votre plus grande fan, dit-elle, extatique.

Le sourire de Kent s'élargit.

– Plus fan de moi que de mon fils ?

Graham fit la grimace.

– On s'en va.

– D'accord, d'accord. Tu n'auras qu'à m'envoyer un e-mail si jamais tu changes d'avis. Jane...

Kent lui prit la main pour l'embrasser.

– Ce fut un plaisir de rencontrer une beauté comme vous. Mon fils est un homme comblé.

Jane rougit jusqu'à la racine des cheveux et le remercia de ces gentilles paroles. En prenant congé, il laissa son regard se balader sur la silhouette de Jane une dernière fois avant de s'adresser à Graham.

– Je sais que nous avons eu des moments difficiles, Graham. Je sais que les choses n'ont pas toujours bien marché entre nous, mais je voudrais réparer ça. Je crois que cette interview serait un premier pas dans cette direction. J'espère que tu me laisseras revenir dans ta vie. Joyeux Thanksgiving, fils.

La voiture de Kent s'éloigna, laissant Graham et Jane plantés sous le porche. Jane s'agita.

– Il a l'air adorable.

Graham fronça les sourcils et enfonça les mains dans les poches de son pantalon en se dirigeant vers la voiture.

– Tu ne sais rien du monstre dont tu parles. Tu es tombée dans son piège, tout simplement.

Elle se précipita derrière lui, le suivant difficilement avec ses talons hauts.

– N'empêche. Il a été gentil.

Elle ne dit rien de plus, mais Graham savait ce qu'elle pensait, que Kent était gentil, drôle, charmant, tout le contraire de Graham.

Kent rayonnait, alors que Graham vivait dans l'ombre.

31

LUCY

Elle l'avait piégé. Elle ne lui avait pas laissé le choix de son avenir en prenant le contrôle de son cœur. Graham ne pouvait pas croire qu'il n'était pas le père de Talon. Il repoussait cette idée de toutes ses forces, et quand il fit le test de paternité, je crois qu'il espérait de tout son cœur que Lyric se soit trompée. Quand les résultats arrivèrent, j'ai vu la lumière s'éteindre dans ses yeux.

Lyric le confrontait au choix le plus déterminant de sa vie, qui n'était pas vraiment un choix en fait : la reprendre dans sa vie et ainsi garder sa fille, ou rester avec moi, auquel cas elle lui enlèverait Talon.

J'étais présente le jour où elle le lui dit. Je me tenais à ses côtés alors qu'elle menaçait de faire voler son univers en éclats. Elle détenait un contrôle sur Graham, et je savais qu'il ne me restait qu'une chose à faire.

Je devais faire mes bagages et partir. Et il fallait que je le fasse avant qu'il ne revienne. Il avait passé l'après-midi en discussion avec un avocat, et je savais que si je ne partais pas tout de suite, cela ne ferait que lui rendre les choses plus difficiles. Il ne pouvait pas perdre sa fille, il ne pouvait pas perdre son âme.

Alors, je commençai à faire mes bagages.

* * *

– Qu'est-ce que tu fais ? demanda-t-il d'une voix pleine d'incompréhension.

– Graham.

Je soupirai en le voyant debout dans l'encadrement de la porte de la salle de bains. Il me fixait de ses yeux aux paupières alourdies tandis que je me drapais dans une serviette de bain.

– Je ne savais pas que tu étais rentré.

– J'ai vu tes affaires dans l'entrée.

– Oui.

– Tu t'en vas ? dit-il le souffle court.

Il s'était rasé la veille et, pourtant, sa barbe d'un jour avait déjà repoussé. Il avait les lèvres pincées et je voyais bien qu'il serrait les dents. Sa mâchoire carrée, bien dessinée, était toujours plus évidente lorsqu'il serrait les dents.

– Je pense que c'est mieux comme ça.

– Tu le penses vraiment ?

Il entra dans la salle de bains et referma la porte derrière lui. Pendant quelques instants, on n'entendit que le bruit de l'eau qui coulait alors que nous nous regardions fixement.

– Oui, vraiment.

J'avais l'estomac noué et mon cœur battait à se rompre. Je suivis sa main du regard quand il saisit le bouton de la porte pour fermer à clé. Il s'avança lentement vers moi, faisant naître une sensation de chaleur tout le long de ma colonne vertébrale.

– Graham, je t'en prie, le suppliai-je sans pouvoir décider si je le suppliais de rester ou de partir.

– J'ai besoin de toi, murmura-t-il.

Il se tenait devant moi, les yeux perdus dans les miens, et bien qu'il ne m'ait pas encore touchée, je le perçus dans la totalité de son être.

– S'il te plaît, supplia-t-il à son tour, relevant mon menton du bout des doigts tout en se mordant la lèvre. Ne me quitte pas.

Lorsqu'il saisit mes fesses à deux mains à travers la serviette, je retins ma respiration. Sa bouche chemina le long de mon cou et il murmura entre deux baisers tout en me soulevant de terre, faisant tomber ma serviette sur le sol.

– Reste avec moi. Je t'en supplie, Lucy, reste.

Je savais qu'il devait faire un gros effort sur lui-même pour me demander de rester, mais je savais aussi pourquoi je ne pouvais pas le faire.

Il y eut comme un grésillement dans ma tête quand il entra dans la baignoire tout en me tenant contre lui, indifférent au jet de la douche au-dessus de nos têtes. Il posa les lèvres sur mon sein avant de prendre mon téton dans sa bouche et de le sucer avidement. Mon esprit s'embruma lorsqu'il me plaqua contre le mur de la douche, avec ses vêtements tous détrempés qui lui collaient à la peau.

– Gra...

Je fus saisie d'un vertige, au bord de l'évanouissement, j'étais heureuse, je planais. *Si haut...*

Ses doigts descendirent le long de ma poitrine, de mon ventre, avant de me pénétrer, animés par le désir, la nécessité, la douleur.

– Ne me quitte pas, Lucille, je t'en prie. Je ne veux pas te perdre, murmura-t-il contre mes lèvres avant d'explorer ma bouche de sa langue. Tu ne sais pas à quel point j'ai besoin de toi. *J'ai besoin de toi.*

Tout s'accéléra, ses mouvements, son étreinte, ses doigts, sa langue. Je détachai la ceinture de son jean à la hâte, le fis descendre au fond de la baignoire, puis je caressai son membre dressé au travers de l'étoffe trempée de son boxer. Un fois qu'il l'eut enlevé, il me regarda droit dans les yeux tout en faisant glisser ses doigts hors de mon intimité.

À ce moment-là, nous prîmes une décision qui allait s'ajouter à la longue liste de nos erreurs. Nous nous servîmes de nos corps pour planer. Nous nous élançâmes vers les hauteurs en nous caressant, en gémissant, en suppliant. Je grimpai en flèche lorsqu'il souleva mes fesses et me plaqua contre le mur carrelé. Je poussai un cri lorsqu'il me pénétra, centimètre par centimètre, me comblant d'une chaleur indescriptible. Il embrassait comme un dieu et faisait l'amour comme un démon. Sous l'eau qui continuait à couler sur nous, je priai silencieusement pour que tout ceci soit à moi, Graham et moi, maintenant et pour l'éternité. Mon cœur me disait que je l'aimerais pour la vie. Ma raison me disait que je n'avais que de brefs instants et que je ferais bien d'en profiter pleinement, mais mon instinct...

Mon instinct me disait que je devais renoncer.

Alors qu'il continuait à faire l'amour à mon corps tout entier, ses lèvres vinrent se poser au bord de mon oreille. Je sentis la chaleur de son souffle quand il parla.

– L'air au-dessus de moi...

Il saisit un de mes seins dans sa main et en pinça légèrement le téton.

– La terre au-dessous...

– Graham, bredouillai-je, étourdie, désorientée, culpabilisée, amoureuse.

Il plongea les doigts dans mes cheveux et tira doucement, m'obligeant à incliner la tête. Une étincelle jaillit et se propagea tout le long de ma colonne vertébrale lorsqu'il se mit à sucer la peau de mon cou.

– Le feu en moi...

Il continuait à faire glisser son érection plus profondément et plus fermement en moi, contrôlant son rythme, contrôlant ses désirs, contrôlant notre amour. Il me porta contre l'autre mur, et sous le jet brûlant qui s'abattait sur nous, je gémis en prononçant son nom, et il gémit dans mon cou.

– L'eau tout autour...

– S'il te plaît, suppliai-je, flottant à la marge de l'illusion, sentant venir l'apogée de notre ultime erreur lorsqu'il posa une main sur le mur et passa l'autre autour de ma taille.

Ses bras étaient tendus, chaque muscle dessiné avec précision. Nos regards étaient accrochés l'un à l'autre, je me mis à trembler de tous mes membres. J'étais si proche... si proche de l'extase absolue, si proche de notre adieu définitif.

– S'il te plaît, Graham, balbutiai-je sans savoir si je le suppliais de me lâcher ou de me serrer contre lui pour toujours.

Il plaqua violemment sa bouche sur la mienne, et nous nous embrassâmes avec encore plus d'intensité que lors de nos premiers baisers. Lorsque nos langues s'entremêlèrent, je sentis qu'il apportait toutes ses douleurs et tout son amour parce qu'il savait, lui aussi, à quel point nous étions près de nous dire adieu. Comme moi, il essayait de s'accrocher au sommet qui était déjà en train de nous précipiter vers le sol.

Il m'embrassait pour me dire adieu, et je l'embrassais pour gagner encore quelques secondes. Il m'embrassait pour m'offrir son amour, et je l'embrassais pour lui offrir le mien. Il m'embrassait avec ses « toujours », et je l'embrassais avec mon « pour l'éternité ».

Juste après nous être élevés jusqu'aux plus hauts sommets, nous descendîmes et nous écrasâmes au plus profond des abîmes, mais pas avant que son air ne devienne mon souffle, pas avant que sa terre ne devienne mon sol. Ses flammes devinrent mon feu, sa soif devint mon eau, et son esprit ?

Son esprit devint mon âme.

Ensuite, nous nous préparâmes pour les adieux.

* * *

– Je ne pensais pas que ce serait aussi dur, murmurai-je en entendant les pas de Graham dans mon dos alors que je me tenais dans la chambre de Talon qui dormait paisiblement.

À l'idée que je ne serais pas présente pour la voir grandir, mon cœur se serrait plus que jamais.

– Réveille-la si tu veux, me dit Graham en s'appuyant à l'encadrement de la porte.

Je secouai la tête.

– Non, si je vois ses yeux, je ne serai plus capable de partir.

J'essuyai les larmes qui coulaient sur mes joues et pris une profonde inspiration en essayant de regarder Graham en face. Il n'y avait rien que nous désirions plus tous les deux que de rester ensemble, de former une famille, d'être unis.

Mais on n'a pas toujours ce que l'on veut.

– Ton taxi est arrivé, mais je peux encore t'emmener à l'aéroport, me proposa-t-il.

J'avais finalement fait le grand saut en rassemblant toutes les pièces de monnaie que j'avais collectées dans les pots de pensées négatives au fil des années. J'allais faire le voyage en Europe dont Mari et moi avions toujours rêvé. Il fallait que je m'éloigne, que je parte le plus loin possible, parce que je savais que si mon cœur restait sur le même continent que Graham, je trouverais toujours un moyen de le rejoindre.

– Non, ça va, je te jure. C'est plus facile comme ça.

Je posai mes doigts sur mes lèvres, les embrassai puis les posai sur le front de Talon.

– Je t'aime plus que le vent n'aime les arbres, ma douce, et je suis toujours là pour toi, même quand tu ne me vois pas.

Au moment où je m'avançais vers Graham, il s'approcha de moi comme pour me prendre dans ses bras, pour essayer de me consoler, mais je m'y refusai. Je savais que si je tombais dans ses bras une dernière fois, je le supplierais de ne plus jamais me lâcher. Il m'aida à sortir mes bagages pour les charger dans la voiture.

– Je ne te dirai pas adieu, me dit-il en prenant mes mains dans les siennes.

Il les porta à ses lèvres et m'embrassa doucement les paumes.

– Je refuse de te dire adieu.

Il relâcha son étreinte et retourna vers la maison, et juste comme j'allais ouvrir la portière du taxi, il m'appela.

– C'est quoi le secret, Lucille ?

– Le secret ?

– De ton thé, c'est quoi l'ingrédient secret ?

Je fronçai les sourcils et me mordis la lèvre. Mes pieds me dirigèrent vers lui. Plus je m'approchais, plus il revenait vers moi. Quand nous fûmes en face l'un de l'autre, je scrutai ses yeux couleur caramel, une couleur que je ne reverrais sans doute jamais, et j'enfermai cette image au fond de mon cœur. Je me rappellerais ces yeux aussi longtemps que je pourrais.

– Dis-moi quels ingrédients tu penses qu'il contient, et ensuite je te révélerai le dernier.

– C'est promis ?

– Promis.

Il ferma les yeux et se mit à réciter.

– De la cannelle, du gingembre, de la citronnelle.

– Oui, oui, oui.

– Du piment, du sucre, du poivre noir.

– Oui, oui, soufflai-je, des frissons courant tout le long de ma colonne vertébrale.

– Et de la menthe poivrée.

En ouvrant les yeux, il me regarda fixement comme s'il pouvait voir une partie de moi que je n'avais pas encore découverte.

– Tu as tout bon.

Il sourit, et je faillis me mettre à pleurer parce que lorsqu'il souriait, je me sentais toujours chez moi.

– Alors, c'est quoi ?

Je jetai un coup d'œil alentour, pour m'assurer que personne ne pouvait m'entendre, et je me penchai vers lui, effleurant son oreille de mes lèvres.

– Du thym.

Je reculai de quelques pas et lui fis le genre de sourire qui lui faisait toujours froncer les sourcils.

– Donne-lui juste un peu de thym.

– Du thym ?

Il hocha lentement la tête en faisant un pas en arrière.

– Excusez-moi, M'dame, mais je ne peux pas attendre ici toute la journée, cria le chauffeur de taxi dans mon dos.

Je me retournai vers lui et acquiesçai d'un signe de tête avant de poser les yeux de nouveau sur Graham qui me regardait toujours fixement.

– Quelque chose à ajouter ? plaisantai-je, l'estomac noué.

Il plissa les yeux et tendit le bras pour me passer une mèche de cheveux derrière l'oreille.

– Tu es la meilleure de tous les êtres humains.

Ma gorge se serra. Il me manquait déjà. Il me manquait tellement, alors même qu'il était là, en face de moi. Je pouvais encore le toucher si je tendais la main, mais curieusement, je le sentais de plus en plus loin.

– Un jour, tu seras content que ça n'ait pas marché, nous deux. Je te jure. Un jour tu te réveilleras avec Talon à ta gauche et quelqu'un d'autre à ta droite, et tu réaliseras à quel point tu es heureux que ça n'ait pas marché, toi et moi.

– Un jour, je me réveillerai et c'est toi qui seras allongée à côté de moi, répondit-il d'un air sombre.

Je posai ma main sur sa joue et plaçai mes lèvres sur les siennes.

– Tu es le meilleur de tous les êtres humains.

Une larme roula sur ma joue, et je l'embrassai lentement, m'attardant sur ses lèvres un instant avant de finalement le laisser aller.

– Je t'aime, Graham Cracker.

– Je t'aime, Lucille.

Lorsque j'ouvris la portière du taxi pour monter, Graham me rappela une dernière fois.

– Oui ?
– Du temps, dit-il doucement.
– Du temps ?
Il haussa une épaule qu'il laissa retomber tout de suite.
– Donne-lui juste un peu de temps.

32

GRAHAM

Cette nuit-là je sortis d'un rêve, uniquement pour me retrouver dans un cauchemar éveillé.

Le côté gauche de mon lit était vide, et Lucy était dans un avion qui l'emmenait loin de moi. Cela m'avait demandé un effort incroyable de ne pas la supplier de rester quand le taxi s'était garé devant la maison. J'avais dû m'accrocher pour résister à la loi de la gravitation qui me poussait à me mettre à genoux. Si elle était restée, je ne l'aurais plus jamais laissée repartir. Si elle était restée, j'aurais tout recommencé depuis le premier jour, pour apprendre à l'aimer encore plus que je ne l'avais fait. Si elle était restée, j'aurais continué à voler. Mais je savais qu'elle ne le ferait pas, elle ne pouvait pas. Dans ma situation, je n'avais aucun moyen de la garder et de lui donner l'amour qu'elle méritait.

Elle représentait ma liberté, mais moi j'étais sa cage.

Allongé dans mon lit, le cœur serré par les regrets, j'étais à la limite de m'effondrer, là tout de suite. Je faillis laisser mon cœur redevenir aussi dur qu'il l'était avant que Lucy n'entre dans ma vie, mais c'est alors qu'une petite fille ravissante se mit à pleurer dans la nurserie et je me précipitai pour aller la chercher. Quand elle me vit, elle tendit les bras vers moi et ses pleurs cessèrent instantanément.

– Coucou, ma chérie, murmurai-je alors qu'elle se pelotonnait contre moi en posant sa tête sur ma poitrine.

Je la ramenai dans ma chambre, l'allongeai à côté de moi et, quelques minutes après, elle dormait. Sa poitrine se soulevait et s'abaissait avec sa respiration et elle ronflait légèrement, blottie contre moi.

À ce moment-là, je me suis rappelé que je n'avais pas le droit de m'écrouler. Je me rappelai pourquoi je ne pouvais pas me laisser aller à couler dans un puits de solitude, parce que je n'étais pas seul. J'avais la plus belle des raisons de continuer à avancer.

Talon me sauva, et je me promis d'être un papa pour elle, pas seulement un père. N'importe qui pouvait être père. Mais il fallait être un homme, un vrai, pour être à la hauteur du rôle de papa. Et je lui devais ça. Elle méritait de m'avoir à elle, pleinement.

Alors qu'elle s'accrochait à mon t-shirt et se laissait aller à des rêves qui lui apportaient la paix, je m'autorisai à me reposer, moi aussi.

J'étais émerveillé par la façon dont l'amour opérait.

J'étais sidéré de voir que mon cœur pouvait être à la fois totalement brisé et entièrement comblé.

Cette nuit-là, mes pires cauchemars et mes plus beaux rêves s'entremêlèrent, et je serrai ma fille plus fort pour me rappeler la raison que j'avais de me lever le matin, tout comme le soleil.

* * *

Jane rapporta ses affaires dans la maison la semaine suivante. Elle s'installa confortablement dans un foyer qui n'avait pas d'amour à lui donner. Elle se mit à faire des choses comme si elle savait ce qu'elle faisait, et chaque fois qu'elle prenait Talon dans ses bras, cela me hérissait.

– J'espérais que nous pourrions aller dîner quelque part tous les trois, Graham, dit-elle en défaisant ses bagages dans ma chambre.

Je ne me sentais pas assez concerné pour lui dire de ne pas dormir dans ma chambre. Je dormirais dans la nurserie avec ma fille.

– Cela nous ferait du bien de commencer à renouer une relation.

– Non.

Elle leva les yeux, déconcertée.

– Quoi ?

– J'ai dit non.

– Graham...

– Je tiens à ce que les choses soient bien claires entre nous, Jane. Je ne t'ai pas choisie. Je ne veux pas avoir affaire avec toi. Tu peux habiter chez moi, tu peux porter ma fille dans tes bras, mais il faut que tu comprennes que je ne veux pas du tout de *toi*.

Je serrai les poings et fronçai les sourcils.

– C'est elle que j'ai choisie. J'ai choisi ma fille. Je la choisirai à tout moment, tous les jours du reste de ma vie, parce qu'elle est tout pour moi. Alors, arrêtons tout de suite de faire semblant, comme si nous allions vivre heureux jusqu'à la fin des temps. Tu n'es pas ma phrase de fin, tu n'es pas mon dernier mot. Tu es seulement un chapitre que j'aimerais pouvoir effacer.

Je tournai les talons et m'éloignai en la laissant plantée là, bouche bée, mais je m'en fichais. Je passerais autant de temps que possible avec ma fille dans les bras.

Un jour, d'une façon ou d'une autre, Lucy reviendrait pour nous deux.

Parce que son destin avait toujours été d'être mon dernier mot.

* * *

– Vous n'avez rien à faire ici, me dit Mari lorsque je passai la porte des *Jardins de Monet.*

J'enlevai mon chapeau et hochai la tête.

– Je sais.

Elle redressa la tête en dansant d'un pied sur l'autre.

– Vous feriez mieux de partir. Cela me met mal à l'aise que vous soyez là.

Je hochai la tête de nouveau.

– Je sais.

Mais je restai parce que, parfois, rester demande plus de courage que partir.

– Est-ce qu'il vous aime ?

– Pardon ?

Je tenais mon chapeau contre ma poitrine.

– Je vous demande s'il vous aime. Et vous, est-ce que vous l'aimez ?

– Écoutez...

– Est-ce qu'il vous fait rire si fort que vous rejetez votre tête en arrière ? Combien de plaisanteries que vous seuls comprenez partagez-vous ? Essaie-t-il de vous changer ou de vous inspirer ? Est-ce qu'il vous trouve assez bien pour lui ? Est-ce qu'il vous donne la sensation d'être une personne de valeur ? Est-ce que vous le trouvez assez bien pour vous ? Est-ce qu'il vous arrive parfois, lorsque vous êtes allongée près de lui, de vous demander pourquoi vous êtes encore là ?

Je marquai une pause.

– Est-ce qu'elle vous manque ? Est-ce qu'elle vous faisait rire si fort que vous rejetiez votre tête en arrière ? Combien de plaisanteries qui ne faisaient rire que vous partagiez-vous ? Essayait-elle de vous changer ou de vous inspirer ? Étiez-vous assez bien pour elle ? Vous donnait-elle la sensation d'être une personne de valeur ? Était-elle assez bien pour vous ? Cela vous arrive-t-il, lorsque vous êtes allongée dans votre lit, de vous demander pourquoi elle est partie ?

La frêle silhouette de Mari se mit à trembler au fur et à mesure de mes questions. Elle entrouvrit les lèvres, mais aucun son ne sortit de sa bouche.

Alors, je continuai à parler.

– Cela ne vaut pas le coup d'être avec quelqu'un avec qui on n'a rien en commun, simplement par peur d'être seul. Je vous jure que, toute votre vie, vous vous sentirez plus seule avec lui que sans lui. L'amour ne vous demande pas de renoncer à certaines choses. L'amour n'étouffe pas. Il permet au monde de s'épanouir. C'est ce qu'elle m'a appris. Elle m'a appris comment marchait l'amour, et je suis certain qu'elle vous a appris la même chose.

– Graham, dit Mari doucement.

De grosses larmes coulaient sur ses joues.

– Je n'ai jamais aimé votre sœur aînée. J'ai été comme endormi pendant des années, et Jane n'était qu'une composante supplémentaire de ma léthargie. Elle ne m'a jamais aimé non plus, mais Lucille... elle, elle est mon univers. Elle est tout ce dont j'avais besoin, et tellement plus que je ne mérite. Je sais que vous allez avoir du mal à comprendre ça, mais je me battrais pour son cœur pour le reste de ma vie si cela lui permettait de retrouver son sourire. Alors, je me tiens dans votre boutique à cet instant, Mari, pour vous demander si vous aimez cet homme. S'il représente tout l'amour pour vous, alors restez. S'il est votre Lucille, alors restez à ses côtés, toujours. Mais si ce n'est pas le cas... s'il y a ne serait-ce qu'une infime partie de votre âme qui doute que ce soit lui, *partez*. J'ai besoin que vous alliez retrouver votre sœur. J'ai besoin que vous partiez en guerre avec moi pour la seule personne qui soit toujours restée pour vous, alors même qu'elle ne nous devait rien. Je ne peux pas être là pour elle en ce moment, et elle est à l'autre bout du monde avec le cœur brisé. Alors, je suis ici, je pars en guerre pour elle en venant à vous. Je suis là, à vous supplier de la choisir, elle. Elle a besoin de vous, Mari, et je prends le pari que votre cœur a besoin d'elle, aussi.

– Je...

Elle s'écroula en tremblant, les mains sur la bouche.

– Les choses que je lui ai dites... la façon dont je l'ai traitée...

– Ce n'est pas grave.

– Si, dit-elle en secouant la tête. Elle était ma meilleure amie, et je l'ai rejetée sans tenir compte de ses sentiments. J'ai pris parti pour les autres contre elle.

– C'était une erreur.

– J'ai fait un choix, et elle ne me pardonnera jamais.

Je fis une grimace et plissai les yeux.

– Mari, c'est de Lucille que nous parlons. Elle ne connaît rien d'autre que le pardon. Je sais où elle se trouve en ce moment. Je vais vous aider à aller la rejoindre afin que vous fassiez tout votre possible pour convaincre votre meilleure amie de revenir. Je m'occupe de régler les détails. Tout ce que vous avez à faire, c'est partir sans perdre un instant.

33

LUCY

Les jardins de Monet à Giverny étaient une merveille. Je prenais tout mon temps pour en faire le tour, respirer le parfum des fleurs et me balader jour après jour. Dans ces jardins, je me sentais presque moi-même. Toute cette beauté autour de moi me rappelait les yeux de Talon, le sourire en coin de Graham, la maison.

En déambulant le long des allées pavées, je souriais aux passants qui venaient visiter les jardins. Souvent, je me demandais d'où ils venaient. Ce qui les avait amenés à se retrouver justement là, à ce moment précis. Quelle était leur histoire ? Avaient-ils déjà été amoureux ? Cet amour les avait-il consumés ? S'étaient-ils enfuis ?

– Coucou, ma puce.

Mon cœur se serra en entendant ces mots, et surtout la voix qui les avait prononcés. Je me retournai, et mon cœur s'arrêta de battre en voyant Mari devant moi. Je voulais m'approcher d'elle, mais mes pieds refusaient d'avancer. Mon corps refusait de bouger. Je restai paralysée, tout comme elle.

– Je...

Sa voix se brisa. Elle tenait une grosse enveloppe serrée contre son cœur.

– Il m'a dit que tu serais ici. Il a dit que tu venais tous les jours. Je ne savais pas à quelle heure, cependant.

Aucun son ne sortit de ma bouche. Des larmes montèrent aux yeux de Mari, et elle fit son possible pour garder bonne figure.

– Je regrette tellement, Lucy. Je suis désolée de m'être perdue en route. Je suis désolée d'avoir pris position et de t'avoir rejetée. Je veux juste que tu saches que j'ai quitté Parker. L'autre nuit, j'étais allongée à côté de lui et il me tenait serrée contre lui. Il me serrait très fort, mais j'avais l'impression de m'écrouler. Plus il me disait qu'il m'aimait, plus je me sentais étrangère à moi-même. J'ai tellement refusé de voir la vérité que j'ai laissé ma peur d'être seule me repousser dans les bras d'un homme qui ne me méritait pas. J'étais si anxieuse d'être aimée que je ne m'interrogeais pas sur mes propres sentiments. Et puis, je t'ai rejetée. Toi. Toi qui as été la seule constante dans ma vie, je n'arrive pas à croire que j'aie pu te faire le mal que je t'ai fait. Toi, ma meilleure amie, toi, qui fais battre mon cœur. Je regrette, je regrette, je...

Sans lui laisser le temps de poursuivre, je la pris dans mes bras et la serrai sur mon cœur. Elle se mit à sangloter sur mon épaule, et je la serrai encore plus fort.

– Je te demande pardon, Lucy. Je te demande pardon pour tout.

– Chut, murmurai-je en la serrant contre moi. Tu n'imagines pas à quel point cela me fait plaisir de te voir, ma biche.

Elle poussa un soupir de soulagement.

– Tu n'imagines pas à quel point cela me fait plaisir de te voir, ma puce.

Après un moment d'effusions, nous traversâmes un des nombreux ponts qui se trouvent dans les jardins, et nous nous assîmes en tailleur.

Elle me tendit l'enveloppe en haussant les épaules, et ajouta, sans me laisser le temps de réagir :

– Il m'a dit de te donner ça et a précisé que je ne devais pas te laisser sortir de ces jardins avant que tu aies tout lu, jusqu'à la dernière page.

– Qu'est-ce que c'est ?

– Je ne sais pas, dit-elle en se relevant. Mais j'ai reçu l'instruction de te laisser seule le temps de lire. Je vais visiter et je te retrouverai ici quand tu auras fini.

– D'accord. Ça me va.

Elle se retourna et commença à s'éloigner.

J'ouvris le paquet qui contenait un manuscrit intitulé *L'Histoire de G.M. Russell.* Je pris une profonde inspiration, son autobiographie.

– Au fait, Lucy ?

Je levai les yeux pour la regarder.

– Je me trompais à son sujet. Son amour pour toi est indéniable. Il est exceptionnel. Si jamais j'ai la chance d'éprouver le dixième de ce qui existe entre vous deux, je mourrai heureuse.

Je la regardai s'éloigner, puis je pris une profonde inspiration avant d'entamer le premier chapitre.

Les chapitres se succédaient avec fluidité. Chaque phrase était importante. Chaque mot nécessaire.

Je lus l'histoire d'un garçon qui devint un monstre avant d'apprendre petit à petit à aimer de nouveau.

Et puis, j'arrivai au dernier chapitre.

Le mariage

Il avait les mains moites pendant que Karla, sa sœur, lui nouait sa cravate. Il n'aurait pas cru être si angoissé après avoir pris la meilleure décision de sa vie. Jamais il n'avait imaginé tomber amoureux d'elle.

Une femme qui éprouvait tous les sentiments.

Une femme qui lui avait montré ce que cela signifiait de vivre, de respirer, d'aimer.

Une femme qui avait été sa force pendant les jours difficiles.

Il y avait quelque chose de romantique dans sa présence au monde, dans la façon dont elle dansait sur la pointe des pieds et riait sans se préoccuper d'avoir l'air ridicule. Il y avait quelque chose de si authentique dans sa façon de soutenir les regards, et dans sa façon de sourire.

Ces yeux.

Oh, comme il désirait plonger dans ces yeux pendant tout le reste de sa vie.

Ces lèvres.

Oh, comme il désirait embrasser ces lèvres jusqu'à la fin de ses jours.

– Es-tu heureux, Graham ? demanda Mary, sa mère, en entrant dans la pièce et en voyant les yeux de son fils briller de plaisir.

Pour la première fois de sa vie, la réponse vint sans effort.

– Oui.

– Es-tu prêt ?

– Oui.

Elle passa son bras sous le sien, et Karla prit l'autre.

– Alors, allons la chercher.

Il se tint en haut de la travée, attendant que sa promise vienne le rejoindre, mais d'abord, sa fille.

Talon avança dans l'allée en lançant des pétales de fleurs et en tournant dans sa jolie robe blanche. Son petit ange, sa lumière, son sauveur. Quand elle atteignit le bout de l'allée, elle courut vers son père et se serra contre lui. Il la souleva dans ses bras et ils attendirent tous les deux. Ils attendirent qu'elle vienne les rejoindre. Ils attendirent que ces yeux viennent se poser sur les leurs, et quand ils le firent, Graham en eut le souffle coupé.

Elle était belle, mais comment aurait-il pu en être autrement ? Tout en elle était magnifique, et vrai, et fort, et bienveillant. La regarder marcher vers lui, vers leur nouvelle vie, le transforma instantanément. À cet instant précis, il s'offrit totalement à elle, avec ses fêlures, elles étaient, après tout, ce qui laissait passer la lumière.

Lorsqu'ils se tinrent à côté l'un de l'autre, ils se prirent par la main. Au moment voulu, il ouvrit les lèvres pour prononcer les paroles qu'il avait rêvé de dire.

– Moi, Graham Michael Russell, je te prends, Lucille Hope Palmer, pour épouse. Je promets de te donner tout de moi, mon passé brisé, mon présent et ses cicatrices, et mon avenir entier. Je suis à toi avant d'être à moi. Tu es ma lumière, mon amour, mon destin. L'air au-dessus de moi, la terre au-dessous, le feu en moi, l'eau tout autour. Je te donne mon âme. Je me donne à toi, entièrement.

Alors, ils vécurent heureux, suivant tous les clichés possibles, et dans tous les domaines de leurs vies.

Fin

* * *

Je ne pouvais détacher les yeux de ces mots, mes mains tremblaient et les larmes coulaient sur mes joues.

– Cela se termine bien, murmurai-je, sidérée.

De toute sa vie, Graham n'avait jamais écrit une histoire qui finissait bien.

Jusqu'à moi.

Jusqu'à nous.

Jusqu'à maintenant.

Je me relevai et partis à la hâte retrouver ma sœur.

– Mari, il faut qu'on rentre.

Elle me fit un grand sourire et hocha la tête d'un air entendu.

– J'espérais que tu dirais ça.

Elle ôta de son cou la chaîne avec le pendentif en forme de cœur que maman m'avait donné et la remit autour de mon cou.

– Maintenant, viens, dit-elle d'une voix douce. Rentrons à la maison.

34

LUCY

Je me tenais sous le porche de Graham, le cœur battant à tout rompre. Je ne savais pas ce qui m'attendait de l'autre côté de cette porte, mais je savais que de toute manière je ne fuirais pas. J'allais rester. Pour toujours, je resterais.

Je frappai à la porte, puis sonnai, et ensuite j'attendis.

J'attendis.

Et j'attendis encore.

Lorsque je tournai la poignée de la porte, je fus étonnée de voir qu'elle s'ouvrait.

– Il y a quelqu'un ?

La pièce était plongée dans l'obscurité, il était évident que Graham n'était pas là. Soudain, j'entendis des bruits de pas, je me crispai. Lyric sortait de la chambre à la hâte, une valise dans chaque main. Elle ne me vit pas tout de suite, mais lorsqu'elle leva les yeux, j'y lus un air de panique.

– Lucy, dit-elle hors d'haleine.

Elle avait les cheveux en bataille, ce qui me fit penser à maman, et ses yeux étaient injectés de sang. Je savais que je ne lui étais redevable de rien. Je savais que je n'avais rien à lui dire, rien qui puisse la réconforter.

Mais ce regard dans ses yeux, le poids qui semblait peser sur ses épaules...

Parfois, les personnes les plus laides sont les plus brisées.

– Ça va ?

Elle ricana en laissant échapper quelques larmes.

– Qu'est-ce que ça peut te faire ?

– Qu'est-ce qui te fait croire que je te déteste ? bredouillai-je. Et pour quelle raison me détestes-tu ?

Elle dansa d'un pied sur l'autre en redressant la tête.

– Je ne sais pas de quoi tu parles.

– Bien sûr que si, Lyric. J'ignore pourquoi, mais il me semble que tu as toujours eu un problème avec moi, surtout après la mort de maman. Je n'ai jamais compris. Moi, je t'ai toujours admirée.

Elle souffla, incrédule.

– Si, je t'assure que c'est vrai.

Elle ouvrit la bouche mais, tout d'abord, aucun son n'en sortit. Puis elle essaya de nouveau.

– Tu étais sa préférée, d'accord ? Elle t'a toujours préférée à nous.

– Quoi ? C'est ridicule. Elle nous aimait autant toutes les trois.

– Non, ce n'est pas vrai. Tu étais son amour. Elle parlait toujours de toi, de ta liberté, de ton intelligence, tu étais exceptionnelle à ses yeux. Tu étais sa lumière.

– Mais elle t'aimait, Lyric.

– Je t'en voulais. Je t'en voulais parce qu'elle t'aimait, et voilà que lorsque je reviens ici, il t'aime, lui aussi. Tout le monde t'a toujours aimée, Lucy, et moi j'étais celle qu'on ne pouvait pas aimer.

– Moi, je t'ai toujours aimée, Lyric, lui dis-je, bouleversée par la douleur qui perçait dans sa voix.

Elle ricana, incrédule, mais elle tremblait et des larmes roulaient sur ses joues.

– Tu sais, la dernière chose que maman m'a dite sur son lit de mort alors que je lui tenais la main ?

– Non, quoi ?

– *Va chercher ta sœur*, dit-elle d'une voix brisée. *Je veux voir Lucy.*

Je ressentis la façon dont ces mots avaient brisé le cœur de ma sœur au point qu'elle n'avait jamais réussi à recoller les morceaux depuis.

– Lyric...

Elle secoua la tête.

– Non, c'est fini. J'en ai assez. Ne t'inquiète pas, tu peux avoir ma vie. Je ne suis pas chez moi ici. Rien dans cette maison ne me retient.

– Tu t'en vas ? demandai-je troublée. Graham le sait ?

– Non.

– Lyric, tu ne peux pas les quitter comme ça, sans rien dire, encore une fois.

– Pourquoi pas ? Je l'ai déjà fait. D'ailleurs, il ne veut pas de moi ici, et moi, je ne veux pas être ici.

– Mais tu pourrais au moins laisser un mot, comme la dernière fois, dit soudain Graham.

Nous nous retournâmes brusquement. Quand son regard croisa le mien, je sentis mon cœur recommencer à battre.

– Je n'ai pas jugé que c'était nécessaire, dit Lyric en saisissant les poignées de ses valises.

– Comme tu veux, mais attends un instant avant de partir, dit Graham qui vint vers moi en tenant Talon dans les bras.

– Lucille, murmura-t-il.

Je retrouvai dans ses yeux la même douceur que j'y avais vue plusieurs mois auparavant.

– Graham Cracker.

– Tu veux bien la prendre ?

– Bien sûr.

Il s'éloigna en direction de son bureau et en revint avec des papiers et un stylo.

– Qu'est-ce que c'est ? demanda Lyric lorsqu'il lui tendit les papiers.

– Des papiers de divorce, et des documents légaux me garantissant la garde complète de Talon. Pas question que tu te barres encore une fois sans faire les choses correctement, Jane. Tu ne vas pas ficher le camp en laissant planer au-dessus de ma tête la menace que tu puisses revenir pour me prendre ma fille.

Le ton était ferme mais pas méchant, direct mais pas dénué de chaleur.

Elle ouvrit la bouche comme prête à discuter, mais en regardant Graham, elle comprit probablement le sens de son regard. Ses yeux disaient toujours ce que la personne en face avait besoin de savoir. Il était clair qu'il ne serait jamais à elle, et Lyric finit par reconnaître intérieurement qu'elle n'avait jamais vraiment désiré cet homme. Alors, elle hocha la tête lentement.

– Je vais dans ton bureau pour les signer.

Lorsqu'elle se fut éloignée, j'entendis Graham pousser un profond soupir de soulagement.

– Ça va ? lui demandai-je.

Il m'embrassa en guise de réponse.

– Tu es revenue, murmura-t-il, ses lèvres sur les miennes.

– Je reviendrai toujours.

– Non, dit-il d'une voix ferme. Tu ne partiras plus jamais.

Quand Lyric revint dans la pièce, elle nous dit qu'elle avait signé les papiers et qu'elle ne créerait plus de problèmes. Au moment où elle passait la porte d'entrée, je la rappelai.

– Les derniers mots que maman m'a dits étaient : « Prends soin de Lyric et de Mari. Prends soin de tes sœurs. Prends bien soin de ma Lyric. Prends soin de ma chanson préférée. » Sa dernière pensée a été pour toi. Son dernier souffle, son dernier mot.

De grosses larmes roulèrent sur ses joues, et elle hocha la tête pour me remercier de la paix que j'étais la seule à pouvoir donner à son âme. Si j'avais pensé pouvoir à ce point apaiser son cœur, je le lui aurais dit des années plus tôt.

– J'ai laissé un cadeau pour Talon, dit-elle. J'ai pensé qu'il serait mieux pour elle que pour moi. Il est sur sa table de nuit.

Sans un mot de plus, Lyric disparut.

En allant dans la nurserie, je portai ma main à ma poitrine en voyant le cadeau que Lyric avait laissé pour sa fille, la petite boîte à musique avec une ballerine que maman lui avait donnée. Elle était posée là, accompagnée d'un petit mot, et je versai des larmes en lisant ce qui était écrit sur le papier.

Danse, Talon. Danse toujours.

35

LUCY

Lorsque Noël arriva, Graham, Talon et moi décidâmes de le fêter de trois façons. Le matin, tout emmitouflés, nous prîmes le café dans le jardin près de l'arbre d'Ollie. Graham lui rendait visite tous les jours. Il s'asseyait et parlait à son meilleur ami, son père, lui racontant en détail tous les progrès de Talon, ses progrès à lui et les nôtres. J'étais heureuse de savoir qu'il entretenait ce lien, c'était un peu comme si Ollie continuait à vivre, d'une certaine façon.

C'était beau de voir tous les matins et tous les soirs cet arbre qui se dressait avec fierté.

L'après-midi, nous nous rendîmes chez Mary pour fêter Noël avec la famille. Mari se joignit à nous pour rire, pleurer et nous souvenir. Le premier Noël après la perte d'un être cher est toujours le plus dur, mais lorsqu'on est entouré d'amour, la blessure fait un peu moins mal.

Le soir, Graham, Talon et moi chargeâmes les bagages dans la voiture pour aller passer le reste des fêtes avec l'arbre de maman. Mari nous avait dit qu'elle nous rejoindrait là-bas un peu plus tard. Pendant tout le trajet jusqu'au chalet, je gardai les yeux rivés sur ma main jointe à celle de Graham. Mon air, mon feu, mon eau, ma terre, mon âme.

Je n'aurais pas cru qu'un amour puisse être aussi vrai.

– Tout ça est bien réel, hein ? murmurai-je en jetant un coup d'œil vers Talon qui dormait dans son siège à l'arrière. On va s'aimer pour la vie ?

– Pour la vie, me promit-il en embrassant la paume de ma main. Pour la vie.

Lorsque nous arrivâmes au chalet, tout le paysage était recouvert d'une fine poussière de neige. Graham descendit de voiture et se dirigea directement vers l'arbre en portant Talon dans son siège auto.

– Graham, on ferait mieux de rentrer. Il fait froid.

– On peut au moins lui dire bonjour, me dit-il en regardant l'arbre. Tu veux bien allumer les guirlandes ? Je n'ose pas poser le siège de Talon par terre, j'ai peur qu'elle pleure.

– Bien sûr, dis-je en me hâtant dans l'air froid.

Une fois les lampes branchées, je me retournai et mon cœur bondit dans ma poitrine quand je lus les mots inscrits sur la guirlande. Un message qui allait changer ma vie pour toujours.

Veux-tu m'épouser ?

– Graham, murmurai-je, tremblante, en me retournant lentement vers lui.

Un genou en terre, il tenait une bague à la main.

– Je t'aime, Lucy, dit-il.

C'était la première fois depuis que je le connaissais qu'il ne m'avait pas appelée Lucille.

– J'aime ta générosité, ton côté attentionné, ton rire, ton sourire. J'aime ton cœur et la façon dont il bat pour le monde. Avant toi, j'étais perdu, et grâce à toi, j'ai trouvé un foyer. C'est grâce à toi que j'ai foi en l'avenir, et je n'ai pas l'intention de te laisser partir, jamais. Épouse-moi. Épouse Talon. Épouse-nous.

Debout face à eux, j'avais les larmes aux yeux. Je m'agenouillai à côté de lui. Je me serrai contre lui et il me prit dans ses bras alors que je murmurais « oui », sans interruption, le mot allant directement de mes lèvres à son âme.

Il glissa la bague à mon doigt tout en continuant à me serrer contre lui, et les battements de mon cœur redoublèrent lorsque je me dis que ma plus grande espérance s'était finalement réalisée.

Enfin, je m'enracinais dans la chaleur d'un foyer.

– Alors, c'est notre happy end ? demandai-je doucement sur ses lèvres.

– Non, mon amour, ce n'est que notre premier chapitre.

Quand il m'embrassa, je jure qu'au beau milieu de l'obscurité de cette nuit d'hiver, je sentis la chaleur du soleil.

ÉPILOGUE

GRAHAM

Six ans après

– Et c'était ton meilleur ami, papa ? demanda Talon qui m'aidait dans le jardin.

Sous le soleil de l'été qui chauffait nos visages, nous cueillions des poivrons verts et des tomates pour le dîner.

– Mon seul et unique meilleur ami, lui dis-je, à genoux dans la terre.

Les tournesols que nous avions plantés quelques mois plus tôt étaient aussi grands que Talon. Chaque fois que le vent passait sur nous, les fleurs que Lucy avait choisies embaumaient nos sens.

– Tu veux bien me raconter son histoire encore une fois ? demanda-t-elle en plantant sa pelle dans la terre.

Puis elle cueillit un poivron et croqua dedans comme si c'était une pomme, exactement comme sa maman.

Si je ne les trouvais pas dans la maison, je pouvais être sûr qu'elles étaient dans le jardin en train de croquer dans des concombres, des poivrons ou des tiges de rhubarbe.

– La terre est bonne pour l'âme, plaisantait toujours Lucy.

– Encore ? demandai-je en haussant un sourcil. Mais tu me l'as déjà demandée hier soir avant de dormir.

– *Maktub,* répliqua-t-elle avec un petit sourire moqueur. Cela veut dire que tout ce qui arrive était écrit, ce qui veut dire qu'il est écrit que tu dois la raconter encore.

Je me mis à rire.

– Ah bon ?

J'allai vers elle et la pris dans mes bras. Elle gloussa.

– Oui !

– Eh bien d'accord, puisque tout est écrit, après tout, plaisantai-je.

Je l'emmenai près de l'arbre du Professeur Oliver où trois sièges étaient alignés. Deux sièges de taille normale et une petite chaise d'enfant en plastique. Je posai Talon sur sa chaise et pris place à côté d'elle.

– Tout a commencé quand j'étais à la fac et que j'ai raté mon premier devoir.

Je lui racontai comment le Professeur Oliver était entré dans ma vie et avait semé une graine dans mon cœur qui avait germé pour donner naissance à de l'amour. Comment il était devenu mon meilleur ami, mon père, ma famille. Talon adorait cette histoire. La façon dont elle souriait en écoutant avec beaucoup d'attention me remplissait toujours de bonheur. Elle avait la même façon que Lucy d'écouter, de tout son cœur, avec une étincelle dans le regard.

Quand j'eus achevé mon récit, Talon se leva, et comme elle le faisait chaque fois, elle alla jusqu'à l'arbre qu'elle serra dans ses bras.

– Je t'aime, grand-père Ollie, murmura-t-elle en posant un baiser sur l'écorce.

– Encore ? demanda Lucy en sortant de la maison.

Elle vint nous rejoindre en se déplaçant avec difficulté à cause de son ventre arrondi par la grossesse, et lorsqu'elle s'assit, elle poussa un profond soupir, essoufflée comme après une course de cinq kilomètres.

– Encore.

Je souris avant de me pencher sur elle pour l'embrasser sur les lèvres, puis sur le ventre.

– Tu as fait une bonne sieste, maman ? demanda Talon, débordante d'énergie.

C'était incroyable de la voir courir partout et s'amuser. Quelques années plus tôt, elle tenait dans la paume de ma main. Quelques années plus tôt il n'était pas certain qu'elle vive, et aujourd'hui, elle était la vie personnifiée.

– Oui, une bonne sieste, répondit Lucy en bâillant, encore fatiguée.

D'un jour à l'autre, nous allions perdre un peu plus de sommeil chaque nuit.

Je n'avais jamais été aussi impatient et aussi prêt de toute ma vie.

– Tu veux quelque chose ? Un verre d'eau ? Un jus de fruit ? Une ou deux pizzas ?

Elle sourit en fermant les yeux.

– Le soleil me suffit pour l'instant.

Nous restâmes assis dans le jardin pendant des heures, pour profiter du soleil. C'était formidablement agréable d'être entouré de ma famille.

Ma famille.

Finalement, j'avais fondé une famille. Jamais je n'avais imaginé que ma vie prendrait cette tournure, le bonheur. Les deux personnes qui étaient assises à côté de moi constituaient tout mon univers, et le petit garçon qui allait bientôt nous rejoindre contrôlait déjà les battements de mon cœur.

Quand vint l'heure d'aller préparer le dîner, j'aidai Lucy à sortir de son fauteuil et dès qu'elle fut debout, nous nous figeâmes sur place.

– Maman, tu as fait pipi dans ta culotte ! dit Talon en regardant Lucy.

Je haussai un sourcil en comprenant ce qui venait de se passer.

– Direction l'hôpital ?

– Direction l'hôpital.

Tout fut différent de la naissance de Talon. Lorsque mon fils fut accueilli dans ce monde, il pesait trois kilos huit cents. Il fit son entrée en hurlant, ce qui nous permit de nous rendre compte de la robustesse de ses poumons.

Souvent je repense à ces moments, les plus heureux de ma vie, et je me demande comment un homme comme moi a pu avoir autant de chance. Il y a eu le jour où Talon est sortie des soins intensifs. La première fois où le Professeur Oliver m'a appelé fils. La première fois où Lucy m'a dit qu'elle m'aimait. Le jour où les papiers d'adoption sont arrivés pour que Talon devienne officiellement notre fille. Le jour de mon mariage. Et ce jour où je tins mon fils dans mes bras pour la première fois.

Oliver James Russell.

Ollie pour les intimes.

Nous sommes rentrés à la maison le lendemain de la naissance d'Ollie et avant que Talon n'aille se coucher ce soir-là, elle s'approcha de son petit frère qui dormait dans les bras de Lucy et l'embrassa sur le front.

– Je t'aime, bébé Ollie, murmura-t-elle, et mon cœur enfla de bonheur.

Entouré des êtres que j'aimais, mon cœur devenait chaque jour un peu plus volumineux.

Je portai Talon dans son lit, sachant très bien qu'au milieu de la nuit elle se retrouverait entre sa mère et moi. Je la laissais venir avec plaisir en l'embrassant, parce que je savais qu'un jour, elle ne viendrait plus dormir avec nous. Je savais qu'un jour elle serait trop grande et trop indépendante pour être à côté de ses parents. Alors, chaque fois qu'elle arrivait dans notre chambre, je la serrais dans mes bras et je remerciais le Ciel d'avoir ma fille pour me montrer à quoi ressemblait l'amour véritable.

Après avoir bordé Talon, je retournai dans la nurserie où Lucy s'endormait dans le fauteuil à bascule avec Ollie dans les bras. Je le soulevai et le posai dans son berceau en l'embrassant doucement sur le front.

– Au lit ! murmurai-je à mon épouse en l'embrassant sur la joue et en l'aidant à se lever.

– Au lit, répéta-t-elle en bâillant et en se laissant guider par la main jusqu'à notre chambre.

Après avoir soulevé les couvertures et l'avoir aidée à s'allonger, je me faufilai à côté d'elle et la serrai contre moi.

Ses lèvres effleurèrent mon cou lorsqu'elle se blottit plus près.

– Heureux ? dit-elle dans un bâillement.

Je l'embrassai sur le front.

– Heureux.

– Je vous aime, mon Graham Cracker, murmura-t-elle juste avant de s'endormir.

– Je vous aime, ma Lucille.

Alors que nous étions allongés l'un contre l'autre, je repensai à notre histoire. Comment elle m'avait trouvé alors que j'étais perdu, comment elle m'avait sauvé quand j'avais le plus besoin d'elle. Comment elle m'avait obligé à arrêter de repousser les autres et m'avait prouvé que l'amour véritable n'existait pas que dans les contes de fées. Elle m'avait enseigné que l'amour, le vrai, demande du temps. L'amour, le vrai, demande des efforts. L'amour, le vrai, demande de la communication. L'amour, le vrai, ne s'épanouit que si les personnes concernées prennent le temps de le nourrir, de l'arroser, de lui donner de la lumière.

Lucille Hope Russell était mon histoire d'amour, et je me promis que je passerais le reste de ma vie à être la sienne.

Après tout, *maktub*, tout était écrit.

Nous étions destinés à vivre heureux ensemble pour le reste de notre vie, alors que nos cœurs flottaient parmi les étoiles et que nos pieds restaient fermement ancrés dans le sol.

FIN

REMERCIEMENTS

Écrire ce roman a vraiment été très difficile, et beaucoup de personnes sont venues m'aider à le mener jusqu'à ce dernier mot « Fin ». Mais il y a une personne qui m'a vraiment écoutée lorsque je m'effondrais et qui m'a aidée à me reconstruire avec ce livre. Elle a passé des heures au téléphone, à me convaincre de continuer, et le jour où j'ai effacé soixante-dix mille mots, elle m'a tenu la main et m'a dit que j'étais capable de tout recommencer et de faire encore mieux. Staci Brillhart, tu as été mon roc dans cette aventure. Tu m'as aidée à garder les pieds sur terre alors que je partais à la dérive, et tu as été un ange absolu avec moi. Je ne sais pas comment j'ai pu avoir la chance de rencontrer quelqu'un d'aussi patient, d'aussi attentionné, d'aussi disponible que toi. Je te remercie du fond du cœur de m'avoir tenu la main et d'avoir été attentive à mes larmes. Je serai toujours là pour toi, mon amie, de jour comme de nuit, si tu as besoin de moi. C'est grâce à toi si je crois que le bien existe dans ce monde.

À Kandi Steiner et Danielle Allen, des femmes qui font bondir mon cœur. L'une comme l'autre, vous êtes la force, le charme et la loyauté personnifiés.

Merci d'avoir relu des passages de ce livre et de m'avoir écoutée dans mes moments de panique sans me retirer votre amour. Vous êtes deux des meilleures choses qui me viennent du monde des livres. Je vous adore plus que je ne saurais le dire avec des mots, mes chéries.

À ma tribu de femmes qui se soutiennent mutuellement et qui applaudissent au succès de chacune : quelle chance j'ai de connaître une telle beauté !

À Samantha Crockett, tu es ma meilleure amie. Merci pour tous ces messages encourageants qui m'ont permis d'aller jusqu'au bout. Merci pour les virées à Chicago destinées à me changer les idées. Et merci d'être ma meilleure amie. J'ai de la chance de te connaître, et je t'aime follement. Bien que tu aimes les petits pois.

À Talon, Maria, Allison, Tera, Alison, Christy, Tammy et Beverly, mon groupe de lectrices bêta préféré. Merci de m'avoir posé des défis et de ne pas m'avoir laissée me contenter d'un vocabulaire seulement « correct ». Grâce à vous, toutes mes histoires sont plus fortes, et grâce à vos voix, j'apprends à trouver la mienne. Merci est un mot trop faible, mais puisque vous ne relisez pas cette partie, vous ne pourrez pas m'en conseiller un meilleur, ha ha !

Un grand, très grand merci à mes éditrices, Ellie de chez Love N Books, et Caitlin de chez Editing by C. Marie. Merci d'avoir tout fait pour polir mes mots désordonnés et les avoir fait briller. Oh, et merci d'avoir supporté mes « ATTENDEZ ! JE VOUDRAIS RAJOUTER ÇA ! »

Seigneur. Ce que je peux être embêtante !

Virginia, Emily et Alison, les meilleures correctrices du monde. Tous ces petits détails, ces virgules énervantes dont j'ai tendance à abuser, merci de m'avoir aidée à réparer ces drôles de fautes. Je pourrais dire que je ferai mieux la prochaine fois, mais j'ai bien peur que ce ne soit un mensonge.

À Staci Brillhart, ENCORE, pour avoir réalisé une jaquette géniale et avoir déniché cette superbe photo. (SÉRIEUSEMENT, CETTE FEMME EST UNE LICORNE !) Merci ! Merci à Arron Dunworth, le photographe génial, et à Stuart Reardon, le modèle super-canon sur la couverture.

À ma famille et à mes amis qui, quelque part, continuent de m'aimer, bien que je passe le plus clair de mon temps au fond d'une caverne, à écrire. Merci de comprendre quand, parfois, je m'arrête au beau milieu d'une conversation pour aller prendre des notes sur mon carnet. Merci de comprendre que, parfois, je passe les mêmes chansons en boucle lorsque j'écris certaines scènes. Et merci de m'aimer, même les jours (ok, les semaines) où je ne fais pas mon lit et où je ne me maquille pas.

Vivre avec un écrivain zombie ne doit pas être facile, mais, bon, vous m'aimez tous. Vous êtes bizarres.

Et pour finir : À vous. Et vous. Et vous. Merci d'avoir lu ce livre. Merci de m'avoir donné une chance. Sans vous tous, les lecteurs et les blogueurs, je ne serais qu'une pauvre fille avec un rêve et un livre non lu. Vous avez changé ma vie. Merci de me pousser à m'améliorer à chacun de mes livres. Merci d'être là quand j'ai le plus besoin de vous. Merci pour les messages auxquels il me faut parfois des semaines pour répondre (mais je promets que je les lis tous). Merci d'aimer l'écrit et de prendre le temps d'ouvrir mes livres. Je vous aimerai toujours. Vous êtes mes Lucille. Vous êtes mon cœur. Vous êtes les êtres humains que je préfère parmi tous les êtres humains.

Maktub.

À PROPOS DE L'AUTEUR

Brittainy C. Cherry, auteur à succès d'Amazon, a toujours été amoureuse des mots. Elle est sortie de l'Université Carroll avec, en poche, une licence de théâtre et un diplôme de Creative Writing. Brittainy vit à Brookfield, dans le Wisconsin, avec sa famille. Quand elle n'est pas occupée à faire un million de choses ou à imaginer des histoires, elle joue probablement avec ses adorables animaux de compagnie ou visite des lieux inconnus.

Série The Elements
(Romans indépendants)

The Air He Breathes, livre 1
The Fire (Between High &Lo), livre 2
The Silent Waters, livre 3
The Gravity of Us , livre 4

Autres romans de Brittainy C. Cherry

Loving Mr. Daniels
Art & Soul
The Space in Between
Our Totally, Ridiculous, Made Up Christmas Relationship

Retrouvez-la sur Facebook
www.facebook.com/BrittainyCherryAuthor

DÉCOUVREZ LES AUTRES TITRES DE LA COLLECTION HUGO NEW ROMANCE®

NEW ROMANCE®
AUDREY CARLAN
CALENDAR
GIRL
Mai
Hugo Roman

NEW ROMANCE®
AUDREY CARLAN
CALENDAR
GIRL
Juin
Hugo Roman

NEW ROMANCE®
AUDREY CARLAN
CALENDAR
GIRL
Juillet
Hugo Roman

NEW ROMANCE®
AUDREY CARLAN
CALENDAR
GIRL
Août
Hugo Roman

NEW ROMANCE®
AUDREY CARLAN
CALENDAR
GIRL
Septembre
Hugo Roman

NEW ROMANCE®
AUDREY CARLAN
CALENDAR
GIRL
Octobre
Hugo Roman

NEW ROMANCE®
AUDREY CARLAN
CALENDAR
GIRL
Novembre
Hugo Roman

NEW ROMANCE®
AUDREY CARLAN
CALENDAR
GIRL
Décembre
Hugo Roman

UP IN THE AIR

IN FLIGHT

R.K. LILLEY

TITRE CANADIEN
EN VOL - SAISON 1

IN FLIGHT
SAISON 1

MILE HIGH
SAISON 2

GROUNDED
SAISON 3

MISTER B.
SAISON 4

◆ BLANCHE
Hugo Roman

hugonewromance

www.festivalnewromance.fr
www.hugoetcie.fr